内脸

王威廉 作品

陕西出版传媒集团
太白文艺出版社

王威廉

我们为了虚构的真实，在自己的生命经验中努力寻找着一个稳妥的支点：我们不惜把自己变形，甚至变成一只不会说话的甲虫。但无论如何变化，我们所要做的其实不是让笔下的人物远离我们，而是想以另外一种方式、另外一条道路，让我们的人物更加切近我们的内心与存在。

王威廉

目录

内脸

一

当你在KTV昏暗的光线下看到戴着套子的话筒时，心中长久以来难以言状的遗憾突然有了一种直观而强烈的答案。那就是自己就是那只话筒，无论干什么总是戴着一个密不透风的套子，虽然和任何事物都有所接触，但是归根结底却和任何事物都没有接触。你想到这一层的时候，你还不无色情地回忆了自己生命中早已烟消云散的几场爱情，你悲哀地意识到你不止是戴着套子做爱，而且还戴着套子谈情说爱，所以接二连三的恋爱生活并没有让你明白爱情为何物，而是恰恰相反，让你越来越不能理解爱情究竟为何物。

你还记得你和第一个女人在一起的时候，她总是主动帮你戴好那个橡胶做成的玩意儿，而且从来没有一次遗漏过这个环节。当你有一次处心积虑地试图错过这个环节时，她让你看着她的眼睛，她对你说灵魂的交流才是最重要的。你诚惶诚恐地点头赞同，你感到她的眼睛像是一片无边无际的海洋，你觉得自己渺小得快要被淹没了，你在一阵眩晕中赶紧闭上了眼睛。到了你和最后一个女人在一起的时候，你们试图学习一种科学的方法来控制幽暗的身体内部。你们需要绘制出她一个月内的体温曲线图，以便确定她的排卵周期（像个动物学家干的事情），可当你看到她嘴里天天含着那种过于灵敏的温度计时，你觉得她像是一个感冒发烧的病人，对她再也没有任何的兴致与勇气。

自始至终，你没有尝试过一次天然的接触方式。

当然，这一切对你现在来说重要的已不是具体的事件，而更多的是象征的意义。你觉得你从一开始就被小心翼翼却是铁石心肠地隔绝了起来，你被那种深层次的拒绝弄得痛苦压抑、气喘吁吁，然而直到最后却依然是无计可施。你已经有些年头没有和女人在一起度过了，你回忆起昔日的种种，发觉很多细节已经变得模糊不堪，你所能记得的仅仅是自己内心的微妙感受，因为微妙，所以难以描述。你喜欢静静地坐在一个角落里，幻想起某个当初的场景，心里的似曾相识的感受便蒸汽般地升腾而起。你嗅到了爱情飘散后的残存余味。

二

戴着套子的黑色话筒在形态各异的手中缓慢传递，你的目光像绳子一样牢牢拴在话筒的把柄上。就在你的目光变得迷离和木讷之际，你看到话筒被一只过于柔软和多情的手接了下来，你的目光不由自主地滑向了手的主人。和你猜测的完全一样，这是虞芩的手，她的手和她的脸以及她的身体一样都是过于柔软和多情的。你盯着她看的时候，她的手突然做了一个你意想不到的事，糟糕的是，这个微不足道的事居然改变了你今后的生活轨迹。

虞芩用纤细的指尖把话筒的套子摘了下来，扔到了面前的茶几上，她说："有这个东西包在上面我唱不好。"

大家只是微笑着默许了她这个有些吹毛求疵的小举动，他们或许觉得这不过又是一个女人借机表现自我的小伎俩而已。但是他们不知道这个小举动在你的内心却激起了电闪雷鸣般的震颤。在你看来，虞芩摘下的绝不仅仅是一个话筒上的套子，她摘下的更是笼罩在你生活上方那个阴魂不散的套子。她就用这样一个小小的方式给了你启示和希望，仿佛是神灵给你的额外恩宠。

你浑身上下开始蠢蠢欲动起来，像是受到命运力量的推挤一般你向虞芩的身边挪了过去。你表面洋溢着和别人一样空洞的笑容，心里却激动得发了疯，你想把虞芩的那只摘下套子的手像宝贝样攥在手心里，一直紧紧攥着，直到她痛得叫起来。

虞芩唱完了一首歌，你大声叫好，然后你突然像赌徒一般对她说："我能和你合唱一首歌吗？"这是你和虞芩认识以来说的第一句话。

虞芩只是转过脸来看了你一眼，并无太多的表示，她淡淡地说："好。"

没有人留意你这次精心策划的举动，在这种暧昧而昏暗的环境中你的这个举动完全符合环境的性质。你们唱了一首男女对唱的情歌，激情让你忘记了羞涩，因而你唱得格外的好，比你中学时代听着老式磁带练歌那会儿唱得还要好。虞芩显然感受到了来自你的刺激，她第二次转过脸来看了你一眼，正好与你四目相对，她的眼睛里有你预期获得的惊奇。她不得不打起十二分的认真劲头来回应你的挑战，她的嗓音仿佛天籁，即使你发挥得再出色也不可能超越她。

你们的合唱赢得了几声醉醺醺的掌声，你知道这要比那种文质彬彬的掌声珍贵得多。你微笑着看了虞芩一眼，悄声说："谢谢。"

虞芩的脸突然间就有了红晕。

根据虞芩后来的解释她的脸红完全是由于酒精的作用，可你即使在听了她的解释之后也依然相信自己最初的判断：那是她无意识中传达出来的信息，她对这个男人有所动心，起码有所触动。正是基于这个大胆的判断（或许是假设），你才敢在曲终人散之际向她表达渴望与她单独交谈的意思。她先是默不作声地走了一段路，然后趁着别人在拦的士的空当对你说："半个小时后这里见。"然后她就和其他人上了一辆的士，而你和另一些人上了另一辆的士。你心里居然有些庆幸你和虞芩并不顺路，这样你可以暂时冷静一下，想想等会儿应该说些什么。

当你在夜色中看到虞芩乘坐的车朝相反的方向驶去时，你不能不想到，你们的第一次约会就从背道而驰开始。

二十分钟后你已经返回了约会的地点。你借口有事提前下车，然后重新打的就回来了。你觉得时间像生铁一般沉重，压得你喘不过气来，你几乎神经质地反复不停拿出手机来看时间，生怕超过虞芩约定的半个小时，哪怕只超过一秒，都是你不能忍受的。然后，你站在这里开始了耐心的等待，每一秒好像被拉长了，你体会着那种幸福感，你不能确定这种幸福感在等会儿的谈话之后还能保持多久。

虞芩终于到了。她刚刚从打开的车门那儿露出半个身子你就跑了过去，你像个酒店侍应生一样迎接她的到来。她对你做的这一切还是淡淡地说："谢谢。"

你们肩并肩在茫茫黑夜中漫无目的地走着，谁也没有开口说话。你现在内心满是惶恐和幸福，你怕你一开口就只剩下惶恐了。这时你才发觉和虞芩在数小时之前还是陌生人，只是那种陌生被你一厢情愿的激情给遮盖了。

还是虞芩先说话了，她说：

“你认为我一定会回来吗？我回来是因为什么？”

你认真想了想她的问题，然后说：“我不能确定你是否真的会回来，但我愿意等；既然你都回来了，还需要原因吗？”

你看到虞芩微笑了。

这个晚上并没有发生你所期待的艳遇，然而却让你有了更多的情感收获。你们去了一家通宵的酒吧继续喝酒，你们并排坐着，一杯又一杯地把冷凉的啤酒喝下去。你迷迷糊糊地说着自己的各种愤怒和困惑，虞芩安静地听着，时不时和你碰一下杯子，玻璃杯清脆的声音在午夜如同灵魂深处裂开的缝隙。后来，你有些兴奋地感到虞芩的头靠在了你的肩膀上，你转头去看的时候，却发现原来是她睡着了。你并不觉得失落，你觉得这是一种莫大的信任，证明你是个能给她安全感的人。你就那样静静地坐了一个晚上，直到她在清晨醒来。你们还一起去吃了早餐，她的情绪很好，和你还说了好些玩笑话，你问她下次能不能再一起出来玩，她说那要看时机，不要强求吧。你说对，然后你们就这样分开了。

你回到家，躺在床上，脑海里全是她睡觉的样子。那是婴儿一般深沉而贪婪的睡眠，有一小会儿她甚至还说起了梦话，令你不知所云。你只是外在于她的睡眠世界，你只能外在于她的睡眠世界。

三

你是在和新来的女领导握手的时候重新怀念起了虞芩的手。

那女领导的手绵软中透着矜持，最遗憾的是有一层冰凉的东西包在她的手上，你很明显地感觉到了，你还微微用了一点劲，否则觉得那手总是就要滑脱似的。无形的手套，你在心里想。女领导后来多看你好几眼，还和你多说了一些场面上常见的话，你知道自己刚才握手时的使劲好像显得别有用心，可事已至此，你只能继续演戏下去了。你无所畏惧地对视着领导的眼睛，而不是低下头来或是虚开视线。

最令你想不到的是，最后女领导走出你的办公室前又重新和诸人握手，你不得不再次伸出自己变得有些僵硬的右手。你在想象中把自己的手看作是没有任何感受的塑料假手，然后和女领导的手握在了一起。女领导的手突然也对你使劲了，你感到那层冰凉的手套似乎摘去了，心里不由暗暗称奇，这种惊奇让你的手又使了使劲。你实在很好奇对方这手的千变万化，你觉得那手仿佛是没有外壳的鸡蛋，内部没有任何骨骼的支撑，那层冰冷似乎是从内部渗透出来的，使劲捏的话还是能够感受得到。就这样，你研究完毕，松开了手，女领导意味深长地看着你，你这才知道这下坏了大事，自己这是怎么了，就这样稀里糊涂地加入了一个危险的游戏。

你突然开始强烈地思念起虞芩。

直到你在女领导的床上时你还在强烈地思念着虞芩。

比起政治活动中的不自由，日常生活中的不自由显得更加难以自拔，你为了这个危险的游戏付出了太多的自由。在往后的日子里，你经常被领导叫去谈话，每次都是东拉西扯可你总得笑脸相迎，有时你还主动找一些话题让气氛变得更加轻松和活跃。你这样做的时候觉得自己非常卑贱，但是这种自我糟践的感受与想法却让你感到舒服，你不知道这其中有什么逻辑链条断裂了，你被一片昏暗的帷幕给蒙住了脑袋，无法突围出来。这种奇怪而可耻的快感陪伴着你，让你把危险的游戏继续进行下去，你知道这个游戏的终止权不在你的手里，就如开始权不在你手里一样。

很多时候，你就在办公室里和女领导做事，谈不上做爱，只是赤裸裸的性交。女领导作为离异多年的女性，在性方面严重匮乏了很多年，现在简直像是火山喷发了一般，有着几乎难以餍足的欲求。有时候你感到疲惫不堪却又无法拒绝，你就像是免费的性援交者一般。不过这样的说法也不妥帖，援交者拥有拒绝的权力，而你却没有。或许称你是某种意义上的奴隶才更为恰当。你努力想消除自己作为奴隶的屈辱感，所以你每次做得格外卖力。看到女领导每次强忍着快感的号叫你还是有了一丝轻微的成就感。但是，你每次都要积极主动地给下面的小弟戴上帽子，而在女领导威严的审视下你觉得自己像个玩弄生殖器的小猩猩。这种时刻你总要想起其他事情，经常还想起虞芩，想象她会怎样看待自己目前的行为。然后，你就丢掉思想的包袱，走向女领导的身体。她的身体刚开始像穿了件紧绷绷的雨衣，可到了后来你感到那层雨衣脱掉了，剩下的却只是虚空，没有你需要的那种真实的质感，这让你感到无比惊讶。你会在某一瞬间以为眼前的这一切只不过是一场幻觉而已。

可这并不是幻觉，或许你已经难以分辨现实和幻觉的差别了，你看到女领导望你的眼神越来越柔和你甚至在想这个女人是不是爱上你了。她在脱掉那层无形雨衣之后其实更像是你从前的某个女朋友，直到你看到她经过精心修饰的眼睛之际，你才被那褐色瞳孔中的光芒所击中，那里面似乎透露出无形雨衣的全部奥秘，仿佛是一把门锁的锁眼，你在心里笑了起来。你吻在了她的眼睛上，她自然垂下了眼帘，这一刻你才感到了征服的快感。要说另外具有成就感的时刻，那就是你静静坐在那里，看着她脱衣服和穿衣服，因为它们都是毁坏秩序的时刻，或者说是权力秩序和色情秩序过渡处的狭窄缝隙，你在这里享受到了难得的虚无。

那样的时刻你仿佛站在云端之上。

四

虞芩很久都没有主动联系过你，你也坚持着不去联系她，在每日的想象中虞芩的形象前所未有地丰满了起来。不过你异常清醒地知道虞芩已经被你重新创造过了，想象中的虞芩和现实中的虞芩必将判若两人。——这是你以往全部的恋爱经验告诉你的声音。你变得焦躁不堪，因为你知道这样下去你将爱上一个从来也不曾存在过的人。

你主动向虞芩打了电话，提出想见面小聚，虞芩居然毫不迟疑地答应了，这让你喜出望外。你们约好了在上次一起度过的酒吧见面，你感到你又重新抓住了真实的虞芩，延续了属于你们的共同历史。

焦急的等待过后，到了见面的时候。你远远就看到了虞芩，她的淡蓝色迷你裙让你整个人紧张了起来，因为你的目光在裙子下方的停留超过了约定俗成的时间。正如一开始就发现的，她的一切都有着过于柔软和多情的特性，她修长的双腿也并不例外。你不敢说你真的开始爱上她了，但你绝对开始迷恋了，仅仅为了这样独特的柔软和多情也应该迷恋。你对她说：

“我想你了。”

这样的开场白是出乎你意料的，你并不喜欢直白，但是长久以来的情感折磨超越了你固有的胆怯。你等待着虞芩的回应，即使她不说话你相信从她的表情上也可以看出蛛丝马迹来。可是，让你失望的是，什么表情也没有，或说你没有发现任何期待中的东西，这让你不得不更加认真仔细地研究起她的表情来，她左侧脸上的一颗细小的黑痣都被你发现了，你对着那颗痣看了很久。这时，虞芩向你转过脸说：

“看够了没有？”

你不知该怎么应对这样有些嗔怒的指责，你本可以用油腔滑调来说没有看够因为你很美之类的话语来弥补这样的尴尬，但是你没有，你觉得虞芩或许是个比较严肃的人，所以你感到有些张口结舌的尴尬。虞芩看了你一眼，再次开口说话了，她的语调中没有任何生气的成分，还是比较平淡。她说：

“不好意思，你那样是看不出我的任何想法的，因为我的脸不能完全反映出我的心思。”

你说：“那当然，它们之间并没有直接的联系。”

虞芩睁大眼睛望着你，用着重的语气说：“你误会了，我不是和你探讨哲学，我说的就是生理问题，我的脸部得了一种病，所以在表情方面有些迟钝。”

这下你真的丧失了言说的能力，不仅是因为你从没听说过这样的事情，而且这样的事情还发生在虞芩身上，你不由得还有了更深一层的疑虑，那就是自己过去在对虞芩的了解上面或许存在着重大的失误。因为你一直是在用观察得来的印象来组织对她的经验，而这一切原来都是病态的，不能吻合的，所以虞芩所想的和你所看到的极有可能是完全相反的。

你的这些想法让你脸色变得严峻起来，这让虞芩显得很不安，她关切地说："是不是吓到你了？还是觉得很不可思议呢？"

"没有，没有。"你有些掩饰地笑了起来，说，"这不过是个小问题嘛，病慢慢就会好的。"

"或许吧，不过就现在来说，还不可能完全康复。"说完她对你微笑了一下。

你赶紧说："你看你笑得多么漂亮，还说不能表达你的心思？"

"我也就只剩下微笑了。"她说。

"微笑是最美的表情啊。"

你向她举起了酒杯，她也举了起来，喝了一小口。她接着说："可我觉得有时很别扭呢，明明我是高兴的，可是却显得冷淡；明明我是在乎的，可是却显得无所谓；明明我是难过的，可是却显得漠不关心……"

"你可以微笑啊。"你提议。

"可我不能总是微笑吧，那样真的会觉得重复和厌倦，还不如没有表情呢。不过，坦率地说，我越是面无表情很多男人对我却越是感兴趣，这真是很奇怪的事情呢，不过我知道，他们都不了解我，更不可能理解我。"

虞芩的话让你警觉起来，她所说的那些男人包不包括你呢？在你看来，显然是需要澄清的。你说："你也看出来了，我对你很感兴趣，但是我却是感兴趣你的……多情。"你差点把揭去话筒套子的事情说出来，但是觉得很不妥当。你解释说她的举手投足在你看来都很多情，洋溢着她独有的个性，以至于你都没有留意到她刻意的冷漠。

你说的完全是真心话。你看到虞芩再次微笑了，你感到很开心。

这个话题没有再继续，你们转而聊了一些其他的东西，比如电影和音乐之类的，你发现她是个很注重细节的人，对于很多艺术细节的提出超乎你的所料。不过，这次你们没有一起通宵，快十二点的时候虞芩站起身来说，晚了她该回去了。临走前，虞芩坦率地告诉你，和你在一起她感觉很愉快，很舒服，但是她却感到有种淡淡的眩晕和恐惧。你对她的说法感到有点惊奇，问她是来自哪方面的恐惧，她却不肯说了。你认为虞芩应该又开始焦虑她的病了，就不好再深究了，你只是轻声安慰她：

“一切都会好起来的。”

五

女领导对你的服务越来越感到满意，你明显地感觉到她对你日益增多的依赖。你们早就说好下班之后没有重要的事情不再用任何方式联系，但是女领导已经给你来过三次以上的电话了，而每次也就是聊聊天，问你吃饭没有吃了什么之类的问题，语气温柔，不像领导的视察，而是情人的关怀。你变得有些焦虑起来，这样的发展你始料未及，你害怕自己那种工具般的身心会慢慢地缓解和融化掉，到头来却一无所有。

你放大胆子，试着和女领导调情的时候敷衍了事，或是显得漫不经心，以便达到某种疏远的目的。但是女领导没有发现你的怠慢，或是根本不介意你的怠慢。你干脆像条死鱼一般躺在了床上都不动弹了，你微微眯着眼睛偷看，女领导会不会突然爆发起来？果然，女领导开口说话了，她说：“你今天是不是很累呢？”你从嗓子眼里胡乱仓促地哼了几声，女领导竟然说：“那你闭上眼睛休息吧，我帮你揉揉。”然后她居然帮你按摩了起来，你看到她谦卑地跪在你的面前，像个桑拿房的按摩女郎，你的心里竟然像是有了一块很大的空洞，那空洞在不断地变大，你却无法认清它的性质。你的呼吸变得急促起来，女领导听见了后说：

“怎么样？我的技术还行吧？”

“不错，不错。”对她这样讨好的问话，你只能这样说。女领导俯下身来抱住了你，你依然紧闭双眼，有些不安地等待着她的下一步。她突然开始吻你，你们从来也没有正式接吻过，这次你当然也不想的，但是你却无法躲避了。女领导尽心尽责地引导着你（就如同平日的工作中），她还长驱直下，吻在了你的身上，你明显有了反应。你们这次的做爱显得漫长而激烈，甚至有些缠绵，你终于觉出了做爱本身的快感。最后，女领导用一种妩媚的表情看着你，问你的感觉好不好。你不置可否，只是看着她的眼睛，觉得她的瞳孔深处变得有些虚无，那种坚硬有如结晶的东西在变少，你在思忖着她的灵魂中究竟发生着怎样的变化。

女领导说：“你不要那样看我啊，你就不怕爱上我吗？”

你觉得笑的神经突然被触动了，你肆无忌惮地哈哈大笑起来。女领导有些惊异地看着你，居然也笑了起来。

那天晚上你才发现惹上了大麻烦。

吃完晚饭，你感到全身疲累，慢慢地脱着衣服打算洗澡，这时候你发现你的胸前和腹部有很多红色的条形斑块，这下你可吓坏了，你赶紧跑到镜子前面看个仔细。正好是一个“井”字，怎么会有这么古怪而可怕的事情呢？你的心里想起了下午的事情，不由得把这红斑和女领导的行为联系在了一起。这个“井”字似乎正是女领导的嘴唇在你身上的行军路线图，当时并没有留意皮肤的变化，现在却变得如此狰狞，莫非是一种传染病吗？你整个人都快瘫痪掉了，你还联想到了那些最为道德男女所不齿的疾病的名称，每个字都让你心惊肉跳。你赶紧开始洗澡，用了平时三倍多的沐浴露使劲涂抹在那些红斑上，猛然增多的泡沫一下子就淹没了红色的皮肤，你的心情暂时能够平静下来了。实际上那些红斑既不痛也不痒，要不是你看到了它们，你是没有任何感觉的。你觉得那就像是一种轻微的皮肤过敏症状。你这样安慰着自己，想等到明天再看看情况会不会有所好转。但是，你在洗完澡后的第一件事情就是给老同学马医生打了电话，说好明天中午一起吃饭。之后，你变得坐卧不宁，不知道应该怎么度过剩下的数个小时。

更糟糕的是，那天晚上你失眠了，你盯着那些红色的皮肤一直到了凌晨时分。

六

你和那位老同学马医生有些日子没有联系了，这并不妨碍你们之间的关系，你们有着六年的同窗情谊。不过这么久没见面，这次一见面就要袒露出自己最丑陋的一面让你感到全身很不自在，不过那种身败名裂的恐惧感已经让你顾不得什么自尊了。你和马医生在约好的餐馆里坐下来，你简单地向他问好后就直奔主题了。你不厌其烦地痛说起了自己的症状。马医生用奇怪地笑容看着你，最后居然说：

“这个没什么大不了的，我看是你的心理作用吧。”

你瞪着热带鱼一般的眼睛，对马医生的这个轻描淡写的说法感到不能完全相信。你甚至解开了衬衣的前两颗扣子，露出一点发红的皮肉给马医生看。马医生用随意的眼神扫了几下，然后说：“真的没事，你过敏了吧，有的人会对异性的体液过敏的。”说完他怪笑了起来，笑得你心里发毛。你说：“我以前也有过类似的行为，但是都没有这样的过敏反应，这次是怎么了？”马医生说：“或许你的过敏是有针对性的呢？比如就对你的领导……哈哈哈。”马医生话还没有说完就大笑了起来，你看他的样子是真的很开心呢，你看到他的眼泪都笑出来了,他的大笑把你变成了一个无可救药的小丑。你感到后悔了，或许并不应该把自己和女领导的那档子事情和盘托出，你当初为了治病觉得细节提供得越详尽越好……

马医生笑完了，对你说：“没关系，我帮你开点药，防止过敏的，不过不要经常用，有些副作用。”

你点头称是。然后你们开始吃饭了，暂时转移了有关过敏的话题，聊起了马医生的很多日常工作和各种各样的病人。你突然对那些事物感到非常好奇，一连问了不少的问题。马医生看你如此感兴趣，也就兴致颇高地讲了起来。

饭后，你们一起去医院，马医生帮你开了药。你把药小心翼翼地塞进公文包里，然后指着马医生的鼻子说：“这事就你知道啊，要有不相干的人知道了那咱们就别做朋友了！”

马医生说：“知道了！多年的老朋友了，还不信我？”

走出医院的大门，你的胸口没那么憋闷了。太阳耀眼，热得要命，你还得回单位继续上班。到办公室的时候，你并没有马上就去吃药，副作用倒是其次的，你害怕的是产生对药物的依赖性，你想再观察一段时间，或许到时就变好了，万事皆有可能。况且，习惯的力量也是可怕的，你的皮肤在经历女领导日复一日的热吻之后或许就会逐渐适应的。

你在座位上喘息未定之际，手机响了起来，你还以为是女领导打来的，在想要不要告诉她关于皮肤过敏的事情，可拿起手机一看居然是虞芩的！这让你瞬间紧张了起来，仿佛你发红的皮肤突然间裸露在了虞芩的面前。虞芩很少给你电话，而且在大中午这个时间，会是什么事情呢？你声音颤抖地接了电话说："喂，虞芩……"

"你刚才去医院了吗？"

"是啊。"你的毛孔都站了起来。

"我看见你了，呵呵，"虞芩说，"我正好也去看病呢。"

"你的病好多了吧？"你关切地问。

"暂时还没什么改善。"

"放好心态，会好的。"你安慰道。

"嗯，我会的。你哪里不舒服吗？"虞芩终于问了你最敏感的问题。

"我有些过敏，所以去看看。"你不敢随意撒谎，你的回答为今后可能出现的破绽留下了退路。虞芩轻轻叹了一口气，说："看来只不过是小病，那我就放心了。"你听了之后，心里自然感动了起来，你知道虞芩的心里还是有你的，你只是不知道你在她心中的什么位置。你真的很想让虞芩知道你此刻的心情，但是你只能说声："谢谢。"

七

你思考再三，还是觉得应该把过敏的事情告诉女领导，你不知道女领导会说出什么话来。就过敏本身而言是没有什么好说的，但是它涉及女领导的体液与你的皮肤之间的关系，所以就有了格外丰富的意味，如果愿意在这其中肆意挖掘的话，应该可以寻找到很多复杂的意义出来。弄不好，你和女领导就这样闹翻了，你有些慌乱地想了起来。

不过要把这个事情说清楚可并不是那么简单的事情，你得寻找得当的时机，比方说在女领导正襟危坐的时候说这些话肯定是不合时宜的，因为这些话在此刻仿佛一下子就具备了污蔑的性质；但是，你进一步想到，事物的性质是非常容易改变的，比如在你们宽衣解带之后说这些话，似乎还具备了某种调情的因素，有着色情的意味。你为自己的想法感到可耻，但是后来发生的事情却非常好地印证了你的想法。

或许最开始你加入游戏的时候，你带着男性固有的那种猎人本能，觉得女领导是你一个丰美的猎物，但是你和她的地位在游戏一开始就发生了逆转，你在成为猎物，而且你这个猎物还要在被吃的时候强颜欢笑。这由你们之间的权力关系先天就决定了，你居然忽略了这一层，你现在想明白的时候却已经丧失了逃生的意志。

就你们之间的具体色情游戏来说，你丧失主动权之后就乏善可陈了。这次也没有什么两样，女领导重复了上次的行为。不过，她似乎对亲吻变得越来越情有独钟了，她又吻了你的身体。你忍受着对皮肤过敏的恐惧，整个人仿佛被蒙在一张棉被里面。当然，你的皮肤印迹现在已经消退得干干净净了，仿佛从未发生过，从这点来看这的确不算什么病，而仅仅是过敏，这令你的担忧也有所松弛。

在一阵激情过后，女领导的心情舒畅了起来，你抓住时机说了你不幸的遭遇，女领导先是惊得目瞪口呆，推开你的身体，上下左右仔细打量着你，然后问你现在怎么没有了，看不到呀。你说，过了两天时间就自然消退了。女领导还在打量着你，突然她笑了起来，这让你感到毛骨悚然的同时也产生了好奇。你使劲问：

“这有什么好笑的？”

女领导压在你的身上问你：“你现在是不是很怕我？”

你说："我没什么好怕的，你能有什么让我害怕的呢？"

女领导说："那就好。"

女领导嘴里轻轻呢喃着"那就好"三个字继续向你的身体进军了，她似乎对你的身体更加好奇了，或许一个人能够如此轻而易举地在另一个人的身上打上烙印也是非常诱人的事情。她很显然意识到这一层了，因为你看到她已经在你的身体上开始实践了。在一张白纸上才能画出最美最动人的图画，她扭动着脖子，在你的身体上书写着她最想诉说的话语。你问她：

"你写的是什么？"

她仰起脸笑着说："等你过敏的时候你就知道了。"

这句话让你的皮肤骤然间像涂上了胶水一般，黏稠的同时却感到在变得紧绷起来，你本来还想大笑几声，可是皮肤仿佛有了自己的大脑一般，居然冷漠了内心的可笑感，那种分裂似的感受让你不由得恐惧起来。你低头看见女领导的头发全部散开，耷拉在你的身上，你却一点也不感到痒，你更觉得这是一头母兽正在吞噬着她刚刚杀死的猎物，比如一头斑马或是一头小鹿，她正把它们的内脏掏出来，然后大口吃掉。

做完整个流程之后，你非常佩服自己的表演才能，你做到了没让她知道你内心的复杂变化。或许由于表演得过了头，女领导反而对你今天的表现更加满意，她甚至说："我真是离不开你了，你不会抛下我吧？"这些话像个刚刚谈恋爱的女中学生说的，而不是一个驾驭很多人命运的权力人物；这样的小女生话语总是具有一种致命的杀伤力，就像是异常微小的虫子爬进了你的心里，防不胜防。你要时时刻刻清除自己的幻觉：她永远是你的领导，而永远不可能成为你的女人。

晚上，镜子前面，你解开衬衣纽扣看到了红色的花纹，应该是几个汉字，不过比较模糊，需要仔细地揣摩和研究。几分钟后你知道这几个汉字就是女领导的姓名，她用这种方式在你的身上签上了自己的大名。这是什么意思？你是隶属于她的物品了吗？从稍微高级点的视角来说，你是她这位大艺术家的创造物了吗？就像毕加索在自己刚刚完成的素描上签名，然后这件画作就将流芳百世？

你拿起电话，给女领导打了过去，这是你第一次主动给她打电话，你心中在猜测女领导看见了你的电话号码会怎么想，会做出什么样的反应。你听到女领导手机设置的彩铃了，你心跳加速却坚持等了一会儿，电话通了，对方说："喂？"语气中满是公事公办的态度，这让你的心提了起来。你大着胆子说："是我，我过敏了。"你听到对方居然猛然间"扑哧"一声笑了出来，像是刚才戴的假面具从里面给撑破了。她说："你等一会儿……好了，我走到阳台上来了，我妈在。"你这才记起女领导曾告诉过你，她和她年老孤独的母亲住在一起，用她的话说，是"相依为命"，所以你从没去过她的家里。想到她的母亲，你不自觉地压低了声音才说道："你在我的身上签名了，我看到了。"她笑得声音更大了，简直有点震耳欲聋。她也压低声音说："我很想看。"你问："怎么看？"她说："你拍照，然后发彩信给我。"

领导的话就是指示和命令，你面对镜子拍下了自己的身体，你还调成了微距拍摄，让那些红色的字迹变得更加清晰和明显。你发了过去。过了一会儿，你收到了她的一条回信：

"明天我还要签。"

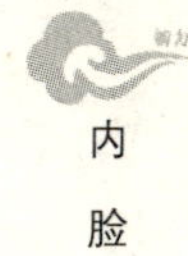

八

就在你沉湎于可耻而卑贱的快乐之际，虞芩的病却变得严重了。这样的悲惨现实超过了你的预想，或许也超过了虞芩自己的预想。实际上，你从未放松过对虞芩的思念，她正在成为让你能够这样卑琐地活下去的为数不多的理由之一，她就如同照进海底深处的阳光，让你能够判断出希望的方位。不过，你觉得这种病症十分不可思议，一个人的表情仅仅剩下了微笑也是一件棘手的事情，你难以判断这究竟意味着什么，一个人的外表看起来不再哭泣、不再愤怒、不再鄙夷、不再害羞……实在显得不够人性化，而更像是完美的天使。

你能接受一个完美的天使吗?

自从你过敏之后，你和马医生之间的联系就频繁了起来。过敏的秘密成了你们之间最坚不可摧的纽带。马医生这几年在医院里也混得风生水起，眼看就要成为主任医师了，而且他人缘极佳，和各个部门的关系都不错。所以你央求他帮你留意一位名叫虞芩的病人。马医生非常敏锐，问你："又是你的相好？"你不得不说："目前还不是。"他指着你的鼻子笑了：

"你别对她也过敏！"

这个随意的玩笑话却让你震惊了，如果虞芩也让你的皮肤过敏，那么你将如何区别这两个女人的特质? 你会不会将两个截然不同的女人混为一谈? 马医生看到你的脸色大变，不由得赶紧安慰你，答应帮你留意下。你点点头，嘱咐他不但要留意，而且还要多关照下。

一个星期之后你就从病理学的意义上知道了虞芩的病情，幸好她还不算严重的面瘫，那样的话人的脸部就完全歪斜和扭曲了。你见过那种病人的照片，那可真叫惨不忍睹。马医生还用很多学术名词描述了病情，你无法完全明白，你只记得“神经炎”“植物神经”之类的词汇，你知道从医学的角度来看，虞芩的这种表情只能归结为神经的问题。不过，聪明的马医生还是想到了心理层面，他说也不排除一种心理性因素导致的神经障碍。你非常赞同马医生的这种说法，因为你固执地相信人的表情应该完全属于精神的范畴。

你突然间说：

“或许是因为她过于完美了。”

马医生呆愣了很久，好像在回味你的话，最后他不带恶意地说：“或许她没有微笑会更完美。”

这句话如同巨大的锣声让你的内心震颤了很久。

这个周末，你赶紧给虞芩打电话，约她出来一起聊聊。她说她要去医院呢，你说别去什么鬼医院了，我帮你治病好了。她笑了，同意了。

公园像个巨大的器皿一般盛着午后的阳光，你们在阳光中变得慵懒，心情也变得放松。你胆子变大了，看了看周围玩耍的孩子们，然后直截了当地聊起了她的病情。她居然也说出了她的心里话，她的那些长久憋闷的焦虑一股脑地向你倾诉了过来，你感到自己的心情在逐渐变得沉重。你提议你们坐到不远处的那个凉亭里面，慢慢聊，虞芩点头。这时几个孩子兴奋地踢着足球跑了过去，虞芩的眼睛一直盯着他们看，眼神里充满了复杂的情愫。

在亭子的阴凉处坐下后，虞芩说：

“其实我是一个很有激情的人，你看出来了吗？”

你无奈地摇摇头，这样的谈话需要坦诚，你没有办法去欺骗她和自己。

虞芩说："这就是我的悲哀。一个人没有表情，就像一个人没有名字，人家叫她的时候，只能叫'喂''哎'这样不着调的东西，你没有办法拉扯住每个人的衣服说，我是有名字的，我是有感情的……我最怕自己真的变得麻木起来，就像一个失聪的人听不见自己讲话，久而久之也变成了哑巴。"

她哭了起来，你看到眼泪在她那并不悲伤的脸上像河水般流动，仿佛那不是泪水而是汗水，你感到了莫名的怪异。当你扭头不看她、望向远方的时候，你的心情才能摆脱那种莫名的怪异。这时，你的内心感受到了她巨大的悲伤，犹如乱石惊空一般。与此同时，你开始痛恨起自己的反应来，看与不看居然有如此大的感受差别，你觉得人们的情感被视觉俘虏了，从而忽略了人心的广袤世界。

你转过头来，看到虞芩还在流泪，你知道她真的伤心到了极点，你的确没有办法用语言去安慰她，你就抱住了她，吻了她。其实你很怕她会推开你，实际上她不仅没有，反而抱紧了你，你感到呼吸都有些困难了。

她不哭了，你继续抚摸着她瘦弱的后背。过了一会儿，她望着你笑了起来。或许她是太开心了，她的笑容显得有些夸张，脸的某些局部甚至都有一点点痉挛了。这样的笑容不能让你回应出一个笑容，而是让你痛苦地移开了视线。

虞芩问："你怎么了？你不高兴吗？"

你摇摇头说："如果所有的人都只有微笑这一种表情就好了。"

虞芩又笑了，这次你看到她的笑容仿佛是花朵从土地中生长出来一样，缓慢、绵长而又坚决。你喜欢这样的笑容，这样的笑容是有生命的。

但你不知道，这是你最后一次看到虞芩的笑容。

九

你和虞芩的谈情说爱才刚刚生出萌芽，可你在另一方面已经彻底沦落为一张供人涂鸦的签名纸。你的身体被女领导的舌尖涂抹着各种各样的图案与文字。你常常面对镜子观察那些过敏的发红部位，就像是一个人观察着自己刚刚完成的文身。尽管你的过敏不如文身持久耐看，但是却可以不断花样迭出、推陈出新，这也是女领导百玩不厌的原因吧。每当这个时候，你就开始痛恨自己的记忆力为什么如此精准，要把这一次次的玩弄积累在心间。而且就在爱情露出一点点轮廓的希望边缘上，焦虑感也泥泞样地涌现在你的脚下，你根本无法品尝到爱情的甜蜜滋味。

你需要更加频繁地去女领导的办公室“汇报工作”，你毫无廉耻地解开衬衣的纽扣，让女领导欣赏她自己绘制的杰作。这样的杰作会引发女领导极大的性趣，她会想着法子指挥你来上一场战斗。刚开始的时候女领导在你的身上写的是她和你的名字以及我爱你、你爱我之类的爱情语言，后来有一次女领导突发奇想在你的上面写了“你是我的小狗”。她看到这个字样的时候开心得哈哈大笑，而且欲望也变得非常强烈。这在你看来是非常容易理解的，你已经被更为彻底地命名为她的“小狗”，从而使你们之间的权力关系变得更加显而易见，你们的上下悬殊关系也变得更加牢靠和稳固。

不过幸运的是，女领导还没有那种疯狂的虐待倾向，某种施虐与自虐的元素都是在你们的精神深处生成并沉淀下来的。你一直在忍受，当你想到你是个男人的时候，你不但在现实工作中臣服于她，而且在男人当家做主的床上也得臣服于她，你觉得自己所有的尊严都在被一层层地揭去，你的整个存在就快要被扒光了，将变得像刮去毛的猪皮那样闪烁出本质的肉的光泽。

很早之前你就用犬儒主义的态度对自己说过，你这是享受自虐的快感。你将自己的这种心态与阿Q的精神自慰做了一番对比。你觉得阿Q太正常不过了，不仅他那样的中国泼皮在精神自慰，而且全世界的达官贵人们又何尝不是在精神自慰之中，按照心理学的说法，人总得保持住内心的平衡才能活下去。所以说阿Q真的不算什么，你认为你已经比阿Q走得更远了，因为享受自虐是一种更加消解人格的做法，是一种做奴隶做出滋味与快感的高等境界。这样的想法仿佛让你穿上了坚硬的盔甲，你在盔甲内部可以苟延残喘。

可是你还来不及庆幸精神的胜利，事情就变得更加糟糕了。这是因为你的肉体没有这样的一副盔甲护身。

或许是因为长时间不间断的过敏，你的皮肤从最开始的毫无感觉逐渐变得瘙痒以至于瘙痒难耐了。女领导接触过的地方仿佛有一小队蚂蚁在爬，蚂蚁们用坚硬的嘴巴钳咬你的汗孔，用惊慌失措的触角拨弄你的汗毛，你的皮肤像突然被严寒击中一般起满了鸡皮疙瘩。每次你都需要好几天的时间才能恢复过来，有一天你终于想起了马医生给你开过的药，你找到后匆忙吃了下去，第二天皮肤果然不再瘙痒了，可是过敏的地方变得有些坚硬起来，仿佛是长期劳动后产生的老茧。你恐慌了起来，赶紧给马医生打电话，想问他药物的副作用怎么解决，马医生却笑着对你说：

“药物的作用是短暂的，我看你需要一个更大的套子罩住全身。”

你认真地说：“要有人体镀膜技术就好了，我真想有一层塑料薄膜完美无瑕地覆盖在我的身上，这样的话我就彻底安全了。”

其实在你看来，更为可怕的变化发生在女领导身上。她非常敏锐，很快就发现了你皮肤的变化，可奇怪的是她没有任何的担忧与不快，反而更加激动了。根据你的猜测，因为你的皮肤越来越敏感了，这给她的游戏无疑增加了更多的乐趣，她已经像个精神病人一般沉溺在其中难以自拔了。她常常让你过敏，然后又像对待病人一般安抚你照顾你，让你在火与冰之间挣扎着。很多时候你看着她热情洋溢的脸，已经难以说清你和她谁才是欲望的牺牲品。不过，你不得不承认，你的享受自虐的盔甲已经越来越难以抵挡女领导疯狂的欲望利刃了。虐待已经不能让你有可耻的快乐，你觉得自己是一个无比怪异的病人，仿佛是好几个泌尿科病人的羞耻感的聚合物。你走在闹市中生怕别人的眼光，觉得那些眼光如同电焊的弧光一般犀利，轻易就能洞穿你从皮肤到灵魂的肮脏秘密。所以，你越来越喜欢独处了，你喜欢一个人坐在沙发里安静地思念虞芩。但你不敢联系她，你最怕遭遇她的眼神，你最怕看到她的微笑，在她面前你就像是携带病毒的爬虫。

你想逃离，即使有丢掉这份职业的危险也应该尝试着行动了。

十

几天后，你借故生病开始不去上班。你关掉手机，躺在床上，让皮肤休养生息。你觉得那些过敏的地方就像是纸张受潮后又变得干燥了，那种不自在的感觉令你绝望。你觉得应该联系虞芩了，至少听听她的声音，她对你总是意味着基督般的救赎。但是，你打她的电话却是关机的，你发了短信过去，直到第二天她也没有回复你。你有些坐不住了。你打电话给马医生，请他去找找虞芩。之后，你像根木头一样待在家里，傻愣愣地等待着。

下午的时候，马医生的电话才来，他说的第一句话就是：

“她的微笑也没了，这下她完美得如同天使了。”

天使难道是不会微笑的吗？你和马医生都想到了这个比喻，或许是对表情的失去与非人化之间的关系有所体悟，或许只有人才有那么丰富的表情，因为人的内心交织着太多的难以分辨的善与恶，而神是超越善恶的或者是泾渭分明的。

你一时没有吭声，马医生继续说话："我对虞芩说你找她，但她只是'噢'了一声就走开了，看她的样子似乎非常冷漠。"

"你别猜测她的心理，你作为医生难道不知道她没有所谓冷漠的表情吗？"你愤愤不平地说。

马医生表示同意你的说法并进行了忏悔，他说："那你赶紧过来吧，和她谈谈。"

你赶紧起身出门，天气闷热，你却不得不穿了一件长袖T恤以遮挡手臂上的过敏痕迹。你先找到马医生，然后马医生带着你找到了日思夜想的虞芩。在医院昏暗的走廊里，虞芩戴着帽檐很长的棒球帽，围着纱巾，戴着墨镜，她尽可能地把脸部隐藏起来。这副装扮与这个季节以及周围的环境完全格格不入。不过，在你看来这毫无必要，因为她的脸是如此美丽，况且陌生人之间也不需要任何的表情。漠然，早已是一种现代性的表情了。

你叫了她的名字，她看到的是你显得非常惊讶，当然她的脸依然是平静的，只是她正在行走的节奏被打乱了。你开门见山地问她为什么不接电话，她说你知道为什么的。这下轮到你哑口无言了，因为你确实知道为什么，你这样的问法只是让你显得和其他男人一样愚蠢。几天以来，你只是自欺欺人地装作不知道而已，但你的心底明白虞芩的病情一定是恶化了，她在逃避所有的人。

这样的交谈使你们僵持在原地，说不出话来，显得非常尴尬。少顷，虞芩结束了这场对峙，她对你说：

"我还要去见医生呢，约好的时间快到了。"

她从你身边走了过去，你看着她的脸突然觉得伤心欲绝，因为那张没有表情的脸刚好能将无情无义演绎得淋漓尽致。

你回到了你的小房间，你的小家。你觉得你和虞芩之间已经画上句号了，这个结论让你如同置身在坟墓中一般。

可是，黄昏的时候，也就是在你最为绝望的时候，你接到了虞芩的电话，她说现在想过来找你，问你的住址。你赶紧告诉了她，还问她在哪里，你去接她。她淡淡地说：

“不用了，我很快就到。”

昏暗中，你都忘了开灯，失而复得的幸福感让你觉得黑暗如此温暖。

很短暂的时间之后，门铃响了，你赶紧去开门，虞芩一下子就抱住你哭了起来。你没有想到以这么快捷的方式就得到了虞芩的心，你压抑着兴奋让她在沙发上坐了下来，转身去给她倒了一杯水。然后你坐在她的身边，你们的手自然而然握在了一起。你握住了那个曾经揭去你生命中的巨大套子的手，心中百感交集，不过你的想法似乎和当初有了不少的偏移。你现在重新记起那个戴着套子的话筒时，觉得揭去套子未必就比戴着套子更为高明，这其中的微妙界限简直如同人生的迷宫一样，每一个细小的行动都需要依据情势作出不同的判断。不过，那种不断寻找接触，与万事万物相交融的哲学冲动还是让你幸福得战栗起来，那双多情而柔软的手率领你沉浸到了非常遥远而陌生的国度……

“我连微笑都没有了，你会不会觉得我是个怪物？”这时虞芩把头埋进你的怀里，轻轻问道。

“没有，我觉得你更像是个天使了。”你说出了最为真心的话语，虞芩坐起身体来，瞪大眼睛问你：“真的吗？”

"我觉得是这样的。"

结果她又流泪了，她说："我不要当天使，我就想做人，能笑能哭的人。"

"我看你这样挺好的，是个冰雪美人，你再哭下去就会完全融化了……"你拭去了她的泪水。

你和虞芩的第一次做爱就发生在这个时候。

长久以来的思念让你情不自禁，你开始轻轻解她的衣扣，她没有任何的慌乱，只是安静地闭上了眼睛。这一切仿佛一个神圣而虔诚的仪式。等到所有的衣服都告别她的胴体之际，你看到她的身材堪称完美。一对乳房仿佛一对炯炯有神的眼睛，肚脐仿佛是微笑的小嘴，而整个裸体仿佛羊脂白玉般洋溢着富有生命力的光泽。那种美将你震撼，你悄声对她说：

"并不是脸上才有表情。"

这句话让虞芩倒在了你的怀里。不过你突然发现自己还是穿着长袖T恤，显得非常不合时宜，幸好虞芩并没有在意到你的古怪。你看到虞芩闭上了眼睛，那不仅是羞涩，而且是尴尬。你知道她这是在担心她的面无表情。她还是无法摆脱掉丢失表情后的失落，就仿佛一个刚刚变得残疾的人总觉得自己的躯体依然是完好的，当他习惯性地想伸手拿茶杯的时候却发现手臂已经不在了。

你说："咱们不如把灯关了吧，好吗？"

她点点头。光芒消逝，你们隔着黑暗，安全地相亲相爱。不过，虞芩这时觉察到了你还穿着衣服，她的动作停了一下，然后问你为什么。你没法回答只能沉默。后来她想到了，悄声说："你是不是还在过敏？"你说是的，她就不再介意了。不过，在那一刻你有种让自己害怕的冲动，你竟然想对她说：

"这不是过敏，这是领导在文件上的签名。"

十一

假如说你和虞芩是在缅怀一种久违的爱情的话，那么你和女领导的关系是为了得到什么呢？难道就是为了耻辱与堕落？只有耻辱和堕落才能刺激你即将麻木的心灵，从而让灵魂能够苟延残喘地活下去？这是一个说不清道不明的悖论。在你请假不去的日子里，你简直不敢打开手机，一旦开机就会收到数十条女领导的短信，里面充满了各种情绪的话语，有的柔情蜜意，有的却怒气冲冲，它们令你不胜恐惧和厌烦，你打电话过去对女领导说：

“我想好好休息一下，最近就不要有任何的联系了！”

说完这句话你就挂了电话，你不知道自己怎么突然间会有这么大的勇气。不过随之而来的就是不安与焦虑，你知道自己的工作应该不保了。失业就这样提前来临了。失业，不能让你有任何重获自由的兴奋，而是有一种从心底散发出的无所适从。你觉得整个人仿佛被一根细线拴住，然后吊了起来，你不能碰到任何的东西，整个人只能无助地在虚空中荡来荡去……

你这个人早已被体制化了，可以说已经丧失了基本的社会生存能力。说个自曝其丑的话，你活得最风光的岁月就是现在，就是你用自己的过敏来取悦领导的时候。女领导对你无微不至的关怀大家都看在眼里。你不知道他们在私下会如何议论，但你要的是当面的尊重。逢年过节，甚至有人给你送礼物，巴结你，讨好你，求你办事，这让你觉得别人说你什么都无所谓了，因为实际上这些人连你都不如。

虞芩给你打电话，你也不接。上次昏黑中的做爱记忆在你的心中沉淀了下来，你反复琢磨：在那之后你和虞芩是不是就是恋人的关系了呢？你觉得并不是这么简单，就像你和女领导这么久了，你也没有承认过这种关系，好在女领导一直没有问过你什么，所以，你尽管和虞芩做爱了，却不能说就得到爱了，不论是虞芩的爱还是你自己的爱。你总觉得，你对虞芩的爱是建立在一种虚幻的基础之上，可你总猜不透那具体意味着什么。另外，还有重要的一点是，你失业了也就没有资格谈情说爱了。在这个社会，一个男人丢掉了经济地位基本上就丧失了为人资格。你不知道会有什么样的悲惨生活等着自己。你清点了银行的存款，这些钱足足可以让你支撑到明年春天，前提是你要省吃俭用，就和你曾经没有关心过的底层人民一样，把一分钱掰成两半来花。

当初你是请了一个星期的假，如今已经到了，但你依然躺在床上睡觉，一动也不想动。因为在你的想象中你已经被开除了。

这天晚上你听到门铃响了，你以为是虞芩来找你了。你在前一天给虞芩发了短信，内容是："我们暂时不要见面了。"没有任何的原因和解释，或许虞芩想找你来说个清楚。但你打开门一看，却发现是女领导，尽管你非常震惊但你马上平静下来了。你在精神的深处痛恨这个女人。

"你今天怎么还不去上班？"女领导开门见山地用权力特有的冰冷感质问你，而且就站在你的家门口。

"我不是被开除了吗？"你稀里糊涂地说道，潜意识里女领导的威严给了你不小的压迫。

女领导冷笑了起来，她说："你是不是特别希望被开除？这样你就能摆脱我了是不是？"

你看到女领导的脸上浮现出难以捉摸的表情，你觉得仿佛有一层浓密的雾气在你和她之间升腾而起，你都有些看不清她了。她就像是个陌生人。你揉了揉眼睛说道：

“你没必要再对我凶巴巴了，我现在不怕你了，谁也不怕了。”

女领导说：“你想退出了？那绝对不行！别忘了，可是你勾引我的！”

“勾引”这个词仿佛一个奇怪的音节，让你的内心轰鸣起来。你苦笑了。你想到了你和女领导的第一次会面，你们的握手。那天，由于虞芩带来的情感冲动你情不自禁地捏了女领导的手，一切从那天开始有了本质的不同。从某种意义上说，捏女领导的手是你在和无形的套子做斗争，去寻求人生的全面接触，可是你没有想到的是，接触会改变人的命运。就像是化学反应一般，在一定情况下两种物质相遇就变成了其他的物质。所以，大部分的人都是以不断的退缩和防御的姿态来面对人生的。你四处乱摸还以为能找到世界的真相，你真是个傻逼。不过你根本没法让别人明白你的想法，为了不再激怒她，你只能对她说：

“你说的话太难听了，你先进来吧。”

女领导带着得胜者的喜悦走进了你的房间，那种不近人情的冷漠感瞬间消失殆尽。你非常清楚，女领导在你面前知道用什么表情来支配你。可以说，她有三副面孔：权力的面孔，女人的面孔，以及欲望的面孔。这样的分类只是站在你的立场上，你知道她还有更多的面孔，她不露痕迹地操纵着这些面孔，从而操纵了她的世界。可让你痛心的是，虞芩却没有了表情，她丢掉了全部的面孔，剩下的是什么？还能称之为面孔吗？就如同可以把人体雕塑的脸部称之为面孔吗？一张静止的脸，仿佛突然间与这个世界切断了道路和联系，升华成了自立自足的艺术品。

你呆立在了原地。

女领导一直看着你，看到你呆呆的样子她也不说话。突然间，她似乎想到了什么一样，竟然笑嘻嘻地开始脱衣服了，她硬是把无赖和无耻表演成了顽皮和可爱。

“你不要耍流氓！”你恶狠狠地攻击她。

“我又不是第一次耍流氓，我耍的次数还少吗？”女领导显得不焦不躁。

你有些气急败坏了，对待女人的胡闹你缺乏应有的经验，你居然抬起手来说：“你再这样信不信我揍你?! 反正现在你也不是我的领导了。”

“那我是你的什么？”女领导继续脱，她的身体只剩下最后的遮盖了，苍白的肌肤在白炽灯光下慢慢拥有了金属样的光泽。

“你是什么？你是个臭婊子！”你对女人生平第一次说出了恶毒的脏话。说完之后，你突然间感到了紧张和难为情，因为你不想让自己显得如此粗俗，长久以来，你一向都注意掩盖你粗俗的面孔，即使在你的敌人面前。

女领导愣了一下，然后走了过来，你以为她要给你一巴掌，结果她却抱住了你。她轻声说：

“我就是你的婊子。”

你的心理防线彻底崩溃了，你带着仇恨又和女领导滚到了床上。

十二

在你不接虞芩的电话之后，一连好多天虞芩都再没给你电话，看来她是生气了。这让你十分不安起来。你曾以为你突然对她说我们暂时不要联系了，她一定会给你打电话来，问清楚究竟怎么回事。但是这个臆想中的电话永远没有变成客观现实，它只是作为一种心理现实沉淀了下来：你居然常常在梦中听见电话铃响了，然后你叫着“虞芩、虞芩”惊醒后才发现四周无比安静，什么也没有发生。

虞芩让你领教了女人的倔强。

你给虞芩打电话，她不接，直到反复拨打了五次你才不知所措地停了下来。短暂停歇后，你又准备打第六次电话。不过这时，信息音响起，你收到了一条她的手机短信。她说她不会接你电话的，更不会和你见面，但是可以保持其他的交流，比如上网。她留下了她的QQ号码。

你赶紧打开电脑，登录之后就找到了她的资料信息。她的网名很古怪，叫作：失落的雅努斯。应该显示头像的部分却是一片空白，什么也没有。你还以为是网络问题没有显示出来，就刷新了好几次，这才发现真的是什么也没有，这一片白痴般的白色就是她的QQ头像。这让你不由得想到了虞芩那张丧失了表情的脸，她是在用这种方式来表示内心的反抗与绝望吗?

你加她的号码为好友，她马上给你发来了信息，你点开对话框，看到了一张可爱的卡通笑脸。

你问她：为什么不接我的电话?

她：文字比声音更有表情。

你：你不要太在乎表情这个东西了，那是个虚无的东西。

她：你不觉得在人的生活中，虚的东西往往比实的东西更重要吗?

你一下子不知道该如何回应了，因为她说出了生活的真理。就在你踌躇之际，她又给你发来了信息。

她：网上有很多表情呢，而且还非常可爱。

你：是啊，大把搞怪的表情。网上聊天的气氛经常比现实中还要活跃和轻松。

她：那我们干脆就网上交流吧，我能感知到你，你也能感知到我，这才是灵魂的交流。

你：但是人不能永远生活在虚拟中啊，我看不见你也摸不到你，那样不是很奇怪吗？我会觉得你这个人是不存在的，是虚构出来的。

她：我就是虚构出来的。

你发出了一个大张着嘴的小人儿表情，表示万分惊讶；她马上给你发了一个哈哈大笑在地上打滚的小人儿，把那种高兴劲头表现得淋漓尽致。然后你发了周星驰扮酷的照片，她发了一头眩晕不已的小熊。图像式的聊天让你们忘却了刚才的沉重与无奈，突然间一切都变得轻盈、欢快和诙谐起来。你知道虞芩肯定很喜欢这样的情景，因为这样她就不用面对自己的病症了。可是这在你看来却是虚假的，你无法彻底地沉浸在这样的虚拟场景之中。当然，你并不是个宁愿痛苦的哲人，你只是被身体的不适顽固地提醒着。——自从上次你屈服了自己的本能欲望，和女领导重新发生关系之后，你的过敏症状重新变得严重起来。红色和瘙痒来得比以往任何一次都要强烈。那就仿佛是一种惩罚，你认为。

虞芩继续给你发来各种好玩的表情，图片越是可笑和荒诞反而越是刺激着你的内心，你突然打了一行字发了过去：

“其实我的身体也丧失了它的表情。”

她：你的意思是你的过敏很严重？

你：何止严重，它不但损害了我的皮肤，而且还损害了我的灵魂。就和你一样。

她：看来我们拥有最大的共同点了。

你：是的，我越来越觉得身体和脸都属于一张更大的脸。

她：怪不得你上次不肯脱衣服……你就和我上街用纱巾遮脸一般。

你：你的情况比我好多了，陌生人是看不出你的问题的。

她：但我自己可以看到，另一个分裂的自己置身在身体外面打量着我，我受不了。

你：你照镜子吗?

她：出门前不得已才照。因为我面无表情，我的眼睛就显得格外突出，当眼珠子在眼眶内转动的时候，就仿佛囚犯在牢笼中挣扎。

你：你不要把自己说得那么残忍，你在妖魔化病症，对你没有好处。

她：我也不想这样，但我仿佛有种强迫症，每当好不容易忘记病情的时候，心底就突然升起歇斯底里的声音拼命提醒我去想、去关注……难以摆脱。

你：我明白这种折磨人的状态。

你们就这样找到了核心的话题，你们可以一直这样畅谈下去，对彼此也都是最好的安慰。不过，你知道你的问题更加复杂。女领导的这件事给你带来的并不仅仅是肉体的简单病变，最可怕的是，它牵扯到了你的存在的最重要的神经，你简直要被完全彻底地毁灭掉了！现在并不是只要你和女领导分手就算完事了，这样的屈辱与劫难让你迫切需要一个凶狠的报复来偿还这一切。——只有这样，你才能破茧而出，找回自己。

而找回自己，才能真正与虞芩身心交融地生活在一起。

十三

惩罚女领导的办法转念之间就在你脑海中形成，速度之快让你都觉得意外。不过，你细细考虑了一番，发现这个办法其实来自于虞芩。是虞芩那张无表情的脸让你想到：你要让女领导尝尝丧失了表情的滋味。——没有别的办法比这个更令你兴奋的了，那种简单的人身伤害对你来说没有任何意义。你并不是个暴徒。

你去玩具店买了一些面具回来。玩具店的面具太普通了，孙悟空的，机器猫的，咸蛋超人的……都是逗小孩子玩的。还有一些专门用来吓人的恐怖面具，也不在你的考虑范畴。是一张蛇蝎美女的面具吸引了你的注意，那种邪恶的妖媚唤醒了你心中的某种沉睡的情欲。早在童年时代，你就和小朋友们讨论过为什么动画片里的坏女人更吸引人？为什么一脸正气的正派女生总是显得傻乎乎的，让人无法记住？这其中的道理经过这么多年，你不能说已经完全解开了，但是人生的经验让你对这个结论有了更深刻的体会。

过于美丽和漂亮的事物对普通人是一种压迫，因而也就被认为是邪恶的。

实际上那种邪恶是如此诱人，正如曾经诱惑过亚当夏娃的果实一般。

你毫不犹豫地买下了蛇蝎美女的面具。当然你还买了猪八戒的以及说不上名字的怪物面具，你需要用丑陋来羞辱女领导。

这天女领导再次到你的住处来，她告诉你因为她的努力你还没有被开除，你只是在继续休假而已，是被特批的病假。她觉得这是个能让你高兴的好消息。但是你听了之后没有什么反应，似乎她是在说一件很遥远的与现在完全没有关系的事情。

你对她说："你是不是特别希望我回去？那样我就不会离开你了？"

她扭住你的胳膊说："难道你还想逃出我的手掌心吗？而且，你没有这份工作，你还能干什么？"

她的语气令你厌恶，她以为她仍然能够戴着权力的面具对你发号施令吗？她错了，你已经在内心深处把自己开除了，从而摆脱了她的权力场域，你和她之间不再有权力的关系，或说需要重新建立起新的权力关系。

你有些阴险地笑了起来，你对她说："我不会再去上班了，我们要不就此分手，要不就要开始新的游戏，规则由我来制定。"

她呆愣在了原地。她穿着一套深蓝色的西装裙，黑色高跟鞋，眼睛、嘴巴、鼻子都被精心修饰过。她是特别专业和职业化的女人，令普通的男人望而生畏。而你，早已冲破了她的假面的笼罩，你对她虚弱的内部了如指掌。你知道怎么控制她。你要在她身上实践你的复仇计划，那或许是一场由你导演的伟大戏剧。

她突然好像明白了什么似的，整个人轻松了起来，她走到沙发前随意地坐了下去。她望着你说："我知道你这是报复我，我认了；不过，我相信你不会过分伤害我的，对吗？"

"我是报复你，这没什么好隐瞒的，"你对她说，"你放心吧，只要你照着我的规则做，我甚至不会再对你骂粗话。"

你把面具拿了出来，让她戴上。她有些惊慌失措地接过面具，那神态完全失去了往日的气度。面具在很多文化中都是神秘的沟通鬼神的法器，一想到冷漠的物拥有了一张非常逼真的人的脸，你觉得这本身就是一件不可思议的事情。因此面具在身心完全放松的状态下突然出现的确有些让人不寒而栗，再加上你面带幸灾乐祸般的邪恶笑容，女领导的心理防线一下子到了崩溃的边缘，她的样子就像一只待宰的羔羊，不住地瑟瑟发抖。你对她微笑了一下，说："你小时候没玩过吗？瞧把你吓得。"你的话稍稍减轻了她的恐惧感。你首先给她的就是蛇蝎美女的面具，你怕她一开始不能接受怪物的面具。她戴上了，霎时间她这个人仿佛凭空消失了，剩下了一个有些古怪的蛇蝎卡通美女，仿佛刚刚从电视里面跑出来。你哈哈大笑了起来，你对她说：

"你现在终于露出真面目了，你简直就是个狐狸精！"

她呆若木鸡地用双手扶着面具，好像那玩意儿随时会掉下来似的。“你不想看看自己的真面吗？”你对她喊道。你让她走到客厅墙壁上的大镜子前看看自己。她走过去看了一眼就故作轻松地笑了起来，她说这也太幼稚了，像是小孩子玩的游戏。她的话让你冷笑了起来，你说这才只不过是个开始，你要一直戴着它，一直戴着它，懂吗？就是说等会你出门也要戴着它。你的话让她惊恐了起来，她连连说不要，在这个房间内随便对她都无所谓，但是请不要超出这个房间。你逼视着她说：

“如果不让你走出这个房间，那叫惩罚吗？那叫小孩子过家家！”

她有些生气了，毕竟她平时领导做惯了，怎么能容忍这样的羞耻。你为了事情能够顺畅地进行下去，你想了一个办法，你要她戴上帽子和头巾，然后一起去楼下的药店。别人若问起，就说脸部过敏了，来买药。这是一件十分简单的事情，就像小小的行为艺术。在你的反复劝说下，她终于同意了。不过你告诉她你只是在后面跟着她，你们是并不认识的陌生人。

你们按照计划出门了，她走在你的前面，你不紧不慢地跟着她，像个特务。当她进入药店买药的时候，你看到所有的人都惊讶地望着她，有几个人甚至忍不住笑了起来。你观察着她的身体，从那里要打捞出她内心的蛛丝马迹。你看到她的腿有些发抖，双手有些不知所措地捏着衣角。她应该满头大汗了吧，你窃笑了起来。你从口袋里掏出数码相机拍了起来，你记录下了在人群中这张奇怪的脸，它让整个环境变得非现实起来。

你拍了很多张照片，尤其是店铺的名字和街道的特征你着力捕捉到了。你需要真实感，而不是让人一看就说是电脑合成的。拍好后你就先回家了，等待她的归来。

没过多久她就回来了。她的反应和你猜测的差不多，一进门她就摘下面具大哭了起来。她哭着喊道："从小到大没受过这样的侮辱！无数的人看着我在耻笑！"你不慌不忙地说："这有什么好侮辱的呢？我不觉得，我反而觉得你很有冒犯众人的勇气，至于别人的笑嘛，也不是什么耻笑，而是你带给他们的快乐。"她听了你的话瞪大了眼睛，说："我才没那么勇敢，我吓死了。我受到伤害你自然开心了，因为你终于报复我了。"你笑了起来："我是报复了，但是我觉得你没什么好哭的，因为你戴着面具谁也不知道那个人就是你，你不是躲藏在面具的后面嘛，有什么所谓呢？"你的话让她马上放缓了哭泣，她说："话虽然这么说，但戴着面具的人毕竟是我呀，刚才我都快发疯了。"你安慰她："没关系，慢慢你就能分清楚哪个是面具、哪个是你自己了。刚才你根本没有暴露出自己。"你的话让她彻底停止了哭泣。

但是过了一会儿她又开始难过了，她说："你不是说这个面具才是我的真面目吗？"

你的确这样说过，不过你解释道："我是从比喻的意义上来说的，也就是对你精神和内心的模样的一种描绘，每个人都有这样的一张内脸，它看不见摸不着却是实际存在的，这是一个人灵魂的标志。所以这样说来即使你不戴面具，你的脸对于陌生人来说不也是一张面具吗？反正他们也看不到你的内脸。"

"好一个所谓的内脸！照你这样说，戴与不戴岂不是没有什么分别了吗？"她疑惑地望着你。

"在陌生人中间可以这么说，你戴与不戴没什么分别。"你武断地说。

"那面对你这样的熟人呢？"女领导突然对你讨好地笑着说，她似乎已经摆脱了刚才的阴霾，有些向你调情的意思了。

"对我这样无比了解你的人来说，这蛇蝎美女的面具才是你的内脸，而你的脸只不过是面具。”你轻蔑地说道。

“我不管你怎么说，什么内脸外脸的，我只知道我是个漂亮的女人，这对女人来说就已经足够了。”她居然抛出了这么一句无比自恋和自信的话，然后她躺在了沙发上，满不在乎地把她那黑色的高跟鞋也踩在你的沙发上，好像很享受自己给自己带来的美妙吹捧。

你看着她的样子，一方面觉得有些厌恶，一方面却被她邪恶地挑逗着。在欲望面前，你刚才的道德论述完全成了华而不实的东西。你相信如果真能发明一个“内脸检测仪”出来，或许你的内在形象更是不堪入目。你这样想着，觉得有些羞愧起来，或许你对女领导也苛责了？你重新打量着她，她也眯缝着双眼妩媚地看着你，这一刻你发现你完全被她吸引住了。你越觉得她下贱你越被她所吸引，这真是奇怪的事情。

“现在，你要重新戴上面具。”你命令她。

她瞪大了眼睛，疑惑不解地望着你。

你无耻地说：

“去床上。”

十四

你对女领导的恶作剧在更大的程度上是为了虞芩，你深深地意识到这一点。你要告诉她有的人可以丢弃自己的脸而戴上毫无生命特质的面具上街，所以她的病症并不算什么，她需要从心底确立出一种强大的观念，来反抗那种由文化与习俗强加的东西。比如表情，除了基本的生物学反应（笑和哭等）之外，其他的表情意义难道不是文化的沉淀物吗？在不同的文化语境下很多相同的表情与姿势不是代表着不同的含义吗?

你打开电脑，登录QQ，开始呼叫失落的雅努斯。她出现了，伴随着各种类型的表情小图片；她似乎很热衷于收集这些图片，然后神经质地散发出来，强迫性地让人了解她是那么的高兴。的确，这样做是富有成效的，通过文字的虚拟交往由于看不到对方的表情，有时随便的一句话会显得生硬和不当，每当这时发几个图片表情给对方立刻就化险为夷了。可是，虞芩的表情数目远远大于她所需要表达的情感，她是在潜在地确证自己还拥有表情的能力。你一想到这里就觉得虞芩特别可怜，她从内到外都是一个地道的病人。

你：你还是窝在家里，哪也没去吗?

她：这几天我见到的人不超过三个，还是不得已在深夜买东西见到的。至于熟人则是一个也没有见到。

你：感到孤独和可怕了吧?

她：没有，感觉很放松，很自由，舒服得很。

你：实在是想不通，我觉得你这样子像是一种逃避。

她：随便你怎么说，我过得开心就好。

说到这里你被她的无所谓态度弄得不知所措了，于是你决定把对女领导的实验结果告诉她。

你：我告诉你一件好玩的事情，我昨天看到一个人戴着小时候的玩具面具出现在街上，她好像毫不介意。

她：不会吧，会有这么奇怪的事情?

你：是真的，我现在发照片给你看。

你早已把昨天拍的照片上传进了电脑，现在直接发送了过去，一连八张。你让她注意照片中的街道和商店，那些都是她熟悉的环境。此时此刻，你很想知道她的想法，因为这些照片让你的内心装满了困惑，而她的想法仿佛是一种能够化解困惑的标准答案。

她：……真不可思议，这个人的胆子也太大了吧！的确没想到还有这样的人。

你不失时机地赶紧试探她道：你看人家戴张假脸都可以上街，对你应该有所启发吧?

她：你这样说是什么意思? 好像我的脸是假的一样!

你：不是，我是说假脸都可以上街，何况你的真脸，你就没有必要再把自己隔离开来了。

她：这你就不懂了，那人戴着假脸上街，人们看到的也只是她的假面，而不知道她的真脸是怎么样的，实际上也就不知道究竟是哪个人，是你是他还是我都可以成为那个面具后的人……可是对我来说，别人看到的我也就是我。

你：照你的说法，一个人成为独立人的标志就是他（她）的脸了吗?

她：难道不是吗?

你：你也未免太偏激了，照你的说法，长相一模一样的双胞胎岂不是无法成为独立的个人了?

她：我们经常将双胞胎中的A误认为是B，把B又当作是A，他们在外人眼中没什么分别。

你：等等，我发现你的问题了，你所说的只是一种视觉存在，而不是真正意义上的独立存在，比如个性、梦想与灵魂，这才是人与人之间的本质不同。

她：得了吧，这种区别只是一种主观上的判断，对于这个世界来说，只是靠外形来区别彼此的，而脸在其中的比重应该在百分之九十五以上。

你：你的说法太武断了，你把世界看成是一种非常机械的拼盘。

她：是你无法领会到世界的真相而已，难道种族的形成和偏见与脸、身体、肤色等等是无关的吗？人们是通过“看”来划分世界的。就像你上次说的，身体其实是一张更大的脸而已，这张更大的脸才是构成这个世界的基础。

你：那我只能说世界建立在错误的基础之上。

她：别幼稚了，对于世界来说有什么对和错，一切就是自然形成的。

……你迫切地需要中断这次聊天，你快喘不过气来了。她那猛烈的话语让你的头脑丧失了思考的能力，以至于让你无法作出有效的回应。你赶紧开玩笑道：要不你也戴着面具上街吧，这样就没人知道你是谁了。

你没想到她很快就回了信息过来：

“可以考虑。”

这天晚上你做了个异常恐怖的梦。虞芩和女领导围绕着你跳舞，你叫着她们的名字，可她们置之不理。你去抓虞芩的手，可是虞芩却摘下了面具，原来里面是女领导，这位女领导和另外一位女领导站在一起冲你大笑，然后她们一起又摘下了面具，又变成了两个虞芩。你大叫着“虞芩，虞芩！”可是虞芩们却面无表情地望着你，继续摘下了面具，里面露出了烧焦一般的死人的脸，你吓得大叫一声，醒了过来。

十五

最奇妙的事情发生了，女领导爱上了你为她精心设计的面具游戏。

在你让女领导戴上蛇蝎美女面具上街后的几天里，你费尽心机让她又戴着猪八戒和怪兽的面具也上了街。女领导刚开始说什么也不愿意戴着猪八戒的面具上街，她说那样她宁可去死好了。你耐心地劝说她可以乔装打扮，扮成男人的样子，就像西方人在万圣节去参加化装舞会一样。

“生活中的激情就是这样发掘出来的，否则就是在平庸的生活表层中度过卑琐的一生。”你滔滔不绝地演说着你的宏论，“像你平时做个小领导，在单位人模狗样的……你别瞪我，更没必要生气，嘿嘿，话丑，却也是事实，你虽是领导，但还是个女人，处处被架空。况且高处不胜寒呐，你小心你就这样慢慢异化下去，然后就毫无意义地了此余生，最可怕的是你还以为自己很有价值……”

“行了行了！别说了，我去还不行嘛！”女领导被你无赖般的攻击言论给打败了，她彻底屈服了。这让你以为自己获得了命令她的权力，不过后来你才发现她的心中其实早就本能地渴望着那种表演的境界了。她在尝试过一次之后就变得欲罢不能，你的所作所为起到的只是催化剂的作用罢了。

她主动提出这次戴面具要去一个较远的地方，因为再去附近的话肯定就被识破了。你想了想，觉得她这样做完全是多余的，不过为了她能够更好地执行任务也就同意了。你们坐车来到了城市的另外一个区，在这个街口有一家很大的吉之岛超市，你要她戴上面具去帮你买袜子和内裤。她很小声地答应着，脸色苍白，穿着一件异常宽大的黑色夹克，下面穿着黑色的运动裤，鞋也是中性的休闲鞋。这时，你从提包里拿出猪八戒的面具，让她戴上。你看到她的双手在剧烈哆嗦着，你拍拍她的肩膀抚慰了一下，然后面具就戴在了她的脸上。一瞬间，神话中的猪八戒就这样来到了凡尘俗世。你很想哈哈大笑一番，可是却无法笑出来：首先你不能挫伤她的自尊，其次你被一种说不清的感觉给笼罩了；女领导仿佛真的在你身边突然间就消失不见了，变成了一个这样半人半兽的东西，这不由令你想起了那个可怕的梦境……

你让她先进去，随后你假扮一个陌路人跟在她的身后。在上了电梯，来到商场二楼的时候，你像个记者样地掏出了数码相机，将功能列表选择在摄像上，你准备全方位地记录下这一切。

猪八戒像个患病的大娘一般蹒跚前行,每一步都显得畏畏缩缩。几个顾客发现猪八戒之后先是惊讶了一下，然后就继续埋头挑拣商品了，他们的惊讶与快速的惊讶消除机制让你惊讶不已。接下来倒是几个小孩子发现后高兴得手舞足蹈起来，有一个小男孩甚至冲了过来，站在了猪八戒的前面仔细研究了很久，你看到猪八戒的手在紧张地捏着刚刚挑选好的两对袜子……你哑然失笑了。那个小男孩最后用手捅了捅猪八戒的身体，然后快速跑开了，由于过于兴奋嘴里发出的呼喊声都有些声嘶力竭的味道了。超市的几个工作人员经过的时候发现了这一情况，但是他们的表情显得左右为难，毕竟猪八戒又没有妨碍他们的经营，所以他们只能用无比严肃的目光审视着猪八戒，然后缓慢而无奈地走开了。

在排队买单的时候发生了一件事，让你的计划差点破产。起因是猪八戒前面站着的老太婆。老太婆的篮子里装满了花花绿绿的商品，洋洋自得地站在那里，四下打量着别人，待到她一回头的时候就惨了，只听见她叫了一声“妈呀”，整个人就坐在了地上。猪八戒本能地蹲下来去搀扶老人，可是她的这个举动让老太婆更加恐慌了，老太婆左手捂着自己的胸口，右手去推开猪八戒的手，嘴里喃喃说：“你走开，不要吓我。”周围的人见状都围了过来，开始七嘴八舌议论起猪八戒了，很多人就开始叫骂了：“大白天的干什么装神弄鬼！”“简直是神经病！”“什么猪八戒，还猪九戒呢！猪精！”

这些狠毒的谩骂飞进了猪八戒的耳朵，你看到她的手都攥成了拳头。你不知道她的内心是什么样的状态，恐慌不安还是愤怒生气？不过她毕竟是领导，心理素质还是相当不错的，她开始说话了，她说："老阿姨，对不起，我不是故意要吓你，而是我的脸过敏了，不戴面具更难看不说，万一被风吹到就更严重了，我也是万不得已呀。"她的一席话，合情合理，无懈可击，很多人悻悻离开了，不过他们没有料到这是个女人。女人在很多时候都拥有被赦免的特权。

等到猪八戒买单的时候，你看到收银员由于忍住笑，两只手就像抽筋一般抖动着，你反而一下子笑了出来，你的笑声很大，而且你是望着收银员的眼睛笑的，因此收银员再也忍不住了，她一下子更为大声地猛笑了出来，整个人蹲了下去，一只手撑在桌子的边缘上。周围好几个人也笑了起来，这几个人的笑又引发了更多的笑，整个超市变得像精神病院一般热闹非凡。公共场合的集体大笑实在是百年不遇，你一边笑，一边用相机拍摄下来。猪八戒左右打量着人群，那种神情显得十分茫然，这让大家的笑声更加猛烈起来。后来是收银员捂着肚子给猪八戒买了单才结束了这场神奇的闹剧。猪八戒快速离开了超市，笑声在她的身后还持续了一会儿。

笑完之后，你隐藏在人群中也装作无奈地摇着头，你为自己的表演才华感到满意。你暗自操纵着这一切，却没人发现。你突然理解了伟大的导演只不过是最标准的观众。

在街道的拐角处猪八戒摘下了自己的脸，女领导的脸突然显现，仿佛是川剧中的变脸。荒诞的世界一下子变得现实主义起来。你以为她会暴跳如雷，结果她突然大笑了起来，她说："真没想到一个破面具能把他们笑成那样！"她还很兴奋地问你，"我的表现不错吧？一点也没有让他们给揭穿，哈哈！"

你连连夸奖她。她就像刚才的收银员一般，一直在神经质的笑中抽搐挣扎着，那种状态犹如被大人不断搔痒胳肢窝的孩童。这一切让你越来越有成就感：做生活的导演远远强于做戏剧的导演。

至于戴着怪兽面具出门的事情也要说一下的，因为有个神奇的“意外”发生。

这天，你们选择了夜晚的江边，她依旧女扮男装，然后戴着怪兽面具在江边缓慢徐行。可能是酒足饭饱的缘故，来这里的人都特别放松和快乐，他们将这个奇特的面具人视为游乐场里的玩偶，有几个小年轻还上前请求合影。他们从裤子口袋里掏出手机，用上面粗糙的低像素摄像头来拍摄。这是他们随时记录的习惯，他们能获得的简单乐趣就是专门寻找庸常生活中的怪诞，然后将那怪诞当作奇迹一般供奉起来。这些图片最后都会汇总在网络的各种社区中，激发起一波波词语发泄的盛宴。

女领导任由他们拍摄，她已经完全熟悉了这个游戏，她像一粒干燥很久的绿豆一般，在这种奇怪的行为中获得了激情的水分，整个人的精神与气质变得饱满和活跃起来。可以说，你对她的惩罚反而变成了让她返老还童的灵丹妙药。这是你始料未及的。不过，你一直思索的问题是如何从女领导这里获得治愈虞芩的灵感。女领导的表情过于丰富，所以她要用面具来遮挡和掩盖自己的真面；那么，虞芩难道不可以反其道而行之吗？面具可以为她提供各种表情，从而掩盖住她丢失表情的真面。那样一来，她的真面就是一张最为本质的脸了。

就在你思考的时候有个神奇的人出现了。在夜幕中他的形象显得格外恐怖，等到他走近你们才看清楚，原来他戴着一个白色的史努比狗头！他的狗头让你们的面具相形见绌，你们简直是小儿科！他还提着一个大皮包，上面写着“狗头医师”四个字。“真是个疯子！”有人说。狗头人指着那个人说：“我不是疯子，我是狗头医师，按摩的手法特别好。”他拿出一张折叠椅打开，放在江边，说：

"你们谁来试试？很舒服的，一次就五块钱。"大家都乐了，全都站在周围看笑话。狗头人不断吆喝着，让大家来体验一下。这时女领导居然走上前去，坐了下来，狗头人毫无惊讶地看着女领导的面具说："多谢捧场，看来咱们是一路人。"他戴着白手套的双手轻轻放在了女领导的肩膀上，按摩了起来。女领导变得全身酥软，几分钟后，狗头人问："感觉好吗？"女领导说："真的很不错。"狗头人说："你是我今晚的第一个顾客，所以不收你的钱，还有谁来试试吗？前三位都不收钱。"话音刚落，立马有人占据了女领导刚刚站起来的位子。那个人是个快六十岁的大妈，人特别胖，当狗头人开始按摩的时候，她居然大声呻吟了起来："哎哟，真舒服呢！"大家哄笑了起来。很多人都说："这个托儿做得也太过了。"也有人说："这个不是托儿，那个戴面具的才是，都把脸遮着，都是见不得人的货色！哈哈。"

你一直混迹在看客当中，不过你是双重看客，你既看看客所看，也看看客本身。你完全处在一种梦幻感当中，仿佛是坐在一出荒诞剧的剧场中。但是，周围这些热闹的看客却坚定不移地告诉你这是无比现实的。本来，女领导戴着面具是一种非现实的惩罚，可现在狗头人的出现把女领导变成了现实的一种，一切你自以为出格的东西都变得波澜不惊了。其实，这个狗头按摩师你以前听朋友说起过，你当时不以为意，知道那无非是一种广告的噱头，朋友也说那只不过是"招徕眼球"的东西。可现在，这个狗头人的形象却给了你致命的一击，他完全破坏了你的现实感，而这合法的现实感才是你惩罚女领导的根本依据。

你知道你的惩罚已经破产了，你现在权当是为了虞芩的病而进行的实验吧。虞芩没有表情的困境或许就来源于单一而固执的现实感。

人墙越来越厚，一些人开始哄闹起来，他们要狗头人脱下头套，狗头人双手一摊，说："你们确定，真要看？"人群吼叫："看！"狗头人一低头就把狗头拿掉了，可里面还是一个狗头，人群高兴得快疯掉了。他不再是个按摩的小丑，更是个魔术大师了。

趁着兴奋的人群都被狗头人所吸引，你和女领导悄悄离开了。女领导摘下面具狂笑着对你说："没想到被那个狗东西给抢了风头。"

十六

你也为虞芩准备了面具，那是美丽的白雪公主，人见人爱。

一路上你都兴致勃勃，这么可爱的东西虞芩肯定会喜欢的。

但是完全没想到的是，虞芩把面具拿到手里后嘴角露出了奇怪的冷笑。这种冷笑完全是靠嘴角的肌肉用力牵扯完成的，那种形态让你看了不寒而栗。然后她满不在乎地戴上了面具，嘴里发出"哈、哈、哈……"这样空洞的干笑声。你并不是很明白她此刻的心情，你只是认为她在用装疯卖傻来掩饰内心中的某种情愫。你还不能准确地捕捉到那种情愫的本质。

你们待在这座城市的江边公园里，深绿色的江水仿佛正在融化的玻璃在阳光下起伏不定，你根本无法确定江水的方向。虞芩趁你不备，戴上了白雪公主的面具，然后傻愣愣地望着你。你看着她的模样瞬间发生了改变，但是，你心中的感觉却与看着女领导变脸时不同，好像女领导的变脸给你留下了更加深刻的印象。你不大清楚为什么会是这样。虞芩望着江水发了一会儿呆，然后转头看着你说："我怎么觉得我戴和不戴没有什么区别呢？"你有些故作惊讶地说："怎么能没区别呢？"她说："本来还想着我能藏在面具后面，现在却觉得这不但是欲盖弥彰，而且悲哀的是，我发现我的脸和面具有着太多的相似之处。”她摘下了面具，随手一扔，白雪公主的脸就飘落到了江水上面。那种情形极其恐怖，仿佛白雪公主掉进了江里，仅仅露出了呼救的头脸，可是那张脸却还带着古怪的微笑，仿佛在享受那种自杀者寻求解脱后的轻松与释然。渐渐地，那张脸越漂越远，这倒使你看清了水流的方向。

虞芩指着那张远去的脸对你说："看到了吧，脸是一个多么虚无的东西。"

你点头同意，说："那你就不用在乎你的病了，快从虚无中摆脱出来吧。"

虞芩说："是的，我是已经摆脱了，你知道我现在什么感觉吗？"她望着你，眼神中满是凄惶，她说："我看自己，就像人们去看一头羊羔，并不格外注意羊的脸，羊在人们的眼中只不过是没有分别的毛茸茸的一团，就像他们看到的天上的云。"

她孩子般的奇谈怪论惹得你笑了起来，你牵起她的手握在手心里轻轻摇晃着，仿佛并不介意孩子的胡闹。可她仍然坚持说她是认真的、认真的……此刻的她简直就像是一个偏执狂。你为了使她平静下来便紧紧地抱住她，在她耳边说："人并不是为了脸活着的，不要整天想着脸的事情好吗？要知道无论你怎么样，我都会喜欢你。"你的语气几乎是哀婉的恳求了，因为虞芩的偏执像是一把利刃，也在随时威胁着你对生命的稳定感。

虞芩抬起头来望着你说："我知道你对我的感情，但我不知道这份感情能保持多久……好了，你也不用再多说了，因为我现在要带你去个地方。"

在坐了十几分钟的公车之后，你们来到了一个住宅区的门口。

虞芩指着六层的一扇窗户说："我就住在那里，我们上去吧。"

原来是去她的住所。这有点出乎你的意料，不过让你感到好奇。你觉得闺房代表女孩子的心灵世界，虞芩主动带你来她的闺房是想彻底地接纳你了。

电梯口人满为患，虞芩建议爬楼梯，你点头称是。幽暗的楼梯盘旋而上，你们的脚步声在楼道内空洞地轰鸣着。快到六楼的时候，虞芩突然停下来对你说："等会儿无论你看到什么都不要怕，好吗？"你愣住了。她继续说："你一定要答应我，我现在害怕别人夸张的表情。"你做出了微笑的表情，开玩笑说："我一直保持微笑可以吗？"她转过头说："就怕你等会儿笑不起来了。"

——多年以后，虞芩房间里的景象依然震撼着你的灵魂，尽管当时你做足了心理上的准备，却依然沦落到了魂飞魄散的地步。那是你在精神上经历的一次可怕地震，尤其是那一刻，整个世界的基础都在你的心中摇晃，仅仅差一步就天塌地陷了。

你站在虞芩的门口，你看到虞芩掏出了一把银光闪闪的钥匙，微微颤抖地插进了金色的锁孔。顺时针旋转了两圈之后，锁头发出清脆的咔嗒声，门开了。

昏暗的光线中烘托出几个安静的人影，那些人有坐的有站的，都在注视着门口，奇怪的是却没人出声，就像是刻意打量人类的鬼魂。气氛的诡异让你驻足不前，你竭力保持着身体的稳定。虞芩对你说："进来啊，他们都是我的朋友。"你感到后背灼热，有汗珠渗出。虞芩说："里面还有你呢。"你压抑不住地问了起来："什么叫有我？我不是站在这里吗？"虞芩走到一个人影旁边说："喏，这个就是你。"

"你还是把灯打开好吗？光线太暗了，我什么都看不清楚。"你依然站在门口。

虞芩说：“我忘记了，我不是故意要吓你的。”她走到墙边，打开了灯。

你看到的那些人影原来都是塑料模特，不过诡异的感觉越来越浓厚了。那些模特的脸都被一张张图画给贴住了，你走上前去才发现那是一些人的相片。你看到了你自己，你的脸被打印在A4纸上，然后仔细地贴在塑料男模的脸上。你看着这样的古怪场面，一时竟说不出话来。

虞芩招呼你过去坐沙发，你腿脚僵直地走过去，坐下了，但总感到那些模特在盯着你看。你抬头看去，也的确如此，那些相片中的眼睛都在盯着你看，你走到哪它们的眼神就跟到哪。记得小时候你就发现了相片的这个问题，你问你的父母，他们不知道，然后你问老师，老师说这是由于当初照相的时候，人的瞳孔对着镜头的缘故。不过，你还是一直不太明白这其中的道理。所以，现在的场景让你的内心恐怖极了。

“你这样做是因为什么呢？”你故作镇定地问虞芩。

“我以为我能一个人就这么待着，我以为我不怕孤独，结果……我彻底被孤独打败了，我一个人孤单得要死！”她把头趴在腿上，声音有些哽咽。

你抚摸着她的头发轻声说：“你真的很傻，你弄这些模特来就不孤独了吗？”

她坐起身来，看着那些模特说：“那些照片上的人都是我的朋友，是我最想念的人，但是我和他们之间不能真实交往了。所以我就看着他们的照片，想着他们，这样挺好的，他们看着我，我看着他们，大家又不用说什么话。”

“怎么就不能真实交往了呢？比如我和你，我们不是在一起很好吗？”

“我们能够一起生活吗？你仔细想想啊，每天我都面无表情地在你身边晃来晃去，你不会觉得烦躁吗？就像死人的脸……”

“够了！你不要再乱说了！你总把自己想象中的场景当成实际的，你整个人已经混乱了！”你忍不住咆哮了起来，像是受够了这一切匪夷所思的事情。

虞芩第一次看到你发火，她被吓到了，她只是静静地坐在那里，仿佛犯错的小学生。她这个样子让你于心不忍，于是你平复了下心情说：“人与人的交流最后都是要落实到这里的。”你指着自己的心口说。

她泪眼婆娑地看着你，慢慢点了点头。

接下来的事情就简单了。你们一起吃了晚饭，虞芩的厨艺还是非常不错的，你们聊得也比较融洽。时间过得很快，差不多快十点的时候你告诉她要回去了，但是虞芩却坐在那里不言不语，仿佛没有听见你的告别。你感到有些纳闷，便问她怎么了。她深深喘了一口气说：“今天晚上陪我好吗？”虞芩的这句话让你吃惊不小，你以为你们的关系还没有到达同居同宿的地步。虞芩似乎看到了你的心思一般，继续说：“就今天一晚上，好吗？今天我感到格外地孤单。”你坐下来搂住她的肩膀，说：“只要你需要人陪，可以随时找我的。”

那天晚上仿佛长过一生，你们的第二次做爱终于发生了。

如果现在说这第二次也是最后一次的话，那么无疑具备了一种深沉的悲剧气氛。不过奇特的是，当时你们的心中似乎已经预感到了什么，每一个动作都长久而缓慢，仿佛死去，然后又从死亡中渐渐苏醒，一次又一次，仿佛有一个世界是你们渴望抵达而又无法抵达的。所以，把你们所做的称为西方词汇的“做爱”实在是有些轻薄了，你们是在进行着一种神圣的仪式，那是生命的分裂与重组在存在的深处打下致命的烙印。

你们和第一次一样，依然关着灯，处在完全的黑暗中。你什么也看不到，只能去听、去闻、去感受，色情的意味几乎被抛弃得一干二净。色情，在当代文化中的主要表现形态几乎就是各种类型的看与被看了；可现在你虽然看不到，却也没有任何想看的欲望，不像你和女领导在一起时候，完全是对耳目之悦的追求。你和虞芩的这一夜让很多年后的你坚信，任何对人本质化的论述都是错误的，人的精神世界根本是无法穷尽的。或许，只有不去看的时候，不在意看的时候，才能越过脸、身体、服饰等表象的事物，对生命产生全新的感受。

不过，悲哀的是，当时的你对内心这种隐约的新感受却产生了极端的恐惧之情，因为这不符合你被这个时代所同化的情感方式，你本就贫瘠的精神世界仿佛要被耗费殆尽了，那是一种堕落者对高尚的惧怕。你像鼹鼠般本能地惧怕阳光，你需要一直待在自己的地洞里。

所以，你就一直沉默了。等到一切都归于平静的时候，虞芩似乎才逐渐觉察到了你的微妙变化，她问你："你怎么了？感觉不好吗？"

"我很好，你呢？"你觉得你们的问题像结婚多年的夫妻。

"我也是……其实我想问你一个其他的问题。"虞芩突然有些吞吐了。

你心中居然一惊。你觉得以虞芩目前的心态，她的任何问题都不是好回答的。但你依然平和地对她说："问什么都行，我尽力回答你。"

虞芩捏着你的手，很小心地问你还有没有和别的女人交往，她说："我不在乎的，没关系，我们之间的关系还是简简单单的好，没必要确定什么死板的形式。"

她的问题让你觉得她也如此凡俗，你当时根本不知道这个问题关乎着她的信仰的根基。你在有些轻蔑的同时，突然转念想到了女领导，你马上感到紧张了。你能实话实说吗？你能说你虽然不爱女领导却和她宛如情侣吗？——你的理性告诉你，这只不过是女人的试探，你一定要忍住自己的诚实，放纵自己的谎言，你毫不迟疑地说：

"没有，我爱的人只有你一个。"

虞芩似乎喘了口气，她忽然把灯打开了，她看着你的眼睛说："你是我最后的信念了，我相信你，也相信爱。或许你真的能够穿过我的脸，进入我的内心，你会向我证明这些的，对吗？"

她的眼睛犹如琥珀，包裹着绝望的内核，但却闪现着耀眼的光泽。她的目光和她的话语，仿佛一块重达千斤的巨石突然间被人搬来压在了你的心脏上。你透过自己虚伪的眼神看到虞芩那张正在诉说的脸，当她说到她的内心之时，你的灵魂仿佛真的越过了她的脸，进入了她的体内，来到了她的内心。不过你的脑海中一片恍惚，你不由得使劲眨了眨眼睛，再睁开的时候，你突然觉得虞芩像是戴着一张面具，或说她的脸变成了一张面具，你觉得在这张静止的脸的下面应该有一张更为本质的脸。就像你曾对女领导说过的，一张内脸。

虞芩的内脸是什么样的呢？你能用心去描绘出来吗？它混杂了你的欲念与想象，又带着完全自己的呼吸，你要是有米开朗基罗的天才你相信你此生会不遗余力地去画出来，但你能接受那样的形象吗？无论怎么说，那形象总是能哭能笑能做鬼脸的吧？

乱七八糟的思绪仿佛蝙蝠，让你根本说不出什么话来。

有些问题是无解的，你对自己暗暗说道。

所以，你并不回答虞芩的问题。你只是微笑了起来，然后伸开双臂，把她的脸勾进了你的肩窝。你就保持着这个姿势，并轻轻抚摸着她光滑的后背。

虞芩说：“你这样抱着我，我感到完全放松了，突然间就觉得很困了，很想好好睡一觉。”

“你平时焦虑太多了，好好睡吧。”你继续抚摸着她的小猫一般的脊背。

“晚安，我爱你。”虞芩非常平静和自然地说，几分钟后她就进入了香甜的梦境。

十七

一个人的生命完全寄托在另一个人的生命上面，这是难以承受的重负。你现在就面临着这样的危机状况，可以说，虞芩把她的一切都托付给你了。虞芩靠着你对她的爱情得以呼吸，但是她的索取却让你感到窒息。曾经，你是那么渴望见到虞芩，而自从你去过虞芩的住所之后，你的内心发生了巨大的变化。

你一想起那些鬼魅般的塑料模特就觉得有一层滑腻而冰冷的恐怖蒙在身上，你甚至有一瞬间觉得虞芩是不是已经疯掉了。但是很快你就转移了这样的想法，并为自己的想法感到内疚。当然，房间的那一幕你可以推心置腹地理解，可以义无反顾地克服，毕竟虞芩处在特殊的病态时期，但是，你一想到虞芩把你对她的爱作为她在这个世界上的存在基础，你简直要被压倒在地了。你最了解自己的内心了，在这个时代你连自己的灵魂都无法摆放安稳，还要为你喜爱的人提供最坚实的彼岸，你实在是做不到的。

最初遇见虞芩的时候，你想要去拯救她，觉得她是一只快要飞越陆地的风筝，你需要把她的线紧紧攥在手里；可现在，虞芩整个人向你倾斜过来，你再也不觉得她是美丽和轻盈的风筝了，现在她是一架钢铁铸就的飞机，要将你整个地碾碎。

你不断地回顾过去，你发现你是受到虞芩的启示才遭遇了女领导的沼泽，虞芩反过来又成了你唯一的希望，那时你觉得只有她才能令你的内心摆脱堕落的泥泞。可如今，你却成了三人关系中的最大受力点，每个人都把自己的希望架在你的身上，而你只不过是一个普普通通的人，你无法挽救这一切。你所做的就只能是一边哀叹，一边承认着自己的怯懦，承认着自己的失败。

这样的心态让你终于失去了最后的自我救赎机会。

——你不是像圣徒般迎向你的窄门，而是像无数逃避自己生命责任的人扑倒在了堕落的黑色河流中。

你向虞芩承诺过爱情的这一个星期里，你都没有和女领导见面，每次都寻找一些借口将她支开。但是女领导表现得不焦不躁，她抽空就发短信给你，还挑逗你说："难道你对我的惩罚就这么结束了？那也太轻描淡写了吧！"实际上，眼下你对惩罚女领导已经没有任何的兴趣了，因为你放弃了希望，也就无所谓对绝望的厌恶了。所以你对女领导的短信并不加理会。

但是这天女领导给你的短信让你有些坐不住了。短信挺长，她断断续续发了好几条。你一想到她或许是道貌岸然地坐在会议室里，一面摆出领导盛气凌人的气势，一面发送着猥亵而色情的短信，你就觉得荒诞和可笑。她的短信说你让她戴着面具，羞辱她，是你性取向变态的表现，就像台湾一个离婚案中的男人，非要让自己的老婆戴上女明星的面具，不然下面就不行了……大概意思就是这样的，还有很多淫秽的话你都不想看了，你赶紧把这些短信全部删除了。

你觉得事情的含义正在越出你的控制。

你用面具惩罚女领导，是想让她尝尝没有表情的滋味儿、一种将人变得物化的痛苦，但现在的情形是荒谬的：女领导觉得面具成为你色情想象的道具，你利用面具虚构出了你内心卑琐的欲望世界，她为她发现你这种内心的卑琐而感到洋洋自得。——这样的错位让你坐卧不安了，你现在已经失业，每天没有什么具体的事务来打搅你，你完全活在自己编织的意义世界里，这些意义的稳固对你而言比手中的茶杯、嘴里的面包更加重要，你掉进了自己脑海的符号沼泽中。

“我必须澄清所有的这一切！”你在心中对自己喊道，仿佛有一桩很大的冤案降临在你的身上。

好在虞芩对你的监管并不是特别严密，她经常只是给你发发短信，并不要求频繁见面，你知道她还无法克服她心中的障碍，但是这样你却有了相对的自由。这天，你就一边发短信安慰虞芩，一边叫女领导晚上来你这里。

天还没有完全黑下来的时候，女领导已经到了你的门前，她真是迫不及待地要见到你了。你打开门，面露违心的微笑迎接她的到来，心里却体味着贵夫人与宠物狗之间的依恋关系。可是，女领导看见你却完全没有那种久别重逢后的羞怯与不适，她走进来就把身体挂在你的脖子上，仿佛她刚刚去了趟卫生间回来。

你挣扎出她的怀抱，你严肃地说：“今天咱们不是请客吃饭，今天咱们要说清楚你对我的误解。”

女领导笑了起来，她捂着肚子，全身的脂肪都在颤动，她说：“我看你是中了邪了，那是和你开玩笑呢，你干什么这么认真？”

你依然严肃地说：“你听我说，我并不是把你幻想成什么人，然后去以假当真地和你做那个事情；我是想让你知道，没有了表情的脸是悲惨的，是像面具一般木然的。另外，我是想叫你反省，你想想你是怎么用自己的这张变色龙的脸去溜须拍马的……”

女领导听了你的话之后，依然热情的脸孔深处有了一丝难以觉察的冷笑，她用一种很不在意的腔调说：“原来是这个用意啊，这个游戏越来越好玩了，你不辞辛苦地设计这个游戏是为了什么？教育我吗？人就是活一张脸，有什么不对？中国人时时刻刻讲的‘面子’是什么？难道说的不是脸是屁股吗？”

你感到了前所未有的挫败，你吼叫了起来：“我们说的是严肃的道德问题！”你一屁股坐在沙发上，把脸转向一边，不再说话。你知道你没法再说下去了，否则你就会说出你和虞芩的事情来。这一切只是因为虞芩，你才那么纠缠在关于脸的思辨当中。

女领导看你生气了，她依然带着耐心的微笑坐在了你的身边，她讨好地问你：“今天你想让我戴什么面具呢？我戴给你看好吗？”你摇摇头。气氛僵持住了。过了一会儿，你做梦也没想到女领导居然会说：“要不你为我戴吧，有个男歌星我很喜欢，你戴上他的脸让我满足下好吗？”这番话让你震惊到了无以复加的地步，你转过头来，目光凶狠地说：“没见过你这么不要脸的东西！”女领导还想继续无赖下去，你抬起手来就是一记响亮的耳光，清脆的皮肉声让你漫长的忍辱负重终于得到了一个剧烈的补偿，你的手掌在火辣辣的感觉中难以自制地颤抖着。

或许一场猛烈的战争就要爆发了。

然而，却是极端的寂静。你的手在寂静中艰难地滑落了下来，然后你坐回了沙发上，静静等待着。你不知道你具体在等待什么，但不管对方是巴掌的回敬还是恶毒的谩骂你都打算无条件地接受，以填补你心中由内疚造就的巨大空洞。

然而，却仍然是极端的寂静。

过了良久，女领导站了起来，她并不看你，径直向门外走去。你叫她的名字，希望她能原谅你的粗暴。她头也不回地说："我们之间没什么好说的了。"这句话像一把匕首刺进了你的心窝，你无法理解自己此刻的心情。你对分手的这一刻不是一直期待的吗？但是真的到了这一刻，你却变得如此虚弱，不堪一击，心中觉得隐隐作痛。

你站起来，追了上去，从后方紧紧抱住了女领导，女领导挣扎了起来，她的右手坚定地伸向门锁，你没注意到她的这个行为，结果门突然打开了，你们两个人由于失去重心狠狠地摔向了后方。

悲剧就这么发生了，是偶然更是必然。

——虞芩就站在门口看着你们。

十八

"虞芩，你怎么来……"你的脸躲在女领导的头发后面，全身的血液瞬间涌向了你的大脑，说话都变得口吃起来。

你的这副尴尬的模样立刻让女领导明白了事情的不同寻常，她的身体也不由自主地凝固了片刻，然后她迅速地翻身而起，用鄙夷的眼神怒视着你，说："今天你真是给我太多惊喜了，真没想到你还是个花花公子啊！"

你对女领导说："你先回去吧，咱们的事情到时再说。"

"不！"女领导伸手把散乱的头发向后捋去，她说，"难得今天人齐，咱们正好把话说清楚。"

你看到虞芩面无表情的脸上挂着一串串眼泪，你的心都碎了。只有你知道虞芩的心正在遭遇多大的冲击，只有你知道你作为虞芩的“寄托”正在多么滑稽地崩塌。但是，这一切是该有个了结了，没有谁和谁的命运是一定要捆绑在一起的，人的一生只不过是偶然交错的产物。

你站了起来，像老农上田回来一般拍拍自己衣服裤子上的灰尘，你故作平静地对虞芩说：“你进来吧，这是我的领导，你们认识一下。”

虞芩走了进来，女领导居然伸出手和她握住了，女领导是想保持自己的领导风范吗？你看到她们彼此介绍了对方，然后一起走到沙发前坐了下来。虞芩一直低垂着头，你认为她是在自卑，怕对方发现她的问题所在（事后证明你完全错了，这个时候虞芩早已不在乎她没有表情的脸了，她所在乎的是你，在乎的是你所导致的感情的幻灭和生命根基的崩溃）。女领导则在好奇地打量着虞芩，试图想发现她什么地方那么吸引你。

构成你生命磁场的两个女人就这么古怪而自然地和你待在同一个空间之内，尴尬的气流在你们的周围悄悄流窜。

还是女领导先开口了，成熟的女人总是善于应对各种突发的事件。她说：“我只想知道你先和谁开始的？”

你毫不犹豫地看着虞芩说：“她。”

女领导的脸变得通红，刚才被打的地方显露出了紫色的印痕；她的眼睛杀气腾腾，逼视着你，说：“那你为什么还来勾引我?!”

虞芩闻言低垂的头迅速抬起，她看着你，眼神里没有那种咄咄逼人的尖锐，但是却有一种绝望的悲哀在闪烁。

你只能低头看着地板说：“我没有，没有勾引。”

女领导站了起来，问道：“那当时是谁捏我的手的？”

你就知道她会说这个，你可以按照自己当时的想法去解释，但是没人会相信的，或许就连你自己听起来也觉得荒诞。越过皮肤的界限去接触一个人，探索一个真实的存在，这样的想法更像是偏执狂的一厢情愿吧？你的嘴角有了一丝自嘲的笑意，突然，你说了一句宛如佛教偈语的古怪的话：

“我捏的并不是你的手，我捏的是这个世界。”

女领导被你的话给迷惑了，她纳闷地说：“我的手怎么成了这个世界了？”

你有些生硬地哈哈笑了两声，然后自信地说：“虞芩应该明白的。”

可是虞芩却冷淡地说：“我不明白。”

“虞芩！”你以为虞芩因为生气而故意这样说，你不禁叫喊了起来。

“我真的不知道！我不知道！我只知道你骗了我！你以前说的一切都是假的！”虞芩心中的怒火终于爆发了出来。由于过度的生气，她的脸变得痉挛起来，形状变得怪异而吓人。女领导都被吓到了，她瞪了你一眼走上前去，关怀地问虞芩没事吧？虞芩开始号啕大哭起来，用声嘶力竭的呼啸声击打着你心中最柔软的部位。

你想握住虞芩的手安慰她，但被她一把甩开了，你还想不管不顾抱住她，可是她却猛然间站了起来，挣脱了你的怀抱。她的哭声更大了，你从没见有人这样撕心裂肺地哭过，那种哭声根本不是一具人的身体能够发出来的，那哭声是惊涛、是怒浪、是存在毁灭的哀鸣。然后就在你被哭声震撼之际，她冲向了门口，想逃离这里。你赶紧去抓她，可你刚碰到她就听到了她的一声凄厉的尖叫：“不要碰我！！！”女领导赶紧走过来一把将你推开，扶起虞芩的肩膀说：“我们走，别理这个混蛋！”虞芩只是一个劲地哭，对女领导的说法没有任何表示，于是女领导便扶着她果真走了出去，恶狠狠地把门从外面砸上了。

自始至终她们并没有再看你一眼。

你一个人站在空阔而寂寥的房间里，这个安全的场所现在显露出了狰狞的面目，让你成为了它的一名无期囚徒。你的脑海里一片空白，眼泪却已经不明就里地流了下来，就那么越流越多、越流越多，直至你的脸变得像浴室中的一块滑溜溜的肥皂，这个时候，揪心的苦楚才翩然而至，将你掀翻在地，令你肝肠寸断。

十九

虞芩自杀的那天晚上，你居然去参加同学会了。

聚会的方式又是唱 K，这让本想逃避痛苦的你撞到了回忆的枪口上，你情不自禁地一遍遍回想起初见虞芩时的情景，那双柔软而多情的手至今让你魂牵梦萦。人生若只如初见，这个被一遍遍感叹的词句让你又一遍遍地感叹着。应该是快十点的时候，你打算离开，想找个人喝闷酒，突然接到了马医生的电话，马医生的语气非常紧张和焦急，他说："我刚才上夜班的时候有位护士交给了我一封信，信的署名是虞芩。我觉得有种很古怪的感觉，他干什么给我写信呢？我就拆开一看，原来是一封由红笔写就的遗书！"你感到一根铁棍狠狠地砸在头顶上，淤血让你的眼睛都几乎睁不开了，整个世界在旋转，你发了疯似的喊道："你就在医院门口等我，我现在马上过去！"

……你看到了那封遗书。她在信中说用纸笔写信给你是你们灵魂交流的最后机会，电脑的文字已经丧失了个人的精神价值。的确是这样的，的确是这样的，你在心中喃喃自语，看到她那红色的字迹宛如灵魂的血迹，一点一滴地倾泻到信纸上，你追随着汉字的排列仿佛看到了死亡是如何抵达的。你没想到世间还会有如此凄婉而美丽的语言，只有死亡才能让文字焕发出这样的光泽。最让你感动的是，整封信从始到终她连一个字都没有责怪你。最后，她说，她只是看轻了这世间的一切，她希望你能好好活下去，从腐朽的灰烬中生长出生命的花朵。——虞芩真是太了解你了！你不禁失声痛哭，抬起头来，看到周围的一切变得如此陌生，而天空惨白到了令人眩晕的程度，你想紧紧地抱住一个稳固的物体，否则你就会随着那惨白的天空疯狂地旋转起来。

马医生发现了你古怪的神情，他安慰道："先别慌，我们现在赶紧找她，或许还来得及。"

他的话点醒了你。你带着他直奔虞芩的住所。你对这座城市的庞大的交通结构居然一瞬间变得无比清晰起来，很快你们就来到了虞芩的家门口。你们猛烈地敲门，可是直到手指感到疼痛的时候还是无人回应，一种不祥的预感攥紧了你的喉管。你对马医生说："要不踹门吧？"马医生听了后二话不说抬起脚就踹了起来。巨大的回响反倒让隔壁的门打开了，一个小心窥视的光秃秃的脑袋露了出来。你正想跑过去问一下情况，那脑袋自己钻了出来，原来是个秃顶的小老头，他没等你开口就说："你们要找的姑娘已经搬走了。"听闻此言，马医生也变得呆若木鸡了。小老头说："下午才搬走的，几个小时前。因为她提前退房，房东很不高兴，两个人在楼道里还吵了一会儿。"

"房东在哪？"你抓住了一个线索。

"就在楼下，楼梯口右边第三个门。"小老头说完就闪身回去了，你都没来得及说声感谢。

你们冲到楼下，敲门，一个穿着花格睡衣的妇女走了出来，她用怀疑的目光打量着你们，说："你们做什么的？"你说："我们找虞芩，就是你楼上的房客。""她已经死了！"女房东一脸鄙夷地说。"啊？她已经死了？"马医生惊叫了一声。女房东说："你们在说些什么呀！”你和马医生愤怒了，知道她刚才是在胡说八道，是在诅咒虞芩。你们怒吼了起来：“她要自杀，你负责任！”女房东一下子软了下来，脸变成了酱紫色，说：“她要自杀？不是因为我吧？”你们懒得回答她的问题，让她赶紧带你们去楼上的房间，看看有什么线索。

楼上的房间依然矗立着那几个塑料模特，但是一种空旷的感觉扑面而来，那是一种人去楼空的寂寞气息。不出所料，马医生对这些塑料模特也感到非常震惊，他问你：“这是怎么回事？”你说：“还不是因为那病。原来那些模特的脸上还贴着别人的照片呢，比如我的。”马医生更是惊讶得张大了嘴巴。这时女房东也进来了，她说：“她把这里搞得神神怪怪的我都没有说她，可她还要提前退房，合同可是签了一年的！”马医生喊道：“她退房是因为想去自杀，你明白吗？有没有人性！”女房东闭嘴了，但她脸上的神情显得非常茫然，仿佛不知道究竟发生什么事情了，过了良久，你听到她小声嘟囔了起来：“她还真要自杀啊？挺好的姑娘搞什么鬼啊，老娘还想多活几年呢。”

你们发现还有一些东西虞芩没来得及搬走，甚至还有一个皮箱的衣服。你问女房东：“她这些东西还回来拿吗？”女房东说：“拿啊，她说过几天会有一个朋友来拿。”“那朋友叫什么名字？”“我怎么会知道？只要拿走就行了嘛。”你和马医生为她的冷漠与麻木感到气愤，但是你们还是得跟她说，请她先不要让那人拿走东西，那人来的时候一定要通知你们。你们留下了联系方式和一百元钱，女房东这才同意了。

然后你带马医生去了江边，你也没有直说为什么。

你们在江边路上走了好久好久，寻找着貌似虞芩的身影，可是却徒劳无功。非常疲累了，夜也非常深了，你们无比失落地趴在了江边白色的大理石护栏上，望着无日无夜流动的水面伤心和发呆。

这时，白雪公主的面具在你脑海深处忽然浮现出来了：它在虞芩的手中飘落，然后浮在江面上依然无辜地微笑着，那种轻生的愉悦至今让你震颤不已。

“她或许已经跳下去了。”你望着黑漆样的江面绝望地说，似乎幽暗的江底隐藏着虞芩的脸。

“太可怕了。”马医生叹了口气说，“我并不怕死，但我怕这黑色的江水，怕肉体的折磨和疼痛。”

“但虞芩怕的却仅仅是一张丢失表情的脸！”你悲哀而又怅惘地说。

马医生听了你的话，突然有所体悟地拍着你的肩膀说：“我听人说溺死的人被捞上来后，完全变形了，非常可怕。”他的话让你的脊背发凉，身体不易觉察地颤抖了一下。马医生看了你一眼继续说：“所以，我觉得虞芩那么在乎脸，怎么可能选择这样的死法呢？”

这个推论让你的心中重新有了希望，你喊了起来：“你的意思是死对虞芩而言是件非常困难的事情，因为她无法处理自己的身体？”你本想说“尸体”二字的，但是你说不出口。

马医生说：“是这样的。”然后他拿出专家的姿态谈了起来，“这个年代，几乎每个人，尤其是女人都有我们医学上所称的‘形体感知障碍’，这是由电影电视剧等等构成的视觉中心文化给害的，那些制作出来的完美的影视明星形象像是肿瘤挤压进了现实生活的肌体之中，改变人对自身外部形象的认知。就连好多漂亮的女人也对自己的脸和身材挑三拣四，比如说虞芩，她其实是个很漂亮的女人，只不过丧失了表情……”

听到这里，你忍不住打断了马医生的话：“虞芩和她们是不一样的！”你对马医生从医学角度来解读虞芩觉得很不适应，虽然感到他的话是相当有道理的，但是对虞芩来说或许并不适用，你觉得只有你才能体会到虞芩灵魂中的黑暗，那黑暗里有你的罪孽。

马医生耐心地解释道："当然，我只是猜测，丧失表情的痛苦肯定要远远大于形体障碍综合征的，但是，我想说的是，表情和情绪就一定要挂钩吗？表情只是表象，失去表情并不代表失去了情绪，她内心的喜怒哀乐还是存在的。"

"但是无法释放出来，更无法得到回应，这才是最痛苦的！"你按着自己的胸口说，仿佛你的情绪也被压抑在那里无法排解出来。

"这么说，是得考虑下交流障碍的因素。"马医生嘴里嗫嚅道。他总是用医学的角度去考虑问题，但是人生能被切片分析吗？能用几个概念来分类总结吗？不过你没有申辩，你也不知道该怎么去申辩，你的立场、看法、话语也是单调的，申辩只能把一个人的存在搞得更加粉碎和微末。

你们之间静默了，只有江水的浩荡声徐徐升起，仿佛是流到天上的回音。

少顷，马医生得出了他的结论："综合我们刚才的讨论，我觉得她的问题在于她害怕别人眼中的她，'被看'的恐惧折磨着她。所以，我认为虞芩没有死，因为死了要被人更加肆无忌惮地看了；她应该只是隐居起来了，想完全断绝和熟人，当然尤其是和你的关系。"

这番话如同拯救，让你在灰烬般的背景下觉出了一丝高兴，虞芩毕竟还活着，在世界上的某个角落。

你不再言语，遥望着天边尽头的黑色江水，反复努力地让自己去相信马医生的话。

"虞芩没有死，虞芩没有死，虞芩没有死……她只是消失了，消失了。"你反复诵念着，经文似的，只有这样才能减轻你内心的重负。

毕竟，你也要活下去。

你也想重新活下去。

二十

你的生活习惯有了重大的改变，每天都要在报纸和网站的社会新闻栏目浏览很久，对那些和自杀有关的新闻更是反复研究。你害怕从那些新闻中发现虞芩，却又冥冥中希望得到一个确定的结论。时间在一天天过去，而你徒劳无获，你开始相信虞芩真的还活着。这期间，女房东联系了你们，说是有个女的来拿虞芩的行李，就在你拼命赶到那里的时候，那女人已经离开了。你抱怨女房东怎么不拦住那人，女房东一脸无辜地说："人家说要赶飞机，我怎么能拦得住！"你让女房东描述了那女人的长相，似乎很陌生。你问女房东："和虞芩长得像吗？"女房东摇摇头说："一点也不像。"

"那她会笑吗？有表情吗？"你迫不及待地问道。

女房东愣了一下说："什么叫有表情？还有人没表情吗？"

看来女房东都不知道虞芩没有表情，你突然对虞芩感到了一阵痛彻骨髓的悲哀：她那么在乎的东西可是人家根本没有注意，一个人存在的轻重竟是如此的悬殊。

"那你觉得虞芩有什么奇怪的地方吗？"你不死心地问道。

"没啥奇怪的，其实她挺好的，从没拖欠过房租和水电费，可能，就是人冷漠了点，很少笑。不过，我对她也很少笑。"女房东努力回忆道，说到最后她还难为情地讪笑了起来。其实女房东这个人本质也不坏的，你想。

"虞芩在心里对你笑过了。"你这样对女房东说，你知道虞芩会赞同的。

说完后你就离开了那里。

就这样，这条最重要的线索彻底断了。之后，你回想起和虞芩第一次唱K的场景，想起了几个人，打电话去问，有的人说不熟的，有的人压根不知道，忘记了。那天虞芩是你一个朋友的一个朋友带来的，此间的关系太远了，居然无从知晓了。你在不得已中只好放弃了日常的寻找，经常坐在房间里长时间地发呆。你不厌其烦地一遍遍告诉自己：

“虞芩没有死，只是消失了。”

不过，既然虞芩已经消失了，你的讲述也就来到了尽头。

当然，有一件事情还特别值得一提，这是马医生带给你的奇迹。

在虞芩消失之后，马医生给了你很大的精神支撑，你经常混迹在他的办公室，看他给病人治病，听他谈论病人的症状，你越来越感到生命的脆弱，你在感到无比绝望的同时也看淡了很多事情。你经常对马医生说：

“我现在的心态完全是某种宗教性质的。”

马医生笑着说：“我会给你的新宗教献上圣物的。”

你没有把他的话放在心上，以为只是玩笑。但在几天之后，一件对你而言比任何圣物都要珍贵的东西被马医生捧到了你的面前。

——精美的木匣子散发出淡淡的褐色的光芒，它的侧面虽然只有一本画册大小，但却沉甸甸的犹如盛满了贵重的珠宝。你打开盖子，看到了用塑料泡沫仔细围住的内部，虽然你还无法得知具体的内容，但你的心已经做好了谦恭的接受姿态。

你小心翼翼地揭开泡沫，不禁惊呼了起来：

“太像了！”

虞芩的脸静静地躺在盒子里，仿佛此刻正在熟睡。

这是一件夺人心魄的艺术品，是用纯净的白水晶雕刻而成，外形自不待言，尤其是把虞芩那种忧郁的气质表现得淋漓尽致。而且，这种通透的晶体材料让虞芩的脸饱含着灵魂的光辉，仿佛是她被压抑过久的内心世界终于显现出了辉煌的轮廓。

你用几乎颤抖的声音问马医生："你怎么做的？"

马医生告诉你，曾经为虞芩治病的医生有虞芩脸部的石膏倒模，然后他把这个倒模拿给了本城最有名的一位雕刻艺术家，一件精美绝伦的艺术品就这样诞生了。他为了这件事也费了不少工夫和金钱，这一切只为了让你能够在记忆中挽留住虞芩的身影。当然，马医生也说到自己的私心：由于虞芩的事件促使他对精神病理学有了很深入的理解，他准备向那位"维也纳的巫医"弗洛伊德以及晦涩的拉康发起来自远东的学术挑战。

"这样做虞芩可能会不喜欢，"最后马医生遗憾而伤感地说，"可我们对一个人的记忆到最后也只剩下脸了。"

你已经失去了言说的能力，只是紧紧地抱着木匣子，盯着水晶的脸看，你甚至都不敢用手指去抚摸一下。

对于以后的事情本来是没什么好说的了，你也不想说，因为这涉及你目前的生活，一旦这个秘密被泄露出去你肯定要碰到比较大的麻烦。不过，你是个非常善良的、有始有终的人，你愿意对耐心阅读到此处的朋友们开诚布公地说出一切。

这事的起因还在于女领导，她在虞芩消失后变得有些紧张和焦虑，似乎更加需要你的关爱了，她与你的联系更密切了，简直是密不透风。你认为她这样做只不过是在和已经消逝的情敌虞芩进行着一场情感上的抽象斗争。这对你来说自然是难以忍受的。因为直到虞芩消失，你才明白你对女领导肉体的迷恋是来自于内心深处对虞芩欲望的补偿：虞芩过于高贵、过于脆弱，也过于拘谨，你需要一个中介、一个过渡、一个补偿，然后在潜意识的想象中才能和虞芩结成无比亲密、毫无间隙的一体。这是你目前的想法，或许和以前想的有所出入，因此你不敢确保这想法的准确性，你会找个时间和马医生谈一谈，或许会有更完备的理论产生。

你还有一些新的想法，这些想法导致了你后半生的重大改变。

在你和女领导的奇特关系中，你觉得虞芩其实一直是女领导面前看不见的面具，现在面具不在了，露出了柔软而怪异的内部，仿佛剥去外壳的蜗牛。这是你不能忍受的。当然，你更是看到了自己的怯懦无能与空虚贫乏，这一点比起女领导来更加不可忍受。你无法面对自己，对自己几乎不能忍受，你居然都丧失了回忆的勇气。一个人想逃避自己，最好的办法就是变成另外一个人。于是，你在咨询过马医生之后就去做了那个渴望已久的手术。马医生非常同意你的选择。你觉得你越来越理解了虞芩的想法了：脸就是对人的身份的限定，脸才是人这种生命体的真正名字。

从脸出发，马医生或许真的会研究出颠覆这个世界的理论呢。

整容之后，你看着镜子中的新人，你居然没有任何的不适与怪异，因为镜子里的形象是如此符合自己的美学趣味。在你看来，那是一副接近完美的男人形象，清朗而俊秀，成熟而老练，没有小白脸的媚俗也没有普通中年男人的委顿，这样的面孔很轻易地就会令人产生信任与信赖。不出所料，随后的进展都印证了你的判断。你应聘了一家跨国公司，人力资源部的女士似乎对你格外友好。几天后，你顺利进入了这家很不错的外资公司，开始了新的事业。尽管你的工作能力绝对算不上突出，但是你努力保证让自己不出错，结果大家一致认为你这个人办事非常稳健与可靠，一年后你就升任了这个部门的经理，又过了两年，你已经是区域运营总监了。这样的火箭速度让你自己也惊讶不已，你常常在晚上睡觉前使劲回忆自己的过去，你还是那个不值一提的你吗？

这天，你们公司要与某个单位商谈一个会议计划。等到秘书递给你详细的会议安排时，你才发现这个单位就是你曾经所在的单位，而那边的负责人就是曾与你纠缠不已的女领导。你的心里还是有些慌张的，当年你只是在电话里通知女领导你出国了再也不会回来了，然后就这样结束了任何方式的联系。如今，又要见面了，尽管你的外形变了，但你的眼神、你的习惯性动作会不会出卖你呢？

见面的时候你才发现你的担心是多余的，女领导对你没有任何的怀疑，完全是公事公办的态度。曾经令你在权力面前仰视的女领导现在和你平等地站在了一起，不，或许你还要站得更高一些……不仅因为女领导在具体的事务合作上有求于你，而且更是因为你终于看清楚了女领导的脸。那张脸因为重力和时间的作用变得松弛和走样，就连高超的化妆技术也难以遮掩，你曾经迷惑于女领导脸部表情的多变，现在这种多变依然富有风情万千的意味，但在那风姿之后沉潜的疲累、无奈、心酸与寂寞已经泉水般地荡漾了起来，让每个走近她的人都能感到那种特殊的来自衰老的气息。这一切，都让你的内心百感交集，你不知道为了什么而严重伤感起来，你真的说不出来，但你的确被一种负面的情绪给彻底笼罩了，在会议的中途你还借故出去了一下，让那种情绪像一把生盐似的慢慢融化掉。

会议后还有个酒会。在印有“合作共赢”四个大字的巨大屏风下，摆着一个宝塔状的巨大蛋糕，共有六层。你和女领导作为合作双方的代表要一起把那个蛋糕切开，寓意双方在今后一起分享这个领域的市场。你和女领导一起握住了一把具有异常精美的手柄的蛋糕刀，你们的手自然碰触在了一起，然后你们的手缓缓发力，刀就慢慢驶进了蛋糕的内部。女领导突然间故作不经意地说：“不知道怎么回事，您让我想起了一个老朋友。”

“是吗？”你微笑着，问，“怎么样的人呢？”

“谁？”

“您的老朋友啊。”

女领导微笑着看了你一眼，然后低下头想了一会儿，在手中的刀碰到底座的时候她用开玩笑的口吻悄声说：

“他是一个对我过敏的人。”

你们一起笑了起来，你们灿烂的笑容让下面的人拼命鼓起掌来，为大家今后的亲密无间、为大家今后的“锦绣钱程”，他们把巴掌拍得宛如山呼海啸。

而你的灵魂正在变得僵冷。你看着女领导的脸在你眼中变得越来越逼真，你感到时间在越走越慢，终于，时间停下了脚步，一切都静止了。女领导的脸静静看着你，仿佛静止的雕塑。在你的脑海中，她的脸与虞苓的水晶脸雕塑正在一点点地移动并靠近，最终，它们合二为一，你看到了一个完全陌生的新人。

载《花城》2010年第3期

第二人

我的左手开始痛恨右手，当然，右手更加痛恨左手。我被绑起来了，那狗日的绑得真紧，他别让我重获自由，否则我非让他加倍偿还不可。车向西边一路开去，我看到窗外迅速掠过一排排低矮的村屋，觉得这些景物竟是如此熟悉。我在脑海的坑洼里仔细爬梳着，但是一无所得，或许是这些风物毫无特征的缘故吧。我问他："你到底带我去哪里？"他专心开着车，头也不回，说："坐着吧，很快就到了。"

恐怖在我心间滋生，但另一种情绪：好奇也在蓬勃兴起。我骂自己真是个贱东西，都他妈的快死了还好奇什么呀。但是，就是好奇，不可遏止地好奇。接下来会发生什么呢？我无仇无怨，谁会对我感兴趣呢？琢磨来琢磨去，这事越来越充满了未知的诱惑，甚至，我还有了点儿兴奋。真是个贱东西。

前几天我回海市探亲，和几个朋友晚上喝醉了，在大街上走走唱唱的，丢死人了，好像还和几个行人发生了冲突，难道是那帮人的报复？那也太小气了吧，跟个醉汉还这么计较，是他妈的懦夫才干的事。要真是这样的话，我也没什么好怕的，这帮狗日的懦夫。我闭上眼睛，迷迷糊糊睡着了。

待我睡醒的时候，车已经停了。他叫醒我，摇着头说："你这人还真睡得着。"我打了个哈欠说："你到底想干什么？你知道吗，你已经严重违法了！"他不理会我的指责，让我赶紧下车，我双手只能合十，像是出家人一般，行动非常不便，连车门都打不开。他丝毫都没有考虑到我的难处，还不耐烦了，催促我说："快点啊！"

好不容易，我挣扎着下车了，我站在那里，瞪大了眼睛向四面八方望去，发现这是个小镇，冷清得很，一片衰败凋敝的景象。我问："这是哪里？"这次他倒回答得干脆："青马镇。"

"青马镇?！我小时候生活的地方？"

"对，正是。"

记忆之门瞬时开启，二十年前，还是十岁小少年的我，跟随父母离开了青马镇，也离开了我的童年。那是一次平庸无奇的离开。我坐在搬家大卡车的驾驶室里，几个童年伙伴朝我挥挥手，没多久，车就开了，我什么话也没和他们说。在车转过拐角的时候，我看到他们已经开始在院子里玩闹了，像是没事发生似的。当时的我并不失落，那时我还不认识这种情感，在那离别的一刻，我只是有种错觉，似乎我并没有离开，依然在他们中间玩耍，反而坐在车上离开的这个我，似乎并不是我，而是另一个让我完全陌生的人。

"这是青马镇？我怎么一点都认不出来了？"我认真打量着四周，试图唤醒一些熟悉的东西，但是徒劳无功，这里和中国其他地方的小城镇一样，毫无特色，只是对某种城市印象的仿制品。

"二十年了，在当代中国，二十年相当于别的地方、别的年代上百年呢，你怎么能认得出来！"

他居然说出这么有水平的话，让我不得不刮目相看了。他顶着鸭舌帽，戴着墨镜，穿着一身迷彩服，显得非常不合时宜，是那种走到哪里都会被人记住的形象。

我说："是啊，我一点都认不出来了，看来你对我的过去很熟悉，你到底是谁？"

他没有什么表情，用墨镜后的眼睛盯着我，说："带你去见个老朋友。"

"我在青马镇还有老朋友？据我所知，他们和我一样，都搬到海市去了。"我有些摸不着头脑了。

"你跟我走就是了。"

他走在我的前面，脚上还穿着那种过时的军用皮靴，后跟的铁掌轮番敲打着水泥地面，噼里啪啦，像是一间活动的铁匠铺子。

我们走了十分钟左右，我的双手就那么绑着，像是示众的囚犯，光天化日之下竟撞不到一个路人，更别说熟人了。我忍不住问他："这是死城吗?！人都去哪里了？"

"差不多是个死城了，经济中心转到临近的白马镇去了，高速公路也不经过这里，这里快要废掉了。"

"我小的时候，白马镇不如青马镇啊。"

"白马镇正好在高速公路的边上，有来往汽车必经的加油站，所以人家百业兴旺了。"

我不再说什么了，我跟着他穿过一条小巷子，走过小巷之后，我突然呆愣住了，我看到了一幢非常熟悉的建筑！

"这是……好熟悉……"我嘴角嗫嚅着。

"这是青马镇电影院。"

"对，对，电影院！"我高兴起来了，早已忘记了自己的囚徒处境。

一片萧条的青马镇竟然保留了这家电影院，而且还被修葺一新，太令人惊讶了。这家电影院代表着青马镇曾经的繁荣岁月，也吸纳了我童年时无数的欢乐记忆，我站在它的面前，就像是见到了昔日的恋人一般，竟然心潮起伏，眼角都感到有点湿润了。

不过，它和过去还是不同了。

它不再是开放的，而是封闭的。像是动物园对待猛兽似的，褐色的铁栅栏把这座淡黄色的建筑物给围了起来，也把我挡在了外面。我问："还有电影放吗？"他咳嗽了一声，说："废话，还有谁来这看电影？""那还修葺一新……"我疑惑不已，他却不理我，眼睛望着别处。我站在栅栏前，用双手握住了一根铁条，觉得这电影院已经成为了一个纯粹的象征产物，在这方面它甚至都超越了巴黎那座镂空的埃菲尔铁塔，那铁塔还可以供人们登上去看看风景呢，而它就放置在那里，难道只是为了时不时提醒一下人们的记忆吗？

在这个炎热的午后，我和他呆站在这里，就像是公墓里的凭吊者似的。时间一分一秒地流逝，我不知道站了多久，似乎他费那么大劲抓我，就是为了让我站在这里似的。如果真是这样倒也不错，符合我的心意。我获得了足够的时间去凭吊我的童年，许多早已杂草丛生的记忆现在开始逐渐显现出来，不过残酷的是，再鲜活的记忆也只是往事的灰烬而已，我心中的伤感开始持续增长，终于，我长叹了一口气。

"有点感觉了吧？"他突兀地问道。

"什么感觉？"

"过去的感觉。"

"当然。"

"那好，是时候了，我带你进去吧。"他说着从裤兜里掏出钥匙来，把铁栅栏的门打开了，这很出乎我的意料，也让我感到恐惧，好像尘封的记忆突然敞开了似的。他先进去了，然后朝我招手："快来！”我突然意识到这是我逃跑的最佳时机，但是我看了看周围，马上打消了这个念头，我能跑到哪里去呢？或许老老实实跟着他走，毫不反抗，才是最安全的。我走了进去，他马上把栅栏锁上了，他还朝我解释道：“并不是怕你跑，而是怕别人进来。”

我心想谁会进来，这里连个屁都没有。我向电影院走去，越来越近，近得已经能看清楚“修葺工程”的拙劣了，涂在表面的淡黄色太淡了，隐约还可以看到“主席万岁”等字样。我这才想起，这建筑是很古老的了，在我的童年，它就已经是上一个时代的遗物了，没想到它的生命力竟然如此之长，我想，如果它能在风雨中再坚持上五十年或更久，那真是不折不扣的文物了。

电影院大门紧锁，我凑近门上的两扇小窗向里看，结果除了一片黑暗，什么也没看到。他说：“别看了，我们从后门进去。”我跟着他，绕着电影院走了半圈，一侧的地面上长满了浓密的野草，那里散发着浓烈的尿臊味，让人快要窒息了。我捂着鼻子，看到了一扇黑色的小门，仅容一人通过，和庞大的电影院很不匹配。他走过去，轻轻踢了下门，门一下子就敞开了，根本没有上锁。

“请进吧。”他说。没有丝毫的命令口气，更像是一种商量。即使他绑着我的双手，即使我恨他，我也难以拒绝这样的商量。不知道是我的心软到了愚昧的地步，还是里面的诱惑怂恿着我，我一抬腿便跨了进去。

或许是青马镇电影院里充满了我童年的碎片，我的恐惧渐渐消散了。里面光线比较昏暗，不过倒是宽敞，废话嘛，电影院里面能不宽敞吗？能坐好几千人呢。待我的眼睛适应了里面的光线后，我看到里面并没有想象中的落满灰尘，而是干干净净的，破旧的椅子上一尘不染，就连幕布也还挂在那里，仿佛满座的电影刚刚散场似的。太神奇了。

我坐在了一张椅子上，闭上眼睛，童年的欢欣如约而至。我记得在这里我看过电影《红高粱》，然后学会了吼里面的歌：妹妹你大胆地往前走哇，往前走，莫回呀头！还有周星驰的《九品芝麻官》，笑得我肚子疼。当然也有可恶的时刻，就是电影《大红灯笼高高挂》，当时说十八岁以下的未成年人不能进场，真是急死我们了，越不给看，越想看，有人说那是黄色电影，让我们的心更痒了，想象着那些成年人享受着怎样的视觉盛宴，我们恨不得马上长大。许多年后，等我看到那片子的时候，我要做的第一件事便是心急火燎地寻找着“黄色”的部分，但是一无所得，我强烈怀疑是不是还有另外一部同名电影……是啊，太多的回忆弥漫在这个空间里，这就是我的“天堂电影院”啊！

他站在我的身边，像个沉默的幽灵，任我沉浸在漫无边际的缅怀中。

“这么说，你是带我来怀旧的？”我睁开眼睛，感慨万千。我看了看我紧密合十的双手，又忍不住抱怨道：“但你的方式也太粗暴了吧！”

“我说过了，是带你去见个老朋友。”他的语调毫无起伏变化，像一段铁轨。

“既然是老朋友，对我还这么粗暴?!”

“他在楼上的放映室等你。”

我打了个寒战，扭头向后上方望去，那是个熟悉的地方，电影开始时，是那里投出的一束光变出了花花绿绿的世界。现在，那里只是一个小黑洞，我仔细盯着那里，好像看到了一个人影，他站在那里，也盯着我看，我能感觉到他的目光打在我的身上，就像阴森的寒气将我包围了。我不禁战栗起来，我敢打赌，那个站在高处的人肯定没有眨眼，就那么蛮横地大睁着双眼。真要命啊，我小时候有过什么仇敌吗？我迅速回忆着，但是毫无结果，一个小孩子能惹下什么滔天大祸，让人惦记了二十年来报复？没可能，绝对没可能。

“我们上去吧。”

他说着向楼梯口走去，我紧跟其后，待踏上楼梯时我有些喘不过气了，那个人的气场太凌厉了，远远地就能让人心慌意乱。这回他妈的死定了，我为什么要老老实实跟过来?！我这是天堂有路不走，地狱无门偏进啊！我真切地感到自己这次遇上大麻烦了。不过，我也使劲安慰着自己：他总说带我去见“老朋友”，既然这么说，应该没有什么危险吧，毕竟也是老朋友嘛……也许是老同学的恶作剧呢。

楼上的光线要好很多，窗外阳光明媚，可以望见很远处的低矮民居，不过还是杳无人迹。他站在房间门口说：“请——”双手还做出请的姿势，我甚至觉得他是站在我这边的，是专门来保护我的，凡是他让我做的，似乎危险就不大。

我咬咬牙，走进了房间，立刻就看到了那个阴郁的人影。他穿着一身黑色的中山装，端坐在椅子上，正对着我，最让人起鸡皮疙瘩的是，他的脸上戴着面具，一个滑稽的兔子面具。

面具人看到我，冲我点点头，大声叫了一声我的名字，我浑身一震，但我对这个声音无比陌生。他说：“请坐。”那个一路看守我的家伙赶紧给我搬来了一张椅子，我坐下来说：“先给我的手松绑再说其他的好不好？”

面具人说：“不是故意要绑你的，而是等会儿你自己会主动同意的，所以我就想没必要再多此一举了。”

这番疯话让我有些气急败坏，我说：“我又不是神经病，我等会儿还会求着让你绑我不成?！”

“那真的很难说。”面具人笑了起来，声音很难听，他说，“小山，那就给他先解开吧。”

原来那个家伙叫小山，这个名字听起来是有点熟悉的，或许是平凡的熟悉吧，叫这个名字的人成千上万呢。当然，我也想到了晏几道的《小山词》，不过在这种状况下想起这个也太不合时宜了。

小山做什么都一丝不苟，他用木偶般的机械动作解开了绳索，我的双手一阵舒爽，我使劲在空中甩了十几下，才感到血液开始贯通手掌的每一道血管。手腕上有道深红色的印痕，像是很深的伤口，我在心里狠狠骂着这两个王八蛋，但表面上装作若无其事的样子，只是用两手轮换着搓揉受伤的部位。

“听到小山这个名字，你想到他是谁了吗？”面具人伸开右手，小山把绳索递到了他的手中。

“有印象，但一时半会儿还想不起来。”

“小山，摘下帽子和眼镜，让他仔细看看。”

小山摘下了鸭舌帽，然后把墨镜丢在帽子里面。原来他长得眉清目秀的呢，刚才的暴戾之气消失了大半。看来他的这身怪异的装束就是为了吓唬我的。我仔细研究了这张脸，但是一无所获，这是一张完全陌生的脸，或许鼻子眼睛有些熟悉，但组合在一起就是十足的陌生了。

“我不认识。”我说。

“你还真是贵人多忘事呢。”面具人调侃道。

“我真的不记得了，我看他也不认识我吧，他绑我的时候，还掏出照片来对认了好久。”

“哈哈，二十年不见了，是得认清楚。”

“你太无耻了，他都不认识我了，凭什么就要我认识他？”我生气了，他那是不加掩饰的双重标准嘛。

面具人站起身来，有些烦躁地挥动着手臂，制止我再说下去，他咳嗽了一声，清了清嗓子说：“不说这个了，我们找你来，是真心想请教你一些问题的。”

原来是想请教我问题啊！他这么说，我有恃无恐了，我必须提点条件才行，我说：“我可以回答你的问题，但你先告诉我，你们到底是谁？”

“问得好，我们是谁太重要了，这也是我们请你来的目的，等会儿我自然会说的。我想问你的是，我最近读了一篇小说，名叫《内脸》，发表在《花城》杂志上的，作者的名字和你的一样，那是你，没错吧？”

“对啊，是我，没想到你还关注文学，这年头关注文学的人不多了吧。”

“我从小就很喜欢文学，我只是没想到连你都能写小说。”

“你嫉妒了？你不会是因为这个才把我绑架来的吧？”我不乏嘲弄地说。

“你可以这么认为，如果这样让你高兴的话。”面具人坐回到椅子上，说：“现在，让我们来谈谈你的小说吧。你在那篇小说里写了两个女人，一个女人在权力的顶端，有着变化多端的表情，另一个女人的内心善良丰富，却得了一种病，失去了表情，你在和这两个女人的情感纠葛中，探索了脸的很多意义。我总结的对不对？”

面具人苦思冥想地用书面语言描述着我的小说，那斟字酌句的样子真够滑稽的。不过这给我带来了极大的困惑，他到底想干什么呢？难道他不满意我小说的叙述？不满意就直接绑架作者，逼我就范？这也太荒唐了吧！

我说：“你可以这么说吧，你是读者，你有阐释权。不过，不是我和这两个女人在纠葛，而是小说的男主人公。”

他说：“随便吧，你不就在意淫嘛。”

“放屁！”

他不理会我的愤怒，继续说："我觉得你对脸的本质还是有些想法的，比如脸与虚无，脸与存在，等等。但是，你忽略了脸的一个重要特性。"

"什么特性？"

"哈哈，这就是我请你来的原因，我要当面告诉你！"面具人一下子兴奋起来了，他策划的一出好戏终于到了上台的时候了。

"你说吧，我愿听高见。"我双手托住下巴，等待着他的长篇大论。没想到我还真碰见了疯狂的读者，这是二十一世纪了，而不是十九世纪——那个文学的世纪。我应该为文学的未来多一份信心吗？

"脸还有个特性，在我看来那或许是最重要的，那就是：威慑性，威慑滋生的恐怖，恐怖滋生的权力。你在小说中表达了权力对脸的塑造，但是你却没想到脸也可以获得权力，这才是脸最奇妙的地方。"面具人边说边挥舞着手中的绳子，得意洋洋，好像时刻都想重新绑住我。

"这个，这个我不是没想到，一张俊秀的脸是比一张普通的脸更有传奇色彩，比如就我知道的作家里边，海明威的脸有着男人的刚毅，加缪的脸有着电影明星样的帅气，他们的脸令人难忘，以至于读他们的文字时都会不自觉地受到他们的脸的影响。"

坐在二十年前的一家废弃电影院里，和一个戴着面具的怪人探讨着这样玄虚的问题，我觉得自己在做梦，我碰了碰手腕上的勒痕，那里疼得发烫。

面具人说："哈哈，你恰恰理解反了我的意思，我说的是脸的恐怖。脸的帅只能作为一种锦上添花，但不能单独获得权力，但脸的威慑、脸的恐怖却可以。"

"我不大明白你的意思，……你觉得你戴个面具是对我的一种威慑吗？然后你就有了绑我的权力？"我实在被他搞糊涂了，他究竟想表达什么呢？我可不喜欢和陌生人猜谜。

“不好意思，你又说反了，我戴面具是为了阻断对你的威慑。”

难以索解的话。我沉默，看着他，他的白兔面具是一副窃笑的表情，我知道面具下方的那张脸也在窃笑。

面具人等待着我的回应，可我脸上毫无表情，紧闭嘴巴，牙齿紧紧咬合在一起，有种的话就拿刀子来撬吧。

“不说话了？”面具人对我的沉默感到十分失望，他说，“你的作家思想上哪里去了？你不想和我探讨一下脸与权力的关系？”

权力是社会分配给个体的，然后塑造了个体，虽然一点儿也不公平，但也没听说过一张脸本身可以滋生出权力来，最多，脸也只是权力塑造的一种神话罢了。不想和他纠缠这些。沉默。

“唉，看来你还是太狭隘了。”面具人痛心疾首地摇头，好像我很让他失望，他叹口气说，“其实，现实远比小说有趣得多，我们还是回到现实中来吧。”

现实？我想，没有比眼下的现实更荒诞的了。沉默。

“算了，我告诉你我是谁吧，我叫大山。小山，大山，记起我们没有？那对双胞胎。”面具人这次颇有耐心地提示我。

我从来不认识什么双胞胎，除了小区里的一对，可他们才上小学三年级。很奇怪，印象中的双胞胎总是孩子，两个长得一模一样的成人我真的从未见过，我想那肯定是一道非常特别的风景吧。如果眼下的这两个人真是双胞胎，那么我看到小山的脸岂不是就能对面具人的脸猜个八九不离十了？看他接下来怎么表演吧。继续沉默。

我长时间的沉默激怒了他，他缓缓站起身子，默默审视着我，好像在想怎么整治我。气氛有些凝固，我躲开那张面具的审视，扭头看了看他的弟弟小山，他站在那里一动不动，如同蜡像，他在大山面前一直保持着沉默，有着仆从式的谦卑，他们哪里像是兄弟啊。

不过有小山在场我还是舒服些，单独面对诡异的面具人我会被吓得半死吧，谁知道他是人是鬼呢。

时间在流逝，沉默在继续，面具人忍不住又开口了："你要怎样才说话呢？你要我对你坦诚相见吗？"

坦诚相见？

也就是说，到了摘掉面具的时刻了吧？我满怀期待，期待着看到两张一模一样的成人面孔。我不禁冲他点了点头。

面具人没有让我失望，他的右手慢慢向上抬起，而后按在了面具的边沿上，只要轻轻一扯，这个滑稽的兔子就会被丢在一边，露出里面的谜底来。可他停顿在了那里，似乎在履行一个仪式。的确，他的一举一动都充满了仪式感。他说：

"我的脸会带给你强烈的震撼，你要是还想不起我来，那我就真的太失望了。"

我笑了一下，表示我在翘首以待。

他迅速扯下了面具，像是扯下了一层皮似的，嗓子里发出了痛苦的哀号。一瞬间，那张龟背似的脸暴露在了正午明亮的光线中，吓得我魂飞魄散。那是一张彻底毁灭的脸！脸皮像烧变形的白色橡皮样地堆积在一起，满是褶皱，那些褶皱不同于老年人的皱纹，它们的方向是随意的，将脸部随机切割为不同的形状，狰狞如恶鬼，他的两颗小眼睛有着老鼠样的黑亮，从不规则的眼裂中逼视着我。他咧嘴笑了起来，嘴唇像是被缝合在一起又被用力撕裂开了，有着支离破碎的边沿。

"刘大山?！"脑海中一道电流击中了我，我突然间抓到了记忆的稻草，我下意识地喊了出来。

"对！"那满脸的褶皱蠕动了起来，强烈地回应着我。

是的，我终于想起他是谁了。

二十年前的青马镇小学，在放学的人潮中曾有一张鬼脸吓得我半死。别人告诉我那人叫刘大山，玩汽油瓶烧坏了脸。远远的，我盯着那张脸看了很久，他在人群中谈笑风生，并没有丝毫的自卑，只是和他说话的人面色有些怪异，赔着笑脸，不敢与他对视。我想这也是人之常情，我很难想象要是他和我说话我是什么样的，在旁观者看来，我可能更滑稽吧。

没想到的是，很快，他和我说上话了，那应该是在一次打架中。顺便说下，青马镇那时候群殴事件十分频繁，因为新建的硅铁厂吸引了大批外地人来打工，于是，移民和本地人的永恒冲突开始爆发，就连我们孩子也不能幸免，有时，正是我们孩子在推波助澜。我作为“土鳖”的一员，跟在队伍的末尾，手里提了把扫帚作为武器，心里忐忑不安。刘大山的鬼脸突然漂移到了我的面前，他朝我哈哈大笑，说：“你就拿把扫帚？”我不敢看他，他笑起来太狰狞了，我真怕他，我唯唯诺诺说：“嗯，是的，教室里只剩下这个了。”“靠，这个不行的，”他很仗义地递给我一条自行车链条，说，“这个好，记着，专往脸上打。”然后他就走开了，大步如飞，我看到他手中提着根很粗的大木棍，那玩意儿可以要人命呢。

那一架，我们打赢了，具体怎么赢的我不知道，因为打了一半的时候我就变逃兵了。自行车链条真不好用，好几次都打到我自己了，还不如扫帚得劲呢！我也没想到要把自行车链条还给他，而是往草丛里一丢就撒腿跑走了。我后来听说，我们能打胜是因为刘大山把对方首领的鼻梁骨给打断了。从那以后，我再也没见过他，那张鬼脸消失了。据说是被学校开除了，然后便下落不明。

说真的，我对他的记忆就这么多，已经隐蔽在大脑的角落里很多年了，那张鬼脸因为非常可恶，所以我的大脑早已刻意清除了。没想到现在，衰退的神经元被这恐怖的鬼脸给重新激活了。至于他有个叫小山的弟弟，以及他们还是双胞胎我闻所未闻。

我长吸一口气，故作平静地说："刘大山啊，你早点说是你不就好了吗？还故弄玄虚搞这么多事情。"说完，我的内心紧张极了。要是换作别人或许还好，可这个疯狂的家伙是什么都做得出来的啊！

"我一直在提醒你，是你贵人多忘事，老想不起来而已。你是不见鬼脸不认人啊！哈哈哈哈……"他狂笑了起来，他的自我嘲讽并没有让我觉得亲切，而是更加毛骨悚然。

我硬着头皮问他："你后来去哪里了？我是说，你被学校开除后。"

"你真想听？"

"真想。"我点点头，郑重其事地说。他找我来，无非是把我当作了一个特殊的听众，我应该主动演好我的角色。

"好，你别急，我迟点会告诉你的，因为在讲我的故事之前，我要先讲讲你的故事。"

"我的故事？"

"对，你的故事。"

我一脸愕然，那张鬼脸又蠕动着笑了起来，他说："听听吧？"

没想到，他倒要讲我的故事了，真是匪夷所思。

我冷笑了下："好啊，你说。"

他用舌头舔了舔破碎的嘴唇，略带得意地开始了叙述：

"我太了解你了，就怕你没耐心听，我就长话短说吧。你小时候学习还不错，因为你很用功，等后来上了中学你就很平庸了，高三的时候，你冲刺了一把，又赶上高校扩招的好时机，考上了大学。那所大学不好不坏，你在大学的表现也是不好不坏，你觉得以后找个不好不坏的工作也就算了，可毕业的时候，你去应聘了好几家单位都失败了。这对你的打击很大，因为和你条件差不多的人都找到工作了，甚至有些你平时看不上的人，也都有了不坏的去处，你不知道自己何故总是屡屡败下阵来，当同宿舍的人都去单位实习的时候，你一个人待在宿舍里快要疯掉了。

“有天晚上，有个哲学系的朋友找你喝酒，朋友也没有找到工作，不过他家里有钱，倒不是特别在乎工作的事情。你们坐在学校附近的一家烧烤吧里，喝着啤酒聊天，聊着聊着他对你说，有时候人的命运可能被长相所决定了。你笑话他说，想不到你还那么迷信，看相算命的话怎么能当真呢？他说，不是看相算命的那一套，而是人说到底还是视觉性的存在，脸作为个人信息的集中体现，会影响、引导甚至主导人们之间的交往。他的这番话让你很有感触，这也是你第一次认识到脸的问题，脸不仅是容貌的体现，更是有着哲学的深度。你想到你的好几个朋友都是公务员，而那个长着一副体制化特征的脸的朋友，的确要比其他人走得更顺一些。于是，你就问朋友你的脸看起来怎么样，他说你的脸毫无特征，很难令人有深刻的印象，你不算帅，也谈不上丑，但人们总是记不清你的样子，总觉得你很模糊，没有一个鲜明的形象。你听了之后非常沮丧，你问他那你适合做什么工作，他说你不适合群体性的工作，比如政府机关、大公司等等，在那样的地方想出头必须要给上司留下鲜明的印象，像你这样的肯定不行，你应该去做些个人化的事情，有能力的话自己去创业当老板，不行的话去当记者什么的吧，文字是人的另一张脸。

“他的话给你的启发很大，你决定去搞文字行当了，只不过你当了作家，而不是记者。说来也可笑，你的简历就是通不过报社的人力资源部，所以，你当作家也是迫不得已的选择。作家嘛，在这个时代自然赚不到什么钱，再加上你这张没有特征的脸，让你连续交了两次女朋友都失败了，而且失败得相当耻辱，都是红杏出墙，让你深刻体会到了背叛与嫉妒的双重残害，哈哈，此后，你便开始奉行单身主义，一个人租住了一间巴掌大的小屋，还是蜗居在脏乱差的城中村里边。你白天写写小说，像是做白日梦一般，晚上无所事事，靠看A片打发时间。你经常自渎，也就是俗称的打飞机，你让你床边的那面墙上溅满了淡黄色的污渍，但你居然视而不见。因为你早已习惯了那种污秽的环境，你的生存已经到了十分脆弱的边缘，你靠着想象在现实中浑浑噩噩，任何揭穿你脆弱现实的事物都会让你变成惊弓之鸟。你尽力掩饰着自己的一切，尽量不参加朋友间的聚会。你这次回到海市是你近几年来最快乐的时光了，因为与你相聚的都是小学、中学的同学，他们对你的现状一无所知，只知道你待在一个比海市大的城市里边，在他们看来你应该混得不错的，要不然你早应该回到海市找个什么工作，和他们一样娶妻生子了。你一方面很高兴他们的恭维，另一方面你也知道，你在海市更混不下去，因为小城市更是人情社会，你没有特征的脸是应付不了这种频繁的走动与交往的。你和他们喝酒的时候，最为起劲，因为你心里憋得难受，你需要释放。当你在喝醉酒的第二天被小山绑走的时候，你虽然嘴上嘟嘟囔囔的，但实际上你根本没有反抗，因为你已经失去了正常人的反抗意志，你反而好奇你的命运究竟要往何方去，也就是说，你已经放弃了你的人生。

“呃……这就是你，一个真实的你，我描述的对不对？这番话自从我看到你的小说后就开始酝酿了，今天当着你的面倾泻而出，真是爽快呀，我觉得我表达清晰，文采也不错，要是好好训练训练，当个作家应该也没啥问题的，哈哈。”

要是我面前有面镜子，我就可以看到我此刻的表情，肯定混杂着悲愤、羞愧以及万仞钻心的痛苦吧，那是一种什么样的表情？我这张毫无特征的脸会因为这种奇特的表情而变得个性起来吗？可惜的是，我的面前没有镜子，我的面前只有一张狂笑的鬼脸，那些烧坏的褶皱和脸部的肌肉运动完全不搭边，它们彼此撕扯着，让人觉得那张鬼脸一不留神还会变得更加破碎，更加惨不忍睹。

“你，你，你怎么知道我的这些事？你怎么连我的心理活动都知道？你是人是鬼啊！”我说话的时候，能感到我的嘴唇在哆嗦，像是在风中摩擦的两片落叶。

“咳，你是作家你应该比我更清楚啊！深入地调查，掌握事实，还原每一个细节，你的心理状态自然就会水落石出的。看你的样子，你不用再解释什么啦，我知道我全都说对了，是吧?！呵呵，你还有什么要补充的吗？”

鬼脸说完愈发得意起来，假如我手里有把枪，我会毫不犹豫击碎那张得意洋洋的烂脸。但可惜的是，我手边没有枪，我什么也做不了。我更不敢扑上去和他肉搏，倒不是怕他们二比一对我、我打不过他们，而是我的内里已经毫无勇气，他的那番话的确属实，句句如子弹打在了我最致命的地方，支持我生存的精神支柱摇晃着就要倒塌了。我已经奄奄一息，只能瘫在这把椅子上坐以待毙了。

我无力地指责他说：“你太无耻了，你居然在背后调查我。你究竟为了什么呢？我和你无冤无仇的。”

鬼脸用舌头舔舔破碎的嘴唇说：“好了，我现在讲我的故事了，你仔细听啊，我想你应该会慢慢明白的。”

我点头说好，虚弱如病人，已经全然没了刚才的底气，像是砧板上的一摊鱼肉。

他说：“我从退学后开始说起吧！我被狗日的学校开除后，我去了海市，我发誓我一定要干点什么才回来，要不然我就永远也不回来了。我在海市的第一份工作是去建筑工地搬砖，我去的时候，那家工地正好招满人了，我摇摇头准备离开，结果工地负责人发现我后，马上就破格要我了，我当时觉得他是怜悯我，我也挺感激他的。

我在那里干了三个月，我别的都不会做，只能搬砖，我干活不是最卖力的，但给我的钱一直是最多的。周围的工人对我也都很好，见我就发烟，那段日子我还蛮高兴的，我觉得社会和学校差不多嘛，也没有传说中的那么险恶。但是后来我发现他们跟我一直和我保持着距离，还在背后说我的坏话，我一看他们，他们就把头低下了，他们就是怕我！我最没想到的是，老板知道我这个人后，连他都怕我！他的怕是很有价值的，我在工地搬砖三个月后的一天，老板叫我去他办公室，问我愿不愿意做保安队长，我惊讶极了，说我能做吗？老板看了我一眼说，只有你才能镇得住，非你莫属！做就做，怕个鸟，我一下子就成了工地上的保安队长。那些保安都是从部队上退役下来的，每个人都有两下子，所以他们怕我却并不服我，经常对我的话敷衍了事，我明白要确立起威信我必须打一架。机会很快来了，那天几个工人把许多短钢筋藏进废料堆里，打算去卖，这是绝对不允许的。我接到其他工人的举报后，就马上带着保安队过去抓人。去了之后，一个大个子保安说其中有个人是他的老乡，问我能不能算了，我说不行，坏了规矩以后就麻烦了。他很生气，不知道骂了句什么，我说你再骂一句？他的火气也很大，结结实实骂了我一句：你个鬼脸！我拿了一截子钢筋便扑了过去，他个子很大，一把抱住了我，和我厮打在了一起，我的力气没有他大，几个回合下来我便处于劣势了。但我发现他不敢正视我，我就利用这点，龇牙咧嘴地向他的正面进攻，我像野兽一样去咬他的脸和脖子，我知道我那时的样子是连自己都不敢看的，果然，他扭身逃跑了，还边跑边喊：鬼吃人哩！我不和鬼打架！从那天起，我说的话没人敢不听了。

“我看到你脸上有笑意了，没关系，笑出来吧，我知道这很有黑色幽默的感觉，连我自己都想笑。哈哈。从那天起，我才明白了这张鬼脸并不是我的负累，恰恰相反，它才是我最大的资本，我要学会去使用它。

“后来，我看中了工地上一个叫小红的女孩，她刚刚十八岁，漂亮得很。我叫一个保安把她带到我的办公室，我直截了当对她说，做我的女朋友吧，我不会亏待你的。说完后，我就瞪着眼睛死盯着她，她吓得哭了起来，嗓子却连声音都发不出来，我上前二话没说就搂住了她，发现她浑身在颤抖，居然连反抗的力气都没有了，我很容易便得手了。小红是个好女人，我后来给她买了一套房，她现在过得很幸福，还给我生了个儿子。本来我是真心想娶她的，但这时候我又有了一个新的机会。老板有事要去国外半个月，他交代我一定要看好他的家，以及他那娇生惯养的女儿。这样，我就认识了老板的女儿露露，露露因为母亲早死，她成了个被宠坏的胖女孩，任何人有一点不顺她的意她就会大发雷霆，所以她谈了不知道多少个男朋友了，一个也没有成。但是我让她感到畏惧，第一次见面的时候我立马意识到了这点，于是，我做出凶狠的表情，试着命令她，结果她谦卑地点着头，真的乖乖去做了，温顺得像小猫似的。我坐在老板家里，对她发号施令，让她给我倒水做饭，刚开始的时候，她还有点抗拒，长期的娇生惯养使她干活拖拖拉拉的，但是经过我一段时间的调教后，她动作麻利，像是女仆一般勤快和熟练。我对她的奖励便是让她晚上坐在我的身边，我命令她用手触摸我的脸，她好奇、害怕又紧张，手指哆嗦着触碰到了我的脸上，沿着伤疤滑动，我转脸看着她，她吓得闭上眼睛又偷偷睁开一条缝来偷看。我呵斥：闭上眼睛！她便闭上了，我俯身吻她，她吓得尖叫却并不回避。就这样，我征服了露露，说真的，我也知道这种关系很畸形，但是它却格外稳固。我和露露都是性格残缺的人，但我们真的很互补，就像两个齿轮卡在了一起。等到老板回来的时候，我们已经生米煮成熟饭了。老板起初坚决不同意，我不说话，只是阴郁地望着他，他看了我一眼，身子明显抖动了一下，他或许在想，鬼脸的报复应该是他难以承受的吧。他思来想去，终于投降了，他跺着脚说，随你们啦，但是你，他指着我说，你一定要去整容！我当然不会去整容了，傻子才去呢，我要整容了我马上就会一无所有，就像我弟弟小山似的，有张那么漂亮的脸却窝囊得连个工作也找不到。我说小山弟，你听了这话也别难过，我的一切都有你的一半！好了，我继续说，老板叫我整容，虽然我不想，但是我总不能什么也不做呀。我终于想到了一个好办法，那就是根据小山的脸，我请人做了一个仿真的软胶面罩，平时我就戴着它，尤其在老板面前，我只在发怒和睡觉的时候才取下来。也不怕告诉你，露露和我做爱的时候，她喜欢在快高潮的那瞬间一把扯掉我的面罩，看到我龇牙咧嘴的样子，她说那样她会有一种超现实的快感。我嘲笑她，你是不是把我当成电影里的铁血战士了！哈哈，管她的呢，她爱咋样就咋样吧，反正我和小红在一起的时候是戴上面罩的，小红经常说我的脸要是没烧坏就好了，我说，那你就多看看小山吧，只是别喜欢上他就好了，小红说我都是你孩子的妈了，还胡说什么呀。嗨，她真是个好女人。小山啊，我警告你，你可别乱来哦。玩笑了，开个玩笑，我喜欢开玩笑，我也知道我开玩笑其实更让人恐怖，所以我的玩笑都是自娱自乐罢了。遗憾的是，虽然我的小山弟是不怕我的，他应该对我笑的，但是他的表情却少得可怜，他真的很像你小说里那个丧失了表情的女主人公一样。不管怎样，我理解他，我们的心是相通的，谁让我们是同一个受精卵孕育的呢。当然啦，这些都是题外话。

“再后来，有了老板这个靠山，我就开始大展宏图了。我在老板那里学到了不少经商的方法和理念，也学到了不少坑蒙拐骗的坏水。不过老板得到的更多，他有我的辅佐，简直如虎添翼一般。每次和客户谈项目，都由我来做最后的发言陈述，假如对方丝毫不妥协，我便气急败坏地扯掉面罩，用鬼脸恶狠狠地逼视着他们，让他们惊叫着颤抖不已。一般来说，对方看到这样的情况，总是会做些适当的妥协，仿佛不妥协，我就会真的像恶鬼似的毁了他们的生活。当然，也有例外，其实现在说来我还要感谢那次例外呢！那次，一个客户就是不妥协，那人是个一米八几的东北大汉，一副天不怕地不怕的鸟样，我当时就和他较上劲了。每天晚上，我就站在他宾馆房间的门口，什么也不做，就站在猫眼前的位置往里看，一直坚持到天亮他出门为止，第一天早上尽管他被吓得够呛，但是他的嘴还是很硬，坚称自己从不知道什么叫害怕。我毫不气馁，这样坚持了三天，那大汉终于顶不住了，彻底败下阵了，他魁梧的肩膀瘫了下来，对我挥动着手臂说，好了好了，我怕了你了，天天晚上睡不着觉，我瘆得慌，那批货的价格再给你打个九折吧，我基本上没赚头了。我冲他笑着说，谢谢您咯！可他哎哟了一声，扭头就走，他使劲晃着脑袋说，你怎么还拿鬼脸来吓我啊！

“这次的巨大胜利让老板终于把公司的大权交给了我，他退居二线当董事长了，我不知道这是因为他对我的能力放心了，还是更加怕我了。从我内心来说，我还是希望他肯定我的能力的，但是，我也知道，没有这张鬼脸，我什么也做不成。我只能把鬼脸当作是我的一种能力，也就是说，我不仅必须接纳这张鬼脸，还得感激这张鬼脸，而这张鬼脸比我天生的那张脸更接近我的本来面目。你提到‘内脸’这个概念实在太有意思了，我有时也在想，我的内脸就是一张鬼脸，只不过是一把火揭开了真相，唉，我只是个倒霉蛋罢了，我知道很多人的内脸比我的鬼脸还要丑陋。……但这些和你的失败比起来都无所谓啦，在今天，谁有钱谁他妈的就是成功人士，你这辈子肯定是没希望啦。告诉你吧，我现在挣了三辈子都花不完的钱，有钱有势，更何况，我还有这张鬼脸滋生的权力，基本上我没什么做不到的事情了，人生至此，夫复何求？近来我读《圣经》，也觉得撒旦比上帝更有力量……好了，不说了，不说了，说太多了，我好渴，我要是不注意喝水的话，嘴就会裂开，因为我已经没有嘴唇了。”

小山赶紧倒了一杯水，给他递了过去，他一饮而尽，然后嘎嘎嘎笑了起来，像只欢快的鸭子，他问我：“我的故事比你的故事精彩多了吧，你怎么想的？说说吧！”

我不得不承认，他这番话虽然说得天花乱坠，却震撼了我，我真的想不到他会混得那么好，要是让我来预计他的命运，我想他应该是混得非常惨的，就是那种坐在街边乞讨的角色。可谁知他的人生居然是这么一帆风顺，顺得令人难以置信！顺得令人都有些因嫉妒而愤怒了！凭什么呀?！我不愿意相信他说的那些是真的，正如我不愿意相信自己的失败一样。一张鬼脸真有那么大的能耐吗？听说过“小白脸”靠脸吃饭，还没听说有人靠一张毁容的脸发家致富的。我鼓足勇气，小声说：“你的故事的确很精彩，精彩绝伦，但我总觉得荒诞不经，是你瞎编的吧？”

“我就知道你会这么说，”他从桌上的皮包里掏出一张脸皮来对我说，“看，硅胶做的，和肉一样软。”我看到那团淡黄色的东西在他的手中颤动不已，像一片肥猪肉，他用双手撑开那玩意儿，向脸上蒙去，顿时，我眼前出现了一个和小山长得非常相似的人，只不过这个人看起来虚假而呆滞。

那张橡皮脸望着我，面无表情，默然无语，接受着我的观摩和研究。我觉得他戴上这张面皮的确阻断了威慑力，起码我可以直视他了。他似乎也感到了这点，刚才的张狂劲也收敛了不少，甚至他的样子都有些不自在了。他呆立了一会儿，突然没头没脑地说：

“走吧，我请你吃饭。”

他没等我回话，就径直向楼道走去，让我瞠目结舌，不知所措。小山适时走了过来，又对我做了个请的手势，说：“放心吧，好好去吃顿饭，大家都饿了。”我的心又软了，我站起身跟着小山向外走去，楼道里依然阳光明媚，天气好得让人想干点什么，但此刻我的心情阴郁极了，已经完全不比来的那会儿了，我这个失败者残存的最后那点心气被鬼脸一番羞辱，已经耗费殆尽了。我全身极为虚弱，双腿沉重得像是潮湿的树根，仿佛一场大病即将来临，疾病的乌云堵塞了我的五脏六腑。

奇怪的是，他们并不下楼，反而向楼上走去，这电影院就两层，再上去就是楼顶了啊，我有些胆怯了，莫不是他们要去楼顶对我做些什么吧？我在楼梯口停了下来，小山看透了我的心思，说：“上来吧，我们不会对你玩阴的，你真的不用怕，等会你可以好好放松下。”

我说：“既然你说我们是老朋友，我就再信你一次！”

我跟随他们上到楼顶的时候，眼前的景象让我目瞪口呆了！这次倒不是有什么恐怖的东西，而是我不敢相信我的眼睛：楼顶上居然停放着一架银灰色的直升机！它体型轻巧，比法拉利跑车大不了多少，在阳光下闪着迷人的光泽，宛如童年时的玩具被骤然放大了。鬼脸大山率先拉开舱门，坐了进去，然后他向我招手说：“快来吧，你是作家，应该好好体验下飞翔的感觉。”他这么说，给我的好奇浇了一桶凉水，我又胆战心惊起来。体验下飞翔的感觉？他们等会儿是要把我从万米高空上丢下去吗？小山站在我身后，他催促我：“快上去吧，我的驾驶技术还是不错的。”我毫无退路，只能硬着头皮坐在了后排的位置。小山把我这侧的舱门使劲关好，这才绕到前边，坐在了主驾驶的位置。我暗暗想，他真是他哥的一条忠实走狗。

“坐好了，系好安全带。”大山说。戴上人皮面具的他，还是有点人样的。

“没想到，真没想到，你会有直升机。”我的语气简直像个乞丐。

“这有什么，中国有钱人越来越多啦，你没看新闻，不是还有人开直升机抓小偷吗？”大山感慨道，“那才是牛人啊！”

“你比他还牛，你开直升飞机抓我，只是为了显摆吧？”

“我还没想到这层，我平时出行都是坐这玩意儿，比汽车方便多了。”

这时，螺旋桨发动起来了，巨大的轰鸣声冲进了鼓膜，我感到一阵眩晕，我揉揉耳朵才想到，这是瞬间的超重现象。随后，我看到青马镇在我脚下铺展开来，并逐渐离我远去，我低头向下望，青马镇电影院的屋顶也变成了一个小碎屑。

第一次坐直升机的新奇让我暂时忘记了恐惧，我小心翼翼地抚摸着机舱内的一切，问：“这架直升机得多少钱？”

“不清楚，小山去美国订购的。小山，多少钱呐？”

小山正在专心开飞机，他说：“我想想，我当时选了这架不太贵的，大概一千五百万左右吧。”

“听见了吧？”大山说。“有人一辈子挣得钱也买不起你这架飞机。”我想到了自己，心中一片灰暗，我用指甲狠狠抓着坐垫，带着一股子仇恨。

“中国的航空汽油太稀少了，光是燃料这笔费用就够大的了，养几辆宝马奔驰都没问题。”

我不想和他扯这些炫富的话题，我有气无力地问：“我们这是去哪里？”

“我家。”

我知道他是想让我眼见为实，看看他所拥有的事业与财富。其实，自从我看到这架直升机，我就无法再怀疑了。我知道他说的都是真的，他那张鬼脸的确有种诡异的权力，获得了人间的荣华富贵。

“我去你家合适吗？你怎么解释我这个人……”想到他提及的那些女人，我自卑起来，内心不断地坍塌着。

“哈哈，这有什么啊，就说你是我的老朋友，况且，本来就是。”大山并不回头看我。

我不知道该怎么说，嗓子眼里嗯了一声。和他算哪门子老朋友呢，说得好听罢了，只要他不伤害我，我就谢天谢地了。

直升机没有普通航班那么稳，飞行高度也没那么高，不过我很快就适应了，并且有了享受的喜悦，真不知道有什么好喜悦的，我对这种喜悦感到耻辱，但是毫无办法，飞翔的感觉的确很棒，难以替代。

飞了大约二十分钟的时候，我就看到了海市的那幢百货大楼，它是当地的最高建筑，平时大家没事干的时候都往那里涌，现在从空中看起来那东西太平庸了，就像一面立起来的巨大磨刀石，毫无美感可言。飞机并没有进入市中心，而是循着一个优美的弧度飞向了郊区，我看到青马河越来越近，像一把闪闪发亮的弯刀。

大山说：“快到了，我家就在青马河边上，看到没有，红色那栋。”

我顺着他手指的方向看到了河边的别墅区，红色那栋是其中最大的。飞机盘旋着，准备降落，我又有了失重的眩晕，耳朵疼，心也慌。大山得意洋洋地说：“还是直升机方便啊，去哪落哪，很少拐弯，直来直去，真正的两点一线。”我真想说，掉下去也是一条直线呢！但我忍住没说，我不想激怒他。

小山的驾驶技术的确不错，飞机慢慢降落在了别墅顶上，很稳当。等停稳后，我才发现这楼顶太大了，刚才在空中不觉得，现在才觉出了大，应该有半个足球场大，或许还不止，开阔极了。我们走下飞机，大山大声笑着说："你马上就要见到我的露露夫人了，我刚才对你说的那些话你可要保密哟！"

我开个冷玩笑说："你打算给我多少封口费？"

"你会知道的！很多！"

我们从楼顶下到一楼，我数了下，总共就三层，但每一层都很高，姚明在里面打篮球都没问题。尽管我还没有进到房间里去，但走廊的装修已经奢华至极，繁琐的洛可可装饰风格，墙壁上挂着的名人字画，令人有种目不暇接的感觉。来到一楼的客厅里，我看到一个肥胖的女人坐在沙发里，正搂着一只褐色的猫，那只猫的眼睛是金黄色的，显得极为诡异。大山对那女人说："露露，家里来客人了，是个作家。"露露的脸圆得像个西瓜，眼睛却小得像枣核一般，她的眼神在我身上逗留了一瞬便跳开了，她说："没想到你现在还学会附庸风雅了。"大山大声呵斥道："你懂什么呀，乱说话！"露露吐了吐舌头，冲我笑了笑说："你们聊吧，我不妨碍你们了。"大山说："记得等会儿六点钟准时回来吃饭啊！"露露摇晃着肥嘟嘟的身子走远了，嘴里说："我记住了啦。"那神态和个没长大的小女孩似的。

"我说得没错吧，这就是完全服从我的露露，哈哈！"大山得意地大笑，那层硅胶面皮皱了起来，像是即将蜕落的蛇皮一样。

尽管露露不怎么漂亮，但我心里还是感到了难受，一股由嫉妒而生的难受，我默默吞咽着这股难受，胸间像放了一块满是棱角的岩石。

他看我不说话，继续道："你要是还不相信，我等会儿可以带你去见小红，她住在市中心的一套高级公寓里，我让她亲自下厨给你做菜吃，她很会做饭。”

“不必了，我信。”我说。

我一方面越来越相信他所说的一切，但是另一方面我越来越疑惑了：他这样向我证明他，都有些讨好似的了，到底居心何在呢？不会仅仅是为了在故人面前炫耀的虚荣吧？即便如此，他也没必要找到我这样一个生活失败者来对比啊，完全不具有可比性，成就感何在？就算退一步讲，他把我当成他的一个特殊的倾诉对象，他就更没必要如此卖力地证实自己呀！像他这样的生意人做什么事情都是利益为重的，他可没有什么闲情逸致来叙旧。我想，他所做的这一切肯定是有一个明确的目的，只是我暂时猜不到而已。

他说：“你想什么呢？你能相信我就好，我就怕你不相信我。其实除了小红，我还有好多情人，她们都住在高档的公寓里边，有的人我都忘了具体的地址了。唉，皇帝的三宫六院也无非如此吧。”

我感慨道：“你比皇帝还要惬意吧，你无忧无虑的，而皇帝可是世界上最危险的职业。”

他转脸来看了我许久，那张假脸似乎想表达一种友好的亲切，他说：“你真这么想？你不会讨厌这种奢侈和糜烂的生活吗？”

“我想没有哪个男人会讨厌这样的生活。”

“那就好，那就好。”他喃喃自语，像是念着符咒。

接下来的这段时间，他带着我参观他的别墅，里面曲曲折折，房间多如蜂巢，每个房间都是金碧辉煌的，宛如宫殿。光是打扫卫生的佣人就有十几个，更别提高薪聘请的许多厨师，的确是王室一般的生活。我问：“你没把你父母接来享福？”大山说：“他们住在另一栋较小的别墅里，我怕住在一起问题多。”我说：“父母老了会孤单吧？”大山说：“没办法，不知道你还记得不，他们原来就是在咱们学校门口的街边修鞋的，现在过上了好日子根本不习惯，隔三岔五就生病，真是没有享福的命！”我说：“你就没想过用钱做些慈善事业？毕竟你也是穷人出身。”没想到，他听了这话很激动，吼道：“做慈善是他妈的富人的事情！”我惊诧极了，问：“难道你还不是富人吗？”他说：“我现在只是钱多，但我骨子里还是个穷鬼！我不知道哪天就会失去这些！因为我毫无背景，没有后台，鬼脸的权力再牛逼也比不过更大的权力！”我被他的话震撼了，我还真以为他天不怕地不怕呢，我说：“你既然什么都明白，你不是更应该怜悯穷人吗？”他说：“叫我怜悯穷人，他们怜悯过我吗？你怜悯过我吗？”说完他恶狠狠地扯下了面皮，死死盯着我，那些褶皱蠕动着，像是无数条蚯蚓在爬动，我知道他是真的生气了，不由打了个冷战。

“我们去院子里坐会儿吧，晒会儿太阳，喝点果汁。”沉默很久的小山出面了，他是个出色的调停员，他拉着我和大山的胳膊向外面走去。

户外的庭院采用了江南园林式的设计，开满荷花的小湖映衬着亭台与假山的倒影，石板铺就的小路穿过一片竹林，通向青马河畔。简直是公园一样的精致美景，我感叹不已，在其中流连忘返地走了好几遍。这时小山叫我，我跟着他来到河边的一座小亭子前，上面写着“观景台”三个字，大山说：“这是我的书法，你觉得怎么样？”我又抬头看了一眼，觉得那字的笔画充满了一种狂躁不安的东西，与“观景”所需的心态完全相反，更是和书法的精神毫不搭边，但我嘴里却说：“蛮好的。”大山听了很得意，说：“你这个书法世家的人都这么说了，那就是真的好了。”我祖父的书法在青马镇颇有名气，当年很多商店的名字都是他写的，没想到大山也知道这些。我含糊其词地说：“在这儿看风景是很不错。”然后哈哈笑了两声，缓解下心中的尴尬。

不知道怎么回事，我现在对他谦卑了起来，真奇怪，刚见他的时候我心里那么害怕嘴上都是硬的，现在没有危险了，嘴上却软了，怎么回事？究竟是因为我的失败被揭穿了，还是因为他的强大在不断地变成现实？或者是骨子里就有种对权贵的怯懦与谄媚？一个完全失败和绝望的人，心里怎么还会有这些东西？

我和他们坐在亭子里，喝了杯橙汁，然后又和他们去河边钓鱼。青马河上冷冷清清的，偶尔才有一两条黑乎乎的小船经过，不知道里边装的是什么。大山说："以后这里肯定要禁运，要变成自然风景保护区，到时候就更美了。"我说："以前青马河不是一条挺重要的运输河道吗？难道仅仅为了一片好风景就禁运？"大山说："这算什么，你不知道这片别墅区原来还是个渔村吗？"我不再说什么了。我把鱼钩使劲抛向河面，静静等着鱼儿上钩，但是我等了很久，脖子都酸软了，还是半条鱼都没钓着。他们也一样。小山为了安慰我，说出了真相："其实在这儿我们从来都没钓上过一条鱼，都不知道河里还有没有鱼，上游的化工厂虽然搬走了，但水质还得几年才能恢复。"大山听了又说："所以该禁运嘛！"

时间过得很快，黄昏来临了，微风习习，垂柳在水面上懒懒地抚摸着涟漪。夕阳无限好，夕光让青马河上动荡着无数的金光，大山感慨万千地说："我就喜欢这种景色，我的财富如果换成黄金，估计就是这样的壮观！走，我们去吃饭！"

我们来到饭厅，露露已经在那里等候了。饭桌很大，坐下后，四个人显得格外孤单。佣人们开始上菜，一个个都小心翼翼的，还真像宫里的太监。这顿晚饭吃得非常丰盛，除了普通的菜肴，还有好多我不知道的野味。不过，我没什么胃口，除却心情的阴郁之外，灯光下大山那张脸在放肆地撕咬与咀嚼，让我觉得格外恐怖。虽然他已经戴上面罩了，但我现在已经能看穿那张面皮而想象出里面的鬼脸了，那让我想到魔鬼在咀嚼着人肉。我的胃部开始隐隐作呕。

大山说："我最喜欢吃的就是鹿肉了。"坐在他身边的露露赶紧给他夹了一大块鹿肉，一副低三下四的样子。但是，自始至终，露露没和我说上半句话，她面对我的时候，就是一副很高傲的神情，好像我是来蹭饭吃的，不怎么搭理我。我心中非常窝火，暗暗骂道：真是个不要脸的贱人！一个与鬼同眠的受虐狂！

吃完饭，露露说她要看电视去了，大山说他晚上还要外出，让她一个人先睡。她撒娇说："我想等你一起睡。"大山眼睛一瞪，吼道："又不听话啦？"她吐了吐舌头，上楼去了。大山意味深长地看着我，说："从来没有女人这么臣服于你吧？"我摇摇头，心里难过极了。大山说："爱和怕往往是可以转换的，你不能让一个人女人敬畏你，自然也不能让她死心塌地地爱你。"我叹了口气，要搁以前，我肯定认为大山在扯淡，但是现在却觉得他说的很有道理。我还真的管不住女人，以前那两个女人都嫌我太窝囊了。我当时就想不明白了，怎么能说我窝囊呢？我是凡事讲理，与人为善的呀。现在，我在大山这里看到了我的幼稚，原来女人不需要讲道理，女人只是需要畏服的，你能让她畏服，她就能慢慢爱上你，连大山这样的鬼脸居然都有人爱……

"我真是太失败啦。"我不禁脱口而出。

大山点了点头，拍拍我的肩膀说："别想那么多啦，你的那些事都过去了，重要的是今后怎么重新开始。"

他这句安慰的话让我心里一热，看来他还真把我当老朋友了，不过，我想到我今后的日子，不禁一阵茫然。我能让谁畏服我呢？要不然我去乡下找个淳朴的女人算了吧？可是，如今的乡下，年轻人都出门打工去了，还会有淳朴的女人吗？

我呆坐在那里，像是泥塑一般。冰冷的情欲蜷缩在身体的一角，一不留神都会弄丢它，没有了它，我的生命将失去最美的色彩，变成时间无情流逝的容器。

大山看了我一眼，似乎下定了什么决心似的，咳嗽了一声，吞咽着口水，他抬手看了看表，突兀地对我说："嗯……时候不早了，我们还是回青马镇吧。"

"回青马镇？"我呆愣住了。

"是啊，我们还是去电影院说话吧，我喜欢那里，我没事干的时候经常一个人跑到那里去。"

"这么说你是个特别怀旧的人，对吗？"

"也许吧，我觉得青马镇电影院对我来说是一个非常独特的空间，它仿佛独立于时间之外，能让我彻底静下心来。对了，我已经买下它了。"

"真是想不到！"我大张着嘴巴，那样子像极了弱智的儿童。

"小山，准备出发！"

大山只要想做什么，都是雷厉风行的，他站起身来，开始穿外套。

我跟着他们又爬到楼顶，钻进直升机，在黑茫茫的夜色中又向青马镇飞去。海市灯火辉煌，一派繁荣富足的景象，可是没有我的份儿，我失落吗？我渴望那样的辉煌吗？我不知道，我只知道自己已经心如死灰，大山让我去哪里我就去哪里，心间早已没了恐惧。

这次好像飞了很久，或许是黑夜的缘故吧。这个夜晚，天上没有星光，也没有月光，黑擦擦的一片。从窗口望下去，偶尔能看到几粒闪烁的灯光，就像是闪烁的星星，而天与地仿佛已经倒转。直升机单调的轰鸣声也没白天那么震耳欲聋了，好像螺旋桨为了拨开这无边的黑暗也费尽了力气。

飞机停在了青马镇电影院的楼顶上，大山打了个哈欠，原来他刚才睡着了。我也累极了，却毫无睡意，好像连睡眠也背叛了我。

我们下楼，来到了之前的那房间。

“坐啊。”大山说，他对我越来越亲切了。

我坐下了，这种感觉还是很奇怪，我觉得自己像是在小黑屋里受审的罪犯。

“你还想聊些什么呢？”我望着大山，他的脸像是塑料模特一样，硬邦邦的，没有生命的迹象。

“还有很多要聊的啊，自从看了你的小说后，我就一直渴望着和你好好聊聊。”他也坐下来了，对小山说，“去给我们倒杯茶。”小山答应着走出去了，只剩下我和大山两个人，我的心里还是有些慌乱了。

我干笑了两声说：“今天聊得还不够多吗？你还想聊些什么呢？”

“不够不够，我总觉得有好多话要对你说呢。”大山用双手轻轻拍打着脸，说，“这面皮戴久了很不舒服，我脸上还有几处地方有汗孔，出汗后像小针扎着似的刺痛。”

“这样啊……总会习惯的。”他是想摘下面皮来吧？我可不给他顺水推舟的机会，我不想见到那张鬼脸。

这时小山进来，端着两杯茶，都不知道他从哪弄的，看来，这电影院已经和他家一样了，日常用品是一应俱全。

我对小山说声谢谢，这种客人般的感觉让我舒服了不少，我想，开门见山的时候应该到了，于是我直截了当地问大山：“现在你已经向我证明了你的故事的真实性，我不但相信了，而且还见识过了，那你可以告诉我你的目的了吧？你究竟想做什么呢？你要在我这里得到什么呢？”

“这个问题提得好，”大山鼓起掌来，他说，“那我们切入正题吧，你以作家的思维来考虑下，我到底需要你做什么呢？”

我说：“嗯，你希望能在我的失败面前显出你的成功是多么牛逼？”

大山说："人都有虚荣，我也不例外，但为了这点虚荣，我是不可能对你付出这么大精力的。"

我说："你寻求一种理解？尤其是对脸的各种理解？你觉得我写过《内脸》这样的小说，可以和你聊得更深入一些？"

大山说："这个是自然的，但我并不觉得你真能理解脸的含义。除非……"

"除非什么？"我的心紧缩了一下。

大山一把撕掉了面皮，露出了龇牙咧嘴的鬼脸，那张鬼脸被捂得通红，像是红烧的猪头肉，丑陋又滑稽。小山递给他一条湿毛巾，他擦完脸，长叹一口气说："唉，我自从毁容后，就再也没有照过镜子，凡是有可能看到自己的地方，比如窗玻璃、金属片、光滑的影碟、平静的水面等等，我都极力避开，实在避不开我就闭上眼睛。我明白了没有人能够抵御住这张鬼脸带来的恐惧与丑恶，我自己也不能。我讨厌自己的形象，我觉得万分孤独，孤独得全身发抖，就像是流落在人间的最后一只鬼那般孤独。我之所以买下了这家电影院，就是因为我一个人待在这里的时候，就像待在童年的记忆里似的，这里没有脸的存在，不需要脸的存在。在这里，我才能感到我的存在，感到我的完整，而在外面，我感到自己的存在是残缺的，灵魂是丑陋的。"

"我理解……"我喃喃说道。

大山继续说：

"虽然我不照镜子，不想见到自己，但是人的天性中总有看到自己的欲望，我也不例外，每当这个时候，我就看着小山，我就把他当成是我，一个假设中原本的我，一种可能中真实的我。但是，那毕竟是小山，而不是我大山，就算我们是再亲的兄弟，就算我们是一卵所生，可他还是他，我还是我，这种界限分明的隔阂是无法取消的、无法突破的，你能体会到吗？我想，要不是有这种隔阂的存在，小说也就没有存在的必要了吧？你这个小说家想到过这点吗？”

我连连点头，说：“是这样的……”

大山站起身来，郑重其事地对我鞠了一躬，说：“所以，我请你来，只是求你一件事。”

“什么事？你说。”我的语气听起来像个讲义气的老江湖。

大山沉吟了下，压低嗓音说：

“理解我。”

我很纳闷，右手抓挠着耳朵说：“我已经在尽力理解你了。”

“不够，远远不够。”

“那怎么样才行？”

大山抬起头来，用鬼脸死盯着我，一字一顿地说：

“做第二个我。”

我腾地站了起来，紧张地问：“你是什么意思？怎么做？”

大山哈哈大笑了起来，那张鬼脸扭曲到了难以描述的地步，已经完全失去人类的形象了，他说：“我想让你也有张和我一样的鬼脸。”

“不，不!!”

我绝望地大喊了起来。那声音响亮却空洞，仿佛被周围无尽的虚空给吸纳掉了。

大山把话说出口后，好像一下子变得轻松自在了，他说：“你先别急着拒绝我啊，我不会让你白做的。”

小山把随身带来的黑色皮箱打开了，里面装满了绿色的美钞，大山说：“这十万美金只是我送给你的见面礼。你要是同意我的提议，我会给你公司百分之十的股份，市值应该在千万以上。文件我都带来了，只要你一签字就马上生效了。”

“但，这，这，这都是为什么……”我完全蒙了，像是掉进了一个无法理喻的梦境。

“我说过了，为了让你更好地理解我。”

“……我的理解对你有那么重要吗？”

“真的很重要。”

“为、为什么？”

“因为你会分享我的孤独，那样，我就可以从濒死的孤独中活过来了。”

“我可以用小说来理解你吗？”

“不行，只能用真实来理解了。”

“我拒绝……”我喘着气说，一屁股跌回了椅子上。

“不要急着拒绝，这些钱你一辈子都花不完的，而且，我会送一套房子给你，就在我家旁边，我孤独的时候就可以过去找你聊天。”

“不……”

“我还会给你安排佣人，照顾你，你到时就可以把你老爸老妈接来享福啦，他们养大你很不容易啊，这几年你好像都没给家里寄过钱吧？你爸爸下岗两年了，他们太辛苦了。”

“你居然还去调查我家人……”

“我不但会给你安排佣人，我还会给你安排女人，从公务员、老师到在校大学生，都由你挑选，你到时候就会发现女人是多么爱你。”

“我不配有爱……”

“到时你就能体验到女人又怕你又爱你的感受啦！那种感受太美妙了！说真的，你现在这张平凡无奇的脸实在是太没用了，它还没有害惨你吗？你还要和它一起待到死吗？你没看人家韩国人对自己的脸稍微有点不满意，就去修整一下吗？”

“人家，人家那是为了更好看，你是要毁……”

“毁什么呀！难道你想当小白脸吗？有个屁用！你想给富婆当鸭

子去吗?!”

“你、你、你……”我已经说不出话来了。

“小山，把他的手绑起来。”

小山开始绑我的手，我躲闪着、抵抗着，可却是那么无力，就像是饿了好多年的饥民，小山很快就把我的双手绑在一起了。

“我早说过了吧，这绳子还是要绑回去的。”大山咧开嘴，微笑了一下。

“别……”

小山不但认真绑好了我的手，还把我整个人紧紧绑在了椅子上，让我动弹不得。小山体贴地说：“绑紧你，是怕你受伤。”然后，小山转身在桌子下面找到了一个汽油瓶和一支毛笔，“哦，对了，”小山往肩膀上搭了一条滴水的湿毛巾，关怀备至地说：

“我会很快扑灭火的。”

大山站在我的面前，全身激动得有些颤抖了，那张鬼脸上的褶皱都在跳动着，像是即将死去的昆虫。小山倒是不紧不慢的，他用毛笔伸进汽油瓶里蘸了蘸，然后把汽油涂在了我的脸上，他涂得很仔细，很均匀。汽油那种令人恶心的浓香冲进了我的鼻腔，在我的大脑深处炸开了，我忍不住连续打了好几个喷嚏。这时，小山手中的打火机“啪”的一声打着了，火苗蹿得很高，足足有十公分。

“慢！”我吼了起来。

“你还有什么条件，可以提。”大山的破嘴在瑟瑟发抖，他是咬着牙说话的。

“把文件拿来，我还没签字呢。”

大山拍拍脑袋说：“对啊，对不起，我忘了！”他急匆匆地拿着文件递给我，对我点头哈腰的，好像我是他的老板。那张鬼脸上满是谄媚的笑容，我恍然觉得自己是阴间的阎王，面前这小鬼是我的办事员。

我仔细看过文件，签上字。我的手被绑了，所以那字写得有些歪歪扭扭，本应该写得更好看些的，但是我懒得让小山帮我解开了。

我闭上了眼睛，想到了庞德那首很有名的诗《在地铁站》——

人群中幻影般浮现的脸
潮湿的黑树枝上的花瓣

多么形象呵……我的脸马上就会脱离生命的树枝，像风中的花瓣那样坠进无尽的黑暗深渊了。

“啪！”

我感到一阵热浪包围了我，我看到太阳落在了我的眼前，无数阳光刺痛了我，我喃喃自语道：“就让虚空的归于虚空吧。”

载《花城》2012年第1期
《北京文学·中篇小说月报》2012年第3期转载
《2012年中国中篇小说年选》收入
《中国中篇小说年度佳作》收入

水女人

一

她看到了男人。

男人穿着一套黑蓝色的睡衣睡裤，有些慵懒地斜倚在门框上。男人看上去没有丝毫的攻击性，她悬着的心才放下了。男人笑了笑，用调侃的语调说："你洗澡的时间越来越长了，我看你都快成两栖动物了。"她没有笑，嘴巴半张着，嗫嚅道："很久吗？"男人斜睨了她一眼，站直身体向房间走去，脚下的塑胶拖鞋发出噼里啪啦的噪音。他摇着头说："你竟然不觉得久？我看你快要被水给迷住了。"

男人的说法令她回忆起了在水中的感觉，那种忘我而舒适的境界浮现了出来，一种冲动像绳索样拴在了她的脖颈上，绳索的另一头是水，有形和无形的水，在流动，在拖拽。她觉得水流像是无数深情的指头，在她的脊背上不知疲倦地抚摸着、敲击着，像是一种全心全意的呵护与鼓励。

“你不喜欢水吗？”她咽了咽口水，回避了对水的欲望，反问起男人。没有水声的世界让她觉得荒凉。

“谁会不喜欢水呢？没有水就没有生命，可我没见过像你那样爱水的人。”男人一屁股坐在了房间的沙发上，用手搔着头说，一脸的困惑。

“是吗？”她想，没人会知道，她用了多大的努力才从水的统治中逃出来。

刚才水一直催眠着她，她微闭着眼睛，脑海里除了对水的感受，再也没有别的事物。是男人粗暴的敲门声才惊醒了她残余的意识。她挣扎起来，她明白，自己是一定要去面对现实的。她扶着墙，将身体从水流里拽了出来。她看到墙上的挂钩上搭着一条蓝色的浴巾，除此之外，没有任何的衣物。她取下浴巾，擦干身体，用浴巾裹住自己。然后，她走到镜子前，看到了一张忧郁而惨白的脸。她被吓了一跳，整个人跳了起来，躲到了一边。她伸出双手，小心翼翼地捧住自己的脸，似乎在确认它的形状。她来来回回在脸上摩挲了一会儿，意识完全清醒了：刚才那张忧郁而惨白的脸，就是自己。但恐惧的是，她不记得了。她不记得和自己有关的一切了。她一遍遍问自己：我是谁？

“你在想什么？”男人的脸上更加困惑了。

“没什么。”她站在男人对面，打量着房间，非常陌生的感觉。房间不能说是寒酸，但也很普通，沙发茶几彩电桌椅一应俱全，但却没有让人眼前一亮的饰物。墙角居然还堆积着厚厚一沓地方日报和其他一些娱乐八卦杂志，能看出来，是打算堆积出足够的重量再拿去卖废纸的。她不喜欢这种精打细算的拘谨，更不喜欢那些枯燥的读物。她不免有些发愣，思索着这房间和自己的关系，自己莫非真是这房间的一部分吗？难以置信。她倒也不是那种追求豪华和虚荣的女人，但眼下的环境与自己太格格不入了，一种刺痒的感觉爬遍了皮肤，像是浑身上下沾满了碎头发。她轻轻摩擦着手掌，皮肤表面变得越来越干涩。

她的神态让男人有了强烈的不安，男人盯着她说："你怎么了？你今天这是怎么了？怎么这么古怪？你在琢磨什么呢？"男人用极快的语速，一连问了四个问题，问完后拧起了眉头，满腹狐疑地逼视着她，希望她能给个合理的说法。她被男人严厉的神态给吓到了，她慌张地坐在了沙发的另一端，喘着气说："没怎么，只是身体有些不舒服，可能累了。"男人的严厉变成了关切，他俯身过来，想用手摸摸女人，但她被这个动作吓坏了，一下子跳了起来，站在旁边的地上，双臂紧紧抱在胸前，一副不屈抗争的样子。

男人不耐烦了，冲她吼道："你这是怎么了嘛？"

她发自本能地喃喃说："别碰我，我不舒服，你别碰我。"

男人说："你是我老婆，我碰你一下有什么不可以的？"

她不假思索地说："谁是你老婆?！"

这话有些严重，像是一巴掌打在了男人的脸上。男人生气了，爆发了，像野兽一样吼叫了起来：

"丽丽！你不想过了是吧?！"

丽丽？难道自己叫丽丽？她非常吃惊，这个名字实在太普通了，她一点也不喜欢，为什么自己叫这么一个名字？一直以来，别人都是这么叫自己的？自己难道一直都在忍受这个名字吗？为什么不去给自己换个名字？她的思绪像一段不断延伸的梯子，把她送到了一个莫名悲凉的地方，她的神情变得凄楚和哀伤。她拉着脸，眉毛低垂，一副欲哭无泪的模样，这模样有效地迷惑了男人，他以为是他的粗暴伤害到她了，他缓和语气说：

“丽丽，你今天的玩笑开得太过分啦。”

她仰起脸来，看到男人怒气冲冲的表情中夹杂着许多哀求的成分，厚厚的嘴唇有些微微颤抖。她忽然觉得这张脸实在是太滑稽了，太可怜了，像对饲养员忍着怒火的大猩猩。她忍不住笑了，笑起来后就变得难以遏制，继而，她哈哈大笑起来。男人看她这个样子，恍然大悟，破怒为笑，说：“你真是太坏了，你耍我呢是吧？”男人像山羊那样兴奋地跳过来，要把她搂在怀里，但她一把推开他，笑容不见了，脸上又全是陌生的神情。

她说：“你别碰我，我真的感到很不舒服。”

男人哭笑不得：“你哪不舒服了？是怎么个不舒服法？”

她喘口气，不想一下子把气氛搞僵了，说：“也许是我心情不好吧，你一碰我，我全身上下就又痒又痛，你看，我的胳膊上现在全是鸡皮疙瘩。”

她装作随意的样子，把胳膊递到男人面前去，男人看到那洁白的皮肤像是受冻了般，全是起伏不定的成片丘陵。男人摇头叹气道：“真没想到，你越来越抗拒我了。”她微笑着说：“有吗？”男人使劲点着头，抱怨道：“以前你就不喜欢我抚摸你，现在倒好，碰都碰不成了。我怕你是得什么病了吧？我要带你去医院看病！”“你才有病呢！”她感到没来头的生气，迅速收回了手臂，气咻咻地说：“我饿了，我要吃饭。”她生气的样子是那么妩媚，搞得男人不知所措了，他说：“好好好，去吃饭，真拿你没办法，跟孩子似的。”她看着男人的样子，知道自己的表演很成功，可以说毫无破绽。

她在心底对男人涌起了一朵悲悯的浪花：站在他面前的，其实是一个完全陌生的人了。

二

吃完饭，回到家，她本能地向浴室望去，好像那里才是她的家，或者，那里有个时空隧道的入口，可以让她重返记忆。男人看到她的眼神，有些慌了，急忙说："别洗澡了，好好休息下吧。"他牵起她的手，领着她向卧室走去，她心里的涟漪又重新荡漾起来了，这下该怎么办呢？要和这个自称是自己丈夫的男人睡在一张床上了。他会怎么对自己呢？更重要的是，自己能不能接受这个男人呢？

床很大，看起来足足有两米宽，像个救生用的舢板似的，上面铺着天蓝色的床单，她喜欢这种颜色，觉得离天空很近。男人脱了衣服，扑倒在床上，说："好累啊，今天周末要好好睡会儿，明天又要上班了。"男人看她还站在床边，说："你不困吗？你以前不是一定要午休的嘛，不然你整个下午都会没精打采的。"她说："你先睡吧，我换件睡衣。"男人笑了起来说："以前你不都习惯裸睡的吗？今天这是怎么了？"她惊讶地咦了一声，然后赶紧掩饰说："今天我不舒服，总觉得皮肤干燥，还是穿睡衣比较好。"男人说："你越来越敏感了，那你去换吧。"

她换上睡衣，爬上床躺下了，她侧卧着，背对着男人。男人的胳膊很不老实，一下子就搭了上来，顺势整个身子都贴了过来，将她完全搂在怀里了。她很不习惯，像是被装在袋子里一样难受，她说："我好累，你把胳膊拿开，好重。"男人说："搭一下胳膊也不行，今天你怎么事事都反常？"她说："我真困了，你的胳膊重得像一截木头。"男人笑了，把胳膊拿开了，但是手却像水蛇一样，从她睡衣的下摆钻了进来，一下子就爬到了她的乳房上。一股奇异的酥痒让她战栗了一下，她隔着衣服抓紧了男人的手，故作镇定说：“真的好困，睡吧，好不好？”男人嘟囔了句什么，手还是很不老实地揉捏了几下才抽出来。“讨厌死了！”她骂道。男人笑了起来，说：“不知道为什么，你今天这么古古怪怪，却把我的感觉给逗引起来了。”说着，男人竟然一跃而起，将她压在了身下，她用力挣扎了几下，但男人纹丝不动，像座山一样沉重。

她发怒了：“滚下去！”

男人不理会，说：“你骂吧，你多久没骂过我了？你骂人的样子还是很可爱的哟。”

她说：“我要喊啦！”

男人说：“你喊吧，这是我们的家，你是我老婆，我们在一起亲热关别人什么事。”

她软了，说：“我今天真的好困，你让我好好休息吧。”男人纹丝不动。她克制住自己的怒火，露出了一个无奈的微笑，说：“别压着我，好不好？”男人盯着她的脸看了一会儿，仿佛在研究她内心那变幻莫测的心思，说：“好吧，你睡吧。”他起来了，压迫感消失了。她缓了一口气，以为起码逃过了一劫，有点小小庆幸。忽然间，男人趁她不备，一下子将她的睡裤拽了下来，粉红色的内裤露了出来，她气急败坏地骂道：“你这个骗子！”男人说：“我就是个骗子，记得吗，我们刚结婚的时候，你最喜欢我在你睡熟的时候要你了。”她羞红了脸，说：“流氓！”遭到怒骂的男人仿佛更兴奋了，他说：“丽丽，你算算我们多久没亲热过了，好像数都数不清了吧？”她说：“我不知道。”男人还真的掐指头算了一番，说：“我们有一百八十三天没做过了。”她有点好奇了，问：“为什么那么久没做？发生什么事情了？”男人愣了下，说：“你不记得了？”她说：“不是，是想听你的说法。”男人叹了一口气，说：“不就那件事情呗，有什么好说的，也没什么好解释的。”男人的手顺着她的大腿滑了上去，她能感到那手经过的皮肤上汗毛都竖了起来，不过，紧张是紧张，她却不想去推开那手了。尽管很难说是渴望，但至少不是屈从。

男人的手放肆了，她全身上下都被侵略了一番。她静静躺着，没有动弹，她意识到了这场做爱的不可避免。从某种意义上来说，和这个自称是自己老公的男人做爱，其实是和这个突然陌生起来的世界达成妥协的第一步，如果勇敢地迈出了第一步，以后的路就应该好走了吧？她只能靠自己固有的经验与本能来重新认识周围的世界，直到和这个世界再次打成一片、亲密无间。

他们做爱了。她摊开了四肢，彻底交出了自己。可能是太久没做了，男人表现得过于兴奋，很毛躁，完全像个经验不足的小伙子。她忽然想到了什么，问道：“你下面没穿雨衣？”说出这样的话后，她自己都诧异了，自己怎么这么老练，而且说得如此诗意？她有点忐忑地等待着男人的反应。男人却毫不在意，胸有成竹地说：“不必了。”

“为什么？”

“不要明知故问了。”

“安全期不准的。”她试探着说。

“你的心情我了解，但真的不必了。”

“必须要！”她嚷起来。

“你不再需要了！这辈子都不需要，医生和你说了很多遍了，认命吧！”男人抱紧了她，像是怕她跑掉。她挣扎起来，未知的恐惧令她跌进了冰窟里，她号叫起来，想要摆脱男人的蹂躏，但男人似乎觉察到了她的意图，更紧地抱住她，任她怎么折腾，都毫无办法。突然，她安静下来了，她觉得徒劳，而且，这种近乎绝望的悲伤让她需要一个近在咫尺的生命的安慰，那是种对绝望的本能反应。她闭上了眼睛，嘴巴半张着，获得了一丝苟且的踏实。

“你有了吗？”男人问。

“有什么？”

“高潮啊。”

“没留意，可能有了吧。”

男人对她这个漫不经心的回答很不满意，说：“没留意？这说法真奇怪。高潮就是完全占领你，让你不得不留意的东西。”

她不再说话，她觉得这个话题毫无意义、愚蠢至极。她脑海里回荡着“这辈子都不会”这句话，不敢相信那其中蕴藏的故事是和自己有关的。在她身上曾经发生过什么？不会生育了是吗？那又是为什么？今后该怎么办才好呢？她迫切想知道这一切的答案，甚至有一瞬间，她想直接对这位自称是自己老公的男人喊道：“对不起，我失忆啦！带我去医院吧！”然而她什么也没说，倒不是没有勇气，而是她陷入了深深的疑虑当中。她发现，没有记忆，便没有信任，她克服不了罩在心上那生铁似的陌生感。

三

男人用纸巾拭擦着下身，那姿势比较夸张。她避开了视线，心中的焦虑风起云涌，她现在只想多了解一些信息，一些有关自己和环境的信息。她需要像海绵一样，把关于自己的信息都吸纳进来，重新建构起自己的过去，有了过去，才能够重新发现一个真实的自己，一个活生生的自己。

不过，问题是怎么样才能得到那些讯息呢？那些通常都是不言自明的东西要是现在直接提出来，肯定跟神经病一样，会被送到医院去的。怎么办呢……她想到了一个点子，不知道算不算上策，但是却值得一试。她反复对自己说，反正都是无计可施的状况了，不能在乎太多了。

她瞄了男人一眼，男人那里已经萎缩下去了，软塌塌的，像条有气无力的蚕。她用手碰了碰男人的脊背，说："我们来做一个小游戏好不好？"一听到"游戏"，男人马上表现出了极大的兴趣，他顾不得运动后的疲累就转过身来，满怀期待地看着她，像个贪玩的孩子。

她微笑了一下，尽力展示着自己的妩媚，说："我们结婚很久了，你一定太熟悉我，都厌倦我了吧？"

男人一脸诧异，说："我怎么会厌倦你呢？没有没有。"

她说："至少激情在消退吧？"

男人虚开眼神说："老夫老妻了，自然比不得新婚燕尔。"

她这才说出了她的想法："嗯，我的游戏就是一个陌生化彼此的游戏，我们像第一次见面那样聊天，可以吗？"

男人兴致很高，说："老婆，今天你真的太与众不同了，我们已经很久没有这么开心了。"

她也假装很开心的样子，问："你叫什么名字？"

男人哈哈大笑了起来，说："我怎么觉得像是小姐和客人之间的对话啊？"

她嗔怒道："看来你经常去的吧？"

男人吓得连连摆手，说："我堂堂名牌大学的老师，怎么会去那种地方？"

她记住了男人的职业，然后换了一副温柔可亲的表情说："那你就当我是小姐，好不好？你刚刚才干过我呢。"

男人大惊失色，和她那么多年，从来没有听到她这么说话的。她是有语言洁癖的人，说起那事的时候总是隐晦得不能再隐晦了，可现在她却说“刚才干过我”，“干”字难道不令她羞耻吗？说真的，她并不感到羞耻，她只是惊讶，惊讶于自己的机心与老道。这句粗话像是撩开了遮羞布的脱衣舞一般，刺激得男人呼吸都急促了起来，下面自然又有了反应。他捂着下体，嘴里嗫嚅说道：“是的，我刚才干了你……”他害羞似的，声音都变小了。

她看到男人的样子觉得好笑，不过依然柔声细气说：“先生，你叫什么名字？”

男人也开始进入角色，说：“我叫冯正，你叫什么？”

她一巴掌拍在男人肚皮上，说：“我做这一行特别讲究保密的，对吧，所以游戏规则是，只能我问你答，你不能再问我任何问题了，记住了没有？”

男人摸了下她的脸颊，点点头。

她问：“你在哪所大学工作？是教什么的？什么职称？”

男人咳嗽了一声，略显豪迈地说：“文化大学，历史学，教授。”

她问：“你具体研究什么的？比如说，什么朝代？”

男人笑了，说：“我研究的东西与众不同，我不把自己局限于某个朝代，而是研究历史记忆的，也就是历史事件在社会时空中的流传过程，我对这个问题很有兴趣，你也许不知道，其实历史记忆与个人记忆有很多相似的地方，但又经常出乎意料……”

她听到有关记忆的话题不禁惊慌失措起来，男人看到她的样子，赶紧中止了滔滔不绝的演说。

她看到他不说了，反而更慌了，结巴着说：“你继续，继续说啊，怎么停下来了？”

男人说：“好像你对我的研究有意见？”

她掩饰着，笑了下，说："没有，没有。"

她的心底被一种诡异的情绪给揉捏着，她有些恶作剧般地想象了假如面前的这个男人得知他的女人已经丧失了记忆，他会做出什么样的反应？他会用那套历史记忆的理论来看待她的个人记忆吗？她不禁再次笑了笑，笑完又觉得苦涩，一种茫然无助的苦涩，轻飘飘的，像风中的落叶，在飘荡中失重。

男人说："可能我刚才说的太虚了，其实，我的研究是很具体的。"

她无法不对记忆感兴趣，即使是虚渺和玄妙的历史记忆，她也想听听，似乎有什么答案或是线索隐藏在里边。她说："那你不妨举个例子吧。"

男人说："我对这个问题感兴趣是有一次去做乡村调查的时候，遇见了一位曾在朝鲜战场上负伤的老头，他不是什么英雄，恰恰相反，他是一名被释放的俘虏。我见到他的时候，他住在一个泥坯房里，双腿像树根一样长进了地面里……"

她吃了一惊，忙问："怎么回事？我想听，你最好讲仔细一点。"

男人看了她一眼，说："好吧，你听我慢慢说来……我上前仔细一看，原来是他的小腿被截肢了。他蓄着白色的大胡子，像一棵奇怪的树。他面前的地面上摆着一个银灰色的铝盆，里边还残留着没吃完的剩饭剩菜。他丧失了劳动能力，被村民们合伙养着。他的眼睛像煤渣子一样乌黑，我看着他的时候，他也盯着我看，他的眼皮基本上不会眨动，眼珠子像是镶嵌上去的，我浑身都起了鸡皮疙瘩。不过有意思的是，正是这种莫名的战栗让我想和他好好聊聊，那时候，我正对口述史的研究方法感兴趣，于是，我就想听他说说他的历史、他的记忆、他的生活。我把这个想法跟村长说了，村长却说他是个疯子，脑子里是一团糨糊，啥也不记得了。我不甘心，我总觉得那煤渣似的眼睛有很多故事想要诉说，我便背着村长，黄昏的时候去找那老人了。”

她被那个像怪树一样的老人给吸引了，她觉得自己和那老人之间有种隐秘的联系，仿佛她和他都像是雨伞边缘的一滴水珠，在某种突如其来的捉弄下，被甩进了苍茫的天空中，轨迹的弧线看不见摸不着，却早已注定——就像遗忘。她甚至觉得，那个老人就是另一个自己，或说另一种形式的自己。

她像个热爱故事的孩子一般，嘴里喃喃说道：“继续说下去……”

男人受到了鼓舞，越来越投入，他眉飞色舞的神态像极了电视里的说书艺人，他的肢体也灵动了起来，加进了表演的成分，甚至都有些手舞足蹈了。他吞咽着口水，说：“我给老人拿了两个大馒头，他毫不客气，接过来便吃，结果他一下子噎住了，我准备去给他拿水，可他端起面前一个瓶子里的水就喝了，我看到那水是淡黄色的，像尿，我感到一阵恶心。我当时就想他肯定是疯了，我真是白费劲，可没想到的是，他喝完水，吞下东西后，居然吭吭巴巴地对我说：‘你不要觉得喝尿恶心，据说喝自己的尿能治病，你不信的话，可以去村长家看看，他老婆也喝的。’他这么说我还真记起了村长家的炕角上放着一瓶淡黄色的水，而且，我也知道在某些老年人群中流行着喝尿保健的说法，所以这么一想，我决定继续我的计划。我大着胆子问他：‘听说你抗美援朝过？’他是俘虏，我担心这个问题会揭开他的伤疤，所以很忐忑，没想到的是，他一听‘抗美援朝’几个字，煤渣似的眼睛突然放光了，他连连拍打着大腿前边的土地说：‘参加过啊，我是个老兵，你看这腿就是被弹片炸掉的！’看他那有些自豪的样子，我便无所顾忌地和他聊了起来。我完全没想到，被村长说成脑袋里一团糨糊的疯子，却是那么滔滔不绝，对朝鲜战争的缘由、经过、一些重大的战役，以及板门店的谈判经过，他都了如指掌。但随着聊天的深入，我发现他所说的东西毫无新意可言，当然‘新意’这个词也许不恰当，我的意思是，他说的东西太少个人化的细节，全是大而化之的，就像我这个历史学家对历史的了解一般，空洞有余，鲜活不足。但是，看到他真诚的样子，我突然感到了失望，我知道他说的一切也许没有错，但依然觉得上当受骗了。于是，我有些残忍地问他：‘那你是怎么被抓的？’我以为这个问题会难住他，起码会令他难堪，但是没有，他像回答其他问题一般张口就来，他分析了那次小战役的背景、时机、双方兵力的对比以及具体的作战过程与环节，然后再说自己是在‘战略转移’的环节中不小心中了敌人的‘圈套’，不幸被抓的，他说他本想自杀的，但是子弹已经打光了，这才当了俘虏。看着他的脸，我知道这一切都是发自他的内心，我突然觉得所有的记忆都是事后被人为地建构起来的，这对我的职业信念构成了一种挑战。我感到绝望，我眼睁睁看着这个亲历者展示出来的东西就像根雕一样完美，可我不需要完美，我需要的是湿漉漉的泥土……我突然很想知道这种机制是怎么样的，不，不仅仅是什么‘洗脑’，不是这样的，没有哪个个人有资格这样去评说别人，我意识到的是，有一种超越我们的东西在起作用，我要把握住它……”

她有些出神，“超越我们的东西”是种什么样的东西？它是神秘主义的还是关乎宗教信仰的？一个人能够超越自身去把握住它吗？它和她的失忆有关系吗？不过，她马上就意识到，那和她的失忆不一定有关系，却和她失忆后的现在大有关系，她的记忆也会像那个老人一样被‘建构’起来吗？她牢牢记住了这个学术味浓郁的词，“建构”，那就像是建筑师修订着设计图纸的一个个细节。她感到了惊悚，谁在修改她的图纸？谁将修改她的图纸？

男人问：“你在想什么呢？”

她嗫嚅着说：“没想到你研究的东西这么有意思……”

男人笑了，说："还想继续听吗？"

她使劲摇着头："不了，这些都够我消化一阵子了。"

男人说："那我们还继续做游戏吗？"

她这才想起，他们是在游戏当中呢，她必须把这个游戏坚持下去，有什么办法呢？她现在必须主动去"建构"自己的记忆了。

她说："当然，游戏还没完呢。"

男人说："那你问吧。"

她问："你喜欢你的职业？你觉得自己成功吗？"

男人说："我蛮喜欢的，目前还不能说很成功，但我写的著作和我的演讲，已经慢慢开始有影响力了。"

她问："你这么自信啊，那你多少岁了？哪年结的婚？有孩子吗？"

男人说："三十五岁，结婚四年了，没有孩子。"

她问："为什么没有孩子？"

男人扭开头，看着墙壁，沉吟了一下说："老婆流了一次产，后来就怀不上了。"

她叹口气，问："你老婆是做什么工作的？平时忙不忙？"

男人看着她笑了，说："她在出版局，还挺忙。"

她也笑了，她没想到自己是干这一行的，她猜想过自己可能是个失业的家庭主妇呢，可实际上她却还是个文化女性，用时髦话说，叫知性女人。

她问："她在出版局具体做什么呢？"

男人说："她在审读室。"

她纳闷了："审读室？"

男人说："是的，审读室，专门给书籍把关的。"

她自言自语道："没想到，这样的工作和我有关……"

男人说："这是个非常好的工作，因为简单、单纯，没有太多的人际关系成分，对女人来说，稳定最重要了。”

她摇着头，突然露出了一个诡异的笑容，说：“那我岂不是你的研究对象了？”

男人惊讶地喊道：“这是什么意思？”

她说：“我的职业难道不算是修订历史记忆的一个环节吗？”

男人说：“……那还真是的，我倒没想到这一点，主要是因为你离我太近了，你的工作对我来说就像吃饭睡觉一样稀松平常。”

她没再就这个话题聊下去，她不敢再深入，有关记忆的话题她一方面渴望深入，一方面又恐惧逃避，她处在矛盾与焦虑当中。她装作感兴趣的样子继续问男人：“你老婆比你小不少吧，你们怎么认识的？讲讲你们从恋爱到结婚的过程好不好？”

男人想了一会儿，说：“我老婆比我小整整五岁。恋爱过程啊……你这个问题好大，那就说来话长了。长话短说吧，当时你，不不，我老婆大学毕业找工作找得比较辛苦，当时我在读博士，在学校教务办公室兼职，帮她找到工作了，一来二去，两个人就好上了。然后，等时机成熟，我和她就结婚了。大概就是这样的。对吧？”

她白了男人一眼，说：“我怎么知道！听你这样讲，你们之间也挺普通的嘛。你口音是北方人，你老婆呢？”

男人说：“嗯，我是北京人，我老婆是广州人。”

她知道了自己是广州人，仔细回想起那座城市，但是却对那里毫无印象。她对自己都有些暗暗生气了，如果一个人对自己出生长大的地方都没有了印象，那这个人就是没有过去的人了，这个人关于自身的一切都将成为谎言，是建立在流沙之上的……只能一点一点来采集了，急不来。尽管有三十年的记忆需要填补，但是人的一生其实经历不了太多的事情，几个关键点，几个熟识的人，基本上就足够应付了。这样想来，人生真是挺悲哀的。

男人说：“你问啊，怎么不问了？还有什么想知道的吗？”

她说：“你是北京人，怎么会和一个广州人在一起呢？南北差异很大。”

男人说：“没办法，谁让我考上了广州的大学呢！然后，我就在这里遇见你，扎下根来。”

她这才意识到，她所在的城市就是广州，这么久以来，她居然没意识到这点，没去想过自己是在哪里，是处在什么时间里，她一直像个抽象的人一样活着。当然，如果没有了记忆，这些都不再重要。

她‘嗯’了一声，迟疑着用粤语说：“那你中唔中意你老婆仔啊？”

“你以为我听不懂粤语啊？”男人哈哈大笑起来，看着她的眼睛说，“爱啊，我当然爱她，我爱死她啦！”

她抓起枕头砸向男人，骂道：“你爱你老婆，你还出来鬼混?！”

男人大叫起来：“冤枉啊，你就是我老婆啊！”

她斩钉截铁地喊道：“我才不是呢！”

四

游戏以她的妥协告终，她不得不再次背叛了自己的身体。男人满足地睡着了。她躺在床上，反复回忆刚才的谈话，然后对自己说：这或许是个很幸福的家庭呢，只要把自己慢慢投放进去，时间久了，这个陌生的家庭自然就是自己的家庭了。

窗外已是黄昏，夕阳的余晖钻进来，落在床边的一盏小闹钟上，时间的表盘变成了情景剧的舞台。她感到了焦虑，是时间带来了莫名的焦虑。她下床，蹑手蹑脚地开始穿衣服，然后洗漱打扮，准备出门，就像是有个热闹的晚宴正在等待着她。一度，她的动作陷入了停顿，因为她并不理解自己的所作所为，就像得了梦游症。但是，既然有这样的冲动，那就证明总是有原因的，而且，冲动不正是出自身体的一种记忆？

她找到了自己的提包，还不忘带上一瓶水。她轻轻推开门，走了出去。

外边的热浪消退了很多，但余威仍存，夕光像流浪汉一样徘徊在街角。她大口大口喝着水。她看到每个人都忙忙碌碌地走动着，自己却像棵树样地竖在街边。她不确定自己可以做些什么。

她焦虑地想着，难道没有记忆就活不下去了吗？每个人不都是一片白纸似的来到这个世上的吗？

就在她胡思乱想之际，一辆绿色出租车突然停在了她的面前，后面的门为她弹开了。她吓了一跳，看了看司机那张陌生的脸，意识到这是误会，他把自己当成打的的人了。她想解释一下，但是转念一想，假如这是命运的机缘巧合，自己去顺从一下又有何不可呢？她拿定主意，便上了车。司机是个戴眼镜的中年人，一张貌似斯文与羞赧的脸，像中学老师似的。他从后视镜里望着她："请问你去哪里？"她有些支支吾吾，不知道该如何回答，突然，灵光一现，她说："你知不知道哪里有比较廉价的……廉价的出租屋？"司机的语气毫无变化："你要做什么？"她沉吟着说："我想住一段时间。"司机依然用不变的腔调说："和老公吵架了？"她不置可否，只是问："有没有那样的地方？"司机说："当然有，不过，你这样的情况我见多了，吵架总归是不好的……"然后他开始了冗长的说教，希望她能够听从他的劝说，回归家庭。

她耐心听着，一直没有说话，她觉得司机是个善良的好人。不知怎么回事，听着司机的唠叨，她想起了那个断腿老人，老人说他在“战略转移”的途中丢掉了双腿。现在她觉得自己的所作所为似乎正是一种“战略转移”，一种漫无目的却又不甘心认命的“战略转移”。这是逃跑吗？如果是逃跑，又是为了逃避什么呢？

一成不变的建筑与街道掠过，她并不觉得陌生，也许，陌生永远只是一种错觉。她告诉自己，自己属于这座城市，没有什么好怕的，她看着那些骑楼，那些玻璃幕墙，隐约感到了一种亲切，不知道是来自心底的暗示还是记忆的残存？就像一粒珍珠掉进了草丛中，她试图拨开那些杂乱的草叶……就在她正想进一步去甄别的时候，忽然间，她感到两腿间一阵火辣辣的热浪袭来，她不由自主地颤抖起来。她感到有种奇怪的酥痒爬行在她的腿上，像多腿的虫子。她的手偷偷伸进裙子里摸了一下，湿湿的，拿出来的时候，她看到了黑红的血，恐怖极了，就像有死亡发生了。她抑制不住地尖叫了一声：“啊！”司机紧张极了，连问：“你怎么了？不舒服吗？”她不说话，看着双手上沾染的血，像是过失杀人犯似的。司机通过后视镜看到了血，忙问：“你没事吧？你是不是孕妇呀？”她摇摇头。司机说：“那我现在掉头了，我们直奔医院吧！”她下意识道：“不用了。”“不用了？”司机满腹狐疑地从后视镜中望着她，镜子装在接近车顶的地方，她觉得他在俯视她，严肃而冷峻。

她体会着身体深处的感觉……她突然意识到，这不是什么危险，而是正常的生理现象。这是女人的例假！她的例假突然猝不及防地闯来了！即使她的记忆再丢失，那种来自身体本能的东西也是丢失不了的。她的脸变得通红，羞得无地自容。司机通过她的表情也猜出个八九不离十了，他先是沉默了一阵子，然后突然开始了咒骂，恶狠狠的样子与先前完全判若两人。他先骂自己倒了血霉，怎么碰上这档子糗事，看来要走背运了；过了一会儿，他就开始直接骂女人了，骂她是个扫帚星；继而，他的思维来了个大跳跃，骂她是个婊子，一定是在外边胡搞才被老公给赶出家门的。她张大了嘴巴，有些不敢相信自己的耳朵，她搞不清楚这位斯文司机的热心肠跑去哪里了，怎么转瞬间变得如此粗暴？不就是例假，至于吗？怎么就那么迷信！她感到委屈、伤心和绝望，但她没有说什么，她觉得自己狼狈极了，黑红色的蚯蚓不管不顾，顺着双腿爬了下来，钻进了鞋子里。

“司机大哥，请问你有没有纸巾？”她感到绝望，不得不在他的咒骂声中问道，都有些低三下四了。司机用刚才问她去哪里的礼貌声调说：“有你妈的头。”她以为他会赶她下车，但是他没有，他继续开着车，她不知道他要把车开向何方，她的内心被恐怖笼罩了，她觉得自己真是个不可救药的笨女人，居然随随便便就上出租车，干这样莫名其妙的事情！现在，她真的有些后悔了。尽管她在情感上不敢确定那个男人是不是自己的老公，但在理智上，某种逻辑框架内，她清楚他就是自己的老公。那么，她为什么偏要站在感性的一方，而不是选择理性的一方呢？她生自己的气了，小声骂自己：“蠢货。”司机的耳朵倒是灵敏，他听到了那个词，以为她在骂他，更加恼羞成怒，咒骂的语言随之更新换代，更加粗暴，更加肮脏，更加富有攻击性。她瑟瑟发抖，必须得自救了！她要想起那个男人的电话，或是其他任何人的电话才行！

……难道是上帝怜悯她了吗？神恩浩荡，一串数字在她的脑海中隐约呈现，她翻动着提包，在乱七八糟的小物件中找到了手机。那种感觉就像是在狂风暴雨中得救的水手一般，她差点叫出声来。做一个现代人真好，手机就像是随身携带的器官一样，让我们像蝙蝠一样逾越了空间。她带着感恩的心情，输入了那串数字，然后按下了绿色的拨出键。在焦急的等待中，她听到彩铃响起，一个男人在唱歌，她不假思索地就听出来了，那个男人是刘德华。刘德华？

她突然诧异于自己怎么会记得这个香港的歌星？这样看来，她并非是一张白纸，总有些事物可以唤醒她！她需要神秘的巫术，把自己毫无保留地献祭出去。

电话接通了，传来一个男人热情的声音："嗨，丽丽，你终于给我打电话了！"不过遗憾的是，这个声音并不是那个自称是她老公的人。

她愣了一下，从耳边拿下手机看了下屏幕，那里显示的通话人不是冯正（此刻，她才记起那男人的名字，读起来就像飞在天上的"风筝"），而是一个名叫方文的家伙。

"方文，你好。"她试探着说。

"丽丽，你在哪里？你怎么了？听你好像有事啊！"方文很关切，那种关切又相当自然，令她意识到与他的关系一定是非同一般的。

"是的，我找你有事，你在哪里？我已经在的士上了。"她说"的士"两个字时咬牙切齿的，用了劲道。她偷偷瞄了一眼司机，发现他嘴唇紧闭，支着耳朵，似乎在分析她正和什么人联系。司机还是怯懦的，自她打电话的那刻起就停止了咒骂。

方文说："我在家，你过来吧。"

她急切地说："说具体的位置！"

"我家啊！"

"不知道从这里怎么去。"

"你在哪里？"

"呃……不，不知道。"她望着窗外。

"不知道？！你没事吧？"

"没事没事！烦死了！你好啰嗦，告诉我你家的具体地址就好了！"她突然发起火来了，猝不及防，她甚至都不知道方文是什么人，和她是什么关系，她只是想把一腔的委屈表达给这个听上去很关心自己的人。

此刻，司机摇着脑袋，嘟囔着什么，也许又要开始咒骂了。

电话那头安静了一小会儿，估计是有些发蒙。然后方文用沮丧的语调，告诉了她具体的地址。挂了电话，她告诉司机要去的地址。司机说："可以去，但是要双倍的钱！""为什么?！"她愤怒。司机更愤怒："因为你弄脏了我的车！弄坏了我的运气、我的心情！"她的气势被击垮了，"脏"这个字眼令她羞耻。她不得不装出无所谓的样子说："不就是钱嘛，我给你！"

二十分钟后，车来到了方文家附近。她的情绪很不稳定，拿着手机，翻动着通讯录，想找到一些熟悉的名字。但是，一切都是陌生的，而且，里边没有冯正的号码。她想，如果冯正是她老公的话，可能会标明老公或是其他的什么昵称。但是没有，通讯录里边的名字都冷冰冰的，都是不带任何感情色彩的姓与名，就像政府办公用的电话簿。

她陷入了迷茫，那个冯正究竟是什么人呢?

就在这时，透过车窗，她看到一个穿着蓝色短袖、米黄色休闲裤的男人站在路口，他的眼睛像雷达似的扫描着来往的车辆。她大着胆子按下车窗，试探性地喊了声："方文！"男人看了过来，见到她后脸上便堆满了笑意，她知道自己找对人了，她对司机说："停车。"司机把车停下了，扭过头来说："除了付我双倍的钱，你还得把那东西打扫干净喽。"她忍着快要决堤而下的眼泪说："你放心！"她的心情完全坏掉了。她发现自己是个敏感的人，她不把这次的遭遇当成是一个偶然的事件来看，而是当作自己和这个世界关系的一种隐喻。

她想，这个世界不宽容没有记忆的人。

方文走过来，头发长长的，装扮得像个年轻小伙子，不过面庞却透着成熟的坚毅。他问："你没事吧？"说着，他为她拉开车门，但是她呆坐着，一动不动。方文满腹狐疑地盯着司机看，司机把脸扭了过去，看着街对面的某处。她说："不好意思，方文你有纸巾吗？"方文大惑不解，不过双手很听话，在口袋里摸索着，找出了一袋纸巾，递给她，问："到底怎么回事？"她呼吸急促了，低着头，说："坐车的时候，不小心来……来……大姨妈了，全搞脏了。"方文满脸的紧张与疑惑像是烟花一般，凝结到一个高度后爆炸消散了，他笑了起来，轻轻说："就这事啊。"

五

她披着方文拿下来的一件长风衣先上楼了，门是开着的，她走了进去，没有任何印象。沙发与茶几上堆满了书籍与衣物，横七竖八，但并不令人嫌恶，因为沙发、地板与墙壁都格外干净，甚至有窗明几净之感。她走到阳台，俯视着刚才的那辆的士，方文的身子不见了，只有两条腿露在车的外边，像青蛙似的一蹬一蹬。她的胃一阵痉挛，她难以想象那个男人在拭擦女人经血的时候是种什么样的心情，一定恶心得想吐吧？她感到愧疚，这个叫方文的男人一上来就让她欠了他的情。

太阳快落山了，凉爽的风从未知的角落里升腾而起，草木呼喊了起来。她一直站在阳台上俯视着下面，似乎一定要亲眼目睹这个事件的结尾，才算是真正的结束。她看到方文将许多黑色的纸团装进塑料袋，然后扔进了垃圾桶，她的心颤了一下，仿佛她也被丢进了垃圾桶似的。方文抬头看到她了，朝她挥了挥手，做了个 OK 的手势，然后，她看到的士开走了，不知道那司机还在不在咒骂。

不一会儿，楼道里有脚步声响起，方文走进了房间，顺手锁了门，冲她露出了一个顽劣的笑容，而后带着肆无忌惮的姿态朝她走了过来，她还没明白怎么回事，他就已经张开怀抱，紧紧搂住了她。

他在她耳边说："我想你。"

她的脑海里炸开了一片粉红色的云，整个身体都蜷缩了起来，像只虚弱的小猫。她本想推开他的，但是想到刚才他上半身塞进车里、两条腿像青蛙似的一蹬一蹬的，她就丧失了勇气。为了那些血污，她就必须忍受他的拥抱吗？也许不是忍受，而是有着不可言说的感受？……不过，无论如何，几分钟后，她还是轻轻推开他了，说："别这样。"他凝视着她，眼神里充满了询问。她叹气说："我想洗澡。"他恍然大悟，笑了："你看我都忘了，你是得好好洗洗，我去给你拿衣服。"她疑惑道："你这有女人的衣服吗？"他用诧异的眼光看着她，哈哈大笑起来："你算不算女人？你在我这里有一橱柜的衣服！"

她落荒而逃，急急钻进了浴室，把门从里边反锁上了。她喘着气，觉得像梦，不，比梦更荒诞。看来，当一个人完全置身在自己的生活之外再去反观的时候，一定会惊讶自己怎么在千疮百孔中甘之如饴的！

渴，也像索命鬼一般出现在嗓子眼，然后向全身扩散而去，她顾不了太多了，不得不拧开水龙头，喝了几口。她脱下衣服，低头看见了股沟间残留的血痕，好像那里隐藏着不止一条伤口，看不见的深深伤口。她用花洒冲洗着那里，水流的指尖让她感到温柔与迷醉，恐慌也在心底升起：自己就是在洗澡的时候丢失了记忆，是洗澡洗去了记忆吗？如果连这几个小时的记忆又丢了，一切再次从零开始，她还有没有勇气去面对呢？当然，她清楚，这些疑虑也会随记忆一起丢掉的，一个更可怕的想法浮现在她的脑海：自己究竟丢失过多少次记忆？一次还是一百次？对于丢失而言，无论多少次，好像都没有本质的不同。

她没有洗头，她怕水的指头会伸进头颅，再次拿走她的记忆。但她依然站在水中，水之于她，的确有种迷人的魔力，她在水的抚摸下感到整个世界安静了起来。她的前世一定是个深海生物，带着比瞎子强不了多少的眼睛待在黑暗的海底，除了捕食便一动不动；一生没有悲欢离合，大起大落，就那么在黑暗中自然湮灭。不过，她也诧异自己会懂得深海生物的知识，她发现，与自己处境越相关的记忆越是模糊，而与自己绝缘的知识却布景般摆设在那里。这究竟是怎么一回事？她想不明白。

忽然，敲门声响起。方文在外面敲门了，问她感觉好点没有。她想起几个小时前，那个男人就是这么问她的，然后她走出来，那个男人告诉她你是我的妻子。现在，她走出去，这个男人会告诉她什么？你是我的情人吗？想到方文那青蛙样一蹬一蹬的腿，她的心里起了波澜，有这样的情人也不是一件坏事。她的脸微微发烫，似乎有点不知羞耻了。不过，问题是，接下来和他怎么相处下去？难道还像和上个男人那样，装作什么也没发生似的表演下去吗？去屈从一段并不道德的关系，有那样的必要吗？不，不，实际上也不关道德的事情，而是她觉得自己像个小偷，在窃取别人的生活，尽管那个“别人”就是自己，但是，自己却不是过去的自己了。

她裹上浴巾走了出去，面对同样的情景，她不再畏惧，仅仅几个小时的记忆已经成为她可以依赖的勇气与资源。

方文坐在客厅的沙发里，已经换上了睡衣，像刚干完家务的丈夫一样放松。他直勾勾地盯着她，像是远航船渴望着故乡的海岸。那种眼神打在她的身上，她感到疼，感到需要忍受。

"舒服多了吧？"他说。

她点点头，挣脱了他的目光，说："你说这里有我的衣服？在哪里？"她这样说似乎很蠢，明显暴露了她的失忆状态。但是，她并不后悔，她已经有了摊开来说出一切的勇气，这股勇气自洗澡的时刻起，就在她的心间酝酿着，现在已经蠢蠢欲动了。

果然，他站起身，走了过来，伸手去摸她的额头，嘴里喃喃道："你今天这是怎么了？怎么像个小傻瓜。"

她拨开了他的手，说："你别碰我。"

他不以为意，以为她在开玩笑，或是撒娇，他温柔地上前抱住她，试图吻她的耳朵，挑逗她。但她激烈地挣扎起来，恶狠狠地推开了他，他毫无防备，向后一个趔趄，撞在了茶几上。这下好了，捅了马蜂窝了，他诧异得快要跳起来了，话都说不出来了，张皇失措地摇着头，表示对眼前的这一切难以置信。

"对不起。"她说，她没想到自己会使那么大的劲。

他皱着眉头，眼睛缩了起来，隐藏在眉毛下边，用力打量着她。他说："丽丽，你今天真的很奇怪，发生什么事情了？告诉我好吗？"

她毫不胆怯，毫不退缩，却没有回应他，只是站在那里与他对视着，双手紧紧捂住胸前的浴巾。

"告诉我好吗？"他又说，语调里满是哀求。

她绷紧的表情稍微松动了一点，她向后退了几步，挑衅地说："我可以告诉你，但是你会信吗？"

"当然信！你说的话我什么时候不信了？你都忘了吗？"

意想不到的是，她居然被这话给逗笑了，他惊恐地看着她，像是看到了一个疯子。她笑完后，说：

"我告诉你，我真忘了，全都忘了。"

"全忘了？"他跌坐在沙发上，脸上满是疑虑的雾气，他成了迷途的羔羊，完全不知所措。

她轻轻叹了口气，用异常冷静的语调说："是的，全忘了。我丢掉了我的记忆，我失忆了。"

"失忆?！发生什么了？摔了，碰了，还是……"他紧张地站起身来。

"没发生什么，你看我，全身都好好的。我今天洗完澡后，就发现自己什么也不记得了。"

他摸着自己的脑袋，笑了起来，说："你该不是跟我开玩笑吧?听你那么说，好像记忆像钱包一样，记忆这种东西怎么能说丢就丢呢？"

"是真的。我已经不认识你了。"

"这样说来，我们得赶紧去医院了。"

"不去。"

"为什么？"

"因为我觉得自己一切正常。"

"你失忆了，你也知道自己失忆了，然而，你依然觉得自己一切正常?！"他吼了起来，他的手盘旋在她的肩膀上空，却不敢落下。

她坐了下来，说："请你冷静点。给我倒杯水，好吗？"

"好，我会冷静，我们需要好好谈谈。"他转身去倒水，把水递给她，并坐在了她的身边。

她喝了口水，字斟句酌慢慢说道："方文，我明白你的意思，你觉得我失忆是因为我大脑皮层的某个回沟坏掉了，先不说这是不是真的，对我来说，这并不是最重要的。最重要的是，我该如何重新面对自己的真实生活？我第一次感觉到，没有经过审视的生活是不值得过下去的。失忆，是一个机会，一个重新审视甚至重新选择的机会，我必须安妥好我的生活，这比治疗脑海中的病变更重要。你明白吗？”

说完后，她自己也有些吃惊，吃惊于自己的真实想法。她一个小小的图书审读员，怎么会有那样的想法？难道是长时间对书籍的沉溺终于产生了不可磨灭的效果？不过，图书审查员和书籍的关系不正是警察与小偷的关系吗？如果真是这样的话，可真够反讽的！相当于与敌人战斗了一辈子，到头来自己的立场却跑到敌人那边去了。这样说来，她算“叛徒”吗？真的存在背叛这回事吗？那个老人在朝鲜战场上的被俘也是一种背叛吗？不想背叛的背叛？……也许，背叛只是对时间连续性的一种迷信，人们试图将此刻的事物保持至久远而不可得，因此便对变化本身产生了彻骨的仇恨？时间究竟是像河流那样向着一个方向流去，还像大海一样涌向四面八方？她丢掉了记忆，是不是意味着她暂时走到了时间之外呢？……思绪像涨潮的大海一般汹涌而起，快要让她的脑子炸开了。

“丽丽。”他终于开口了。

“嗯，你说。”

“我没想到你会这么想，这种想法简直……简直石破天惊！”

“我只是想成为真实的自己，最好的自己。”

他沉默了一会儿，说：“的确，失忆并不仅仅是去医院看看病的问题。但我还是觉得，我们应该先去医院看病，看好病，你的记忆恢复了，这样才能更好地让你知道你是谁，你的生命是什么样子的。”

“不，不，看来，你并不理解我的情况。唔，举个例子吧，你是方文，你为什么是方文？”

“呃……我为什么是我？这个问题好高深啊。”

“我的问题是，你为什么是方文？你好好想想，我一提方文这个名字，你为什么就觉得是自己而不是别人呢？”

“你的意思是说……都是因为记忆？”

“难道不是吗？”

“如果没有了记忆，我就不再是我了？”

“不，你还是你，但，你不是方文了。”

“你是说，你不再是丽丽了？”

“是的。”

“我快疯掉了！那不是更应该去看病，找回记忆吗？”

“你怎么就不明白呢？我不再是丽丽，可我还是我，更本真的我。丽丽只是我的一种可能性。”

“天啊！你的想法怎么走得那么远啊！你比我写的小说都要神奇！”

“啊，你是个作家？”

“是的。你以前最喜欢读我的小说了，你说我的小说给了你最为神秘的体验，看来，这种体验的记忆也丢失了。”

她真是想不到，历史学家、作家与审读员，这三者是怎么捆绑在一起的？算是真实、虚构与秩序的三位一体吗？还是过去、未来与现在的三位一体？这简直像个冷笑话！

“那我们怎么认识的？”她问。

“他们说我的书诲淫诲盗，思想不健康，让你审读我的书，其实是叫你为我的书做手术，删除相关的‘癌变’部分。但是，事与愿违，正是那些‘癌变’部分打动了你，打动了一个图书审读员的铁石心肠。这是我这辈子最为自豪的事情了。”他哈哈大笑起来，笑完，紧紧盯着她，目光灼灼，令她不敢与他对视。

“你别讽刺我了，我真没想到自己从事的是这样的行当，创造力的敌人。”

“不是的，我以前就和你说过，要是没有你这样的秩序，创造力带来的爆破便也失去了目标，那么，创造的动力迟早也会枯竭的。”

“也许你是对的。”她喝着水，不想继续这个离此刻略显遥远的话题。

他停顿了下，继续说："我在你身上发现了一个很奇怪的现象。"

"什么现象？"

"你丢失记忆之后，反而获得了一个自我，一个比枣核还坚定的自我，真是古怪极了。"

"也许记忆有时是必要的铺垫，有时却是挣不脱的牢笼吧，说到底，记忆有着很强烈的建构成分。"

他吃了一惊，说："建构？的确是的……为什么你变得如此犀利？现在每一句话都有着直达本质的魔力！"

她笑了笑，没有说话，她不想提及冯正，研究历史记忆的历史学家，更不愿想起她假装妓女的那个过程，她觉得严格来说，她当时的心态与妓女无异，都是用性来换取自己想要的东西。她实实在在地当了一回妓女。

六

两个人沉默了一段时间，刚才的对话让人精疲力竭。她去房间里换上了他拿给她的睡衣，是白底红点的，她觉得似乎不符合自己的审美。然后，她在各个房间里参观了一下，试图找到什么熟悉的线索，但是，一切都很陌生，她放弃了。她坐回到沙发上，朝他做出了一个友好的微笑，说："方文，该聊聊我们的事情了……我们的过去，是怎么回事？"

方文不假思索地说："简单说来，我们是一对真心相爱的人，我们深爱着彼此，而且，正准备生活在一起。"

她笑了，说："你是作家，你不能这么简单。"

“请你理解，我还不能接受你是另外一个人的说法，假如我承认了这个事实，首先我就会被悲伤给打倒。因为，我非常爱你，丽丽，我不能没有你……”说着，方文蹲下身来，双手紧紧捂住脸。

她这才突然意识到了问题的严重性，她之前只是觉得失忆是她自己最大的灾难，她没想到这也会成为别人的灾难。她看着方文痛苦的样子，有些不知所措了。

“方文，你别这样……”她躬下身来，抚摸着他的脊背，他颤抖着，痛苦通过她的手掌抵达了她的心里。她的心软了，轻柔地说：“你讲讲我们的故事吧，也许，也许会唤醒我的记忆呢。”

方文在她的安抚下逐渐平静了，他拿开手掌，眼睛猩红，整个人几乎在一瞬间便憔悴不堪了。他说：“你知道，这一切太突然了，对我打击很大。你的态度，让我感到我要失去你了。”

“对不起，我一开始并不明白你为什么那么紧张我的记忆，现在我都明白了，看来，做个纯粹的自己太难了。”

“是的，你真要变成另一个人，一个和我没有关系的人，对我意味着天崩地裂，因为，我已经打算把自己余下的一生和你捆绑在一起了。”

“我没想到我的生活会这么乱，我结婚许多年了是吗？”

“但你已经不爱他了。”

“你没有成家吗？”

“呃……成了的，但我和她已经分居一年了，只等着办最后的手续了。”他的语气不太自然。

“太疯狂了！”她脱口而出，“为什么听你说这些，我觉得不道德，难以接受？”

“你现在把自己当成另一个人，一个局外人，自然会觉得不道德，或是疯狂什么的，但是男女之间，你爱我，我爱你，相爱的人要生活在一起，这就是最大的道德！没有感情的婚姻才是不道德的。”

“嗯，我什么都不记得了，我不能把自己放进这些事情当中去了，现在的我就像是浅，理解不了深。”记忆那沉重的铁锚收起了，她浮在世界的风浪之上。她想沉下去，却被浮力一次次反推回来。

“不行！这样不行！”

方文突然喊了起来，他用鹰隼样的眼神逼视着她，仿佛她背叛了他。她感到胸口在紧缩，不知道他会做出什么事情来。他咬牙切齿地说（仿佛同时为了说服自己）：“我们应该试一试！”

“试什么？”

“试着恢复你的记忆！我觉得一定行的！告诉你，我们是灵魂的知音，是人生的伴侣，你知道我们有多么相爱吗？我们可以为了彼此去死！”

她被他的热情感染了，这个男人原本看起来儒雅而笃定，甚至还有点拘谨，但是现在却处在感情的灼烧当中，他的眼睛湿润，闪烁着动人的泪花，任何女人看了这样的形象，都不免会心有所动。说心底话，她很想相信他说的那一切，疯狂热烈到可以为之牺牲一切的爱情，哪个女人不向往呢？既然他坚持要尝试，她可以奉陪到底。

他打开电脑，找到他们一起出游的照片，她看到了自己的过去。他们站在一座雪山的顶峰，笑得很开心，她的双手紧紧搂着他的胳膊，好像怕他跑掉似的。他讲解着，说这是哪里哪里的雪山，气候如何，风景如何，他们一起经历了什么样的事情，现在的他一定是世界上最有耐心的导游。她看着照片，特别关注自己的表情，她觉得自己过去的形象像是一个幻影，架设在现实与理想之间，那真是一个绝佳的位置。她突然感到了沮丧，因为，她意识到自己再也回不到那个位置了。

看完照片，方文小心翼翼地打量着她，他的眼神像刚出生的鸡仔，透着惶恐与不安。她躲开了那种眼神，无奈地说："还有其他的'证据'吗？"

"眼见为实，难道你还不相信吗？"方文的嗓音都有些沙哑了。

"说真的，我信。但你得了解，这不仅仅是我相不相信的问题，而是要复活，一段生命的复活，就像你在黑暗中找到了灯绳，然后一切都被照亮了。"

"看来，我们还得继续寻找灯绳？"

"恐怕是的。"

方文想了一会儿，然后拿来了两本书，他说："这是你最喜欢的两本书，你最喜欢睡觉前让我读给你听了。"她看到是加缪的《局外人》和渡边淳一的《失乐园》，熟悉的感受扑面而来，她甚至感到有点兴奋。他说："如果你困了，想睡觉，便会让我读《局外人》；如果你爱了，想和我亲热，便会让我读《失乐园》。"

她红了脸，垂下头，好像做错了事的孩子。

他说："你现在想听我读读吗？"她点点头，默许了。他却不知道该读哪一本，最后他选定了《局外人》，说："好像这本更适合现在。"她笑了，说："是的。"他哀叹道："你现在可是比莫尔索更像局外人了。"听到莫尔索，她突然有些激动，说："很奇怪，我记得莫尔索，我记得他那种疏离的状态，我记得他因为正午的阳光太耀眼了，然后失手开枪杀了人，我还记得他临死前拒绝了牧师的祷告……""再想想！看你都记得什么？请把你能忆起的东西全都说出来。"方文激动了起来，仿佛看到了希望，他的手都在微微发抖。她看在眼里，知道这个男人是真的爱她，真爱过去的她，她感到五味杂陈，进退两难。

她还是必须对他说真话。

“但是，方文，我已经不记得你曾为我读过。你可能不相信，我只记得和我没有关系的事情。我记得那些小说，那些人物，可是我个人的生命体验与那些小说之间被切断了，那些小说变成了标本，就像陈列在文学教科书中似的。”

“不可能！我不相信！你记得凛子和久木吧？”

她点点头，说：“记得，是《失乐园》。”

“那你记得他们至死方休的爱情吗？我们曾经无比认可的爱情理想。你曾对我说过，那本书是我们的爱情圣经。”

“我知道。”她抚摸着书的封皮，那上面印着一个男人和一个女人的手，两只手紧紧握在一起，手指也紧紧缠绕在一起，背景是略带褶皱的白色床单，暗示着他们刚做过爱吧，浓艳，炽烈，一种可怕的美。她记得凛子和久木的每一个细节，她和方文也有过那样的细节吧？她说：“凛子和久木为了保持爱情的永不变质，以及时间上的永恒，一起在高潮的时候服毒自杀了。难道……我们也曾决定那么做吗？”

“不。我们决定组建一个新家，好好生活在一起。”方文郑重其事地说。

她看着他，刚想说什么，突然，她的手机响了，这个时候会是谁打电话给她呢？她看了看号码，一串既熟悉又陌生的号码。这时，方文凑上前来，脱口而出：

“是冯正！”

她紧张了，“我接吗？该怎么说？”她慌得像个不谙男女之情的少女，情急之下，居然问方文。

方文倒是淡定得多，他说：“为什么不接？就说在我这里。”

“……他知道我们的事情吗？”

“知道，”他叹息着，“几天前你刚和他摊牌，你已经决定搬来和我一起住，你瞧，这里有你的专属衣橱，都是我们一起逛街买的。所以，隐瞒毫无必要。对了，他知道你失忆的事情吗？”

“好像还不知道。”

“那你更得接这个电话了，因为，这是非常重要的事情，也需要他一起来面对。”

的确如此，逃避是解决不了问题的，只能面对了，她用力按下了接听键。

“喂。”

“丽丽！你在哪里？我睡醒才发现你不见了。”传来冯正焦急的声音，她想到他担心的样子，心里竟然感到了愧疚。

“我出来走走，怎么了，你为什么那么紧张？”她故作镇定地说。

“出来走走？你在哪里？”冯正的声音更加焦急了。

“我就出来一会儿，你那么着急干吗？有什么急事吗？”她从对方的问题中溜了出来，然后迂回过去，把问题丢给了对方。

冯正停顿了一下，语调从高空跌落下来，变得垂头丧气，自暴自弃，他说：“好了，你不用说了，你肯定又去他那里了，对不对？”

“冯正，我也不想骗你，我是在方文这里……”

“还真是见鬼了！”一句穷凶极恶的话从手机那边跳了过来，打断了她的诉说。

“你听我解释……”

“我不想听！”

一时间，双方的交谈陷入了停滞，只听到冯正剧烈的喘息声，好像他在用力抑制着痛哭流涕的冲动。方文小心翼翼地靠近她，在她耳边轻声说：“叫他过来。”她吃了一惊，为难地盯着方文，方文却用坚毅的眼神看着她。她长叹一声，豁出去了，长痛不如短痛吧，全部的事情就在今晚解决好了！于是，她说：

“冯正，你来吧，我们三个人说清楚。”

那边静默了，就连刚才的喘息声都消失不见了。

“今天的事情不是你想象的那样，有很多东西不同了，你来吧。”她说。

“有什么不同？”那边小心翼翼地问道，像是蛇的裂舌，感受着空气的湿度。

她正想说话，突然，方文抢过电话，大声喊着：“好了，冯正，别婆婆妈妈的，来吧！我等着你！”说完他就挂断了电话。

“你这是干什么?！”她有些生气。

“对不起，可这是最好的办法了，要不然，他根本没有勇气面对我。”

“唉……他会来吗？”

“会。”方文说得斩钉截铁。

这时，窗外起风了，树叶摩擦着，发出细碎的声响，像是一些听不懂的絮语，还有不知名的夜鸟在鸣叫着，空旷而寂寥。她有点累，闭上眼睛，恍惚中觉得自己置身在一张婴儿床上，床边有个微弱的嗓音不知厌烦地向她讲述着漫长而没有结尾的故事。所有的喧嚣被推开，生命安静得像是杳无人迹的街角……只是，那看不见的另一侧将会有脚步声响起，不速之客终会到来，过去的生活会在这个晚上被炸成粉末，然后像灰烬一样飘飘扬扬，跌进世界的褶皱与缝隙中。

七

终于，脚步声响起了，紧接着门铃声响起，那惊悚的铃声像是从悬崖峭壁上跳下来似的，她的心脏紧缩成了一枚坚硬的核桃，隐隐作痛。很奇怪，她发现自己做不到置身事外，她甚至感到了歉疚。

一个淫荡的女人？一个不忠的妻子？这些命名像粗糙的沙粒摩擦着她的内心。

她以为方文也会紧张，但是没有，方文站起身来，异常平静地向门口走去，那架势好像去迎接一位远道而来的朋友。

“请进。”方文打开门说。这种客气让她和冯正都吃了一惊。

冯正走了进来，她以为他会怒气冲冲、耀武扬威，但是相反，他过于安静了，甚至还有些畏手畏脚的，仿佛羞怯的孩子。他的目光在她身上停留了几秒钟，从睡衣上掠过，然后他把脸扭开了。他站在沙发旁边，手足无措，似乎不知道该不该坐下来。当然，尴尬是必然的，她这个没有了记忆的人都感到了尴尬，何况别人。

“请坐，请喝茶。”方文动作麻利，将泡好的茶客客气气地放在了冯正的面前。她知道，方文是用这些动作来掩饰他内心的尴尬与慌乱。

“谢谢。”冯正轻轻说，然后坐了下来，低着头，谁也不看。

“丽丽失忆了，你知道吗？”方文开门见山，单刀直入，没有任何过渡，她觉得他谈及失忆和谈及晚报上的新闻一样轻描淡写。

“开什么玩笑！失忆了还知道跑到你这儿来偷情？”冯正抬起头，睥睨着方文，嘴角带着不屑。

“冯正！”她喊了声，然后缓和了下语气，说，“是真的。方文说的是真的。”

冯正没有说话，他的脸部微微痉挛了一下，露出了一个古怪的笑容，然后又迅速收敛了。

她说：“难道你今天真的没发现吗？我那么胆怯，那么不知所措……”

“不知道。”冯正说。

她盯着他，似乎想看透他的心。她说：“难道是我的演技太好了，你没感觉到？还是你感觉到了，却并不点破，跟着我一起演戏？如果是后一种情况的话，我只能说，你真是个表演的天才，你应该拿奥斯卡最佳男主角奖！”她回忆着今天刚刚惊醒过来的一幕幕场景，忍不住语带黑色幽默地说。

冯正把脸转了过来，面对着她，看着她的眼睛，说：“我今天见到的你，是最美好的你，我们像是重新相识那样温习了我们的感情，还有什么比这更美好的？”

“看来，你是知道的！”她忍不住喊了起来。

“我看他不止是知道这么简单！”方文插话了，脸涨得通红，说，“丽丽，你不觉得这一切太巧合了吗？在你向他摊牌后不久，你就失忆了！我看这是个阴谋！”

她不寒而栗，紧张地看着冯正说：“冯正，你……”

冯正把脸又扭开了，看着地面，两臂交叉放在胸前，一言不发。

“看他的样子，一定是他在搞鬼！”方文站起身来，两眼怒视着冯正。

“为什么会是我搞鬼？而不是你？”冯正反唇相讥。

方文说：“你当时已经知道了我们的事情，你和丽丽的关系已经陷入僵局，当丽丽失忆，你却没有丝毫的惊讶，反而还对她呵护有加，这根本就是个阴谋嘛！你怎么解释？”

气氛陷入了令人窒息的紧张，她这才感到今天在家的那一切显得非常诡异，只不过她当时太紧张了，根本无法做出分析与判断。她现在和方文紧紧盯着冯正，看他怎么回答。

冯正的太阳穴有青筋暴起，却一动不动，一声不吭，像个塑像。就在她想再说出些疑惑的时候，突然，冯正一跃而起，从口袋里掏出了一个淡蓝色的小药瓶，放在茶几上，他像快要溺毙的人那样朝她大声哀号道："是的！是的！是的！我承认，是我做的！！！我偷偷在你的水里下了药，我想擦去你和他那些耻辱的记忆，然后我就有机会和你重新开始！我做这一切都是为了挽回我们的家啊！"他痛哭流涕，歇斯底里，这个平时看起来略显压抑的人爆发起来有种令人生畏的力量。

尽管她已经预感到了事情的真相，但当冯正哭号着说出来的时候，她还是不敢相信自己的耳朵，她感到被人谋杀的疼痛，两眼瞬时蓄满了泪水，周围的一切都黯淡了下去。她看着冯正，看着那瓶淡蓝色的药，不可遏制地想象了她和他的婚姻。他们一定有过美好的过去，然后，时日渐久，婚姻出现了问题，也许是他的错，也许是她的错，她出轨了，他得知后变得疯狂，为了像占有私人财产那样占有她，为了像攫取欲望的金苹果那样攫取她，他居然不惜毁灭她的记忆，不惜毁灭她的过去，这是怎么样的一种疯狂！她的嗓子像被水泥封死了，一句话都说不出来！

"你这卑鄙的畜生！"方文气得全身发抖，怒吼起来。

"这个字眼用在你身上同样合适！你觉得你做的事情就光彩吗？你不但背叛了自己的家庭，而且还拆散了别人的家庭，你是双重的卑鄙！"

方文撕心裂肺地喊叫了一声，然后朝冯正扑了过去，两个人像野兽那样扭打在了一起。"住手！不要打了！"眼前的场景让她绝望，她试图去劝阻他们，但他们已经被仇恨弄瞎了理智，像疯子一样吼叫着，厮打着，茶几被踢翻了，茶杯被砸碎了，水流了一地。她向他们中间扑了过去，但被他们一下子就给推开了，她一个趔趄，摔倒在地，头碰到了茶几的角上，胳膊被茶杯的碎片划出了一个大口子，血流了出来，把地上的水都染红了。

他们没有留意她，还在继续扭打着。她感到虚弱极了，想挣扎着爬起来，但眼前的景物开始模糊、摇晃。她的嘴巴动了动，想向他们求救，但她还没来得及发出任何声音，就晕了过去。

八

她梦见自己从黑暗的鱼腹中往外爬，浑身的伤痛让她每次只能爬行几厘米。她像虫子一样蠕动着，终于，她看到从嗓子眼射进来的微光了。

“丽丽！你醒了？”

她睁开眼睛，浑身疼痛，发现自己躺在卧室的床上，冯正和方文坐在床边，他们正关切地望着她。她完全清醒了，愤愤说道：“你们怎么不打了？继续打啊！”方文说：“对不起，我们不打了。”冯正说：“是的，我们不打了，我们决定大家一起理智地聊聊，把事情说清楚。”她看着他们的样子，觉得好笑，说：“我觉得你们突然成了唱双簧的了！”冯正笑了下，可那笑容里没有一丝笑意，他说：“要不你先在这里休息？我先回去，咱们改天再聊？”

“不用了，”她挣扎着坐了起来，“我没事，就现在聊，让噩梦早些结束吧。”

她看到对面的墙上有一面镜子，映照出她苍白的脸。她觉得现在的自己和镜子有些像，吸纳万物的形象最终却什么也没留下。谁能分辨出一面常用的镜子和一面从未使用过的镜子？世间凡是“有用的”事物都会有损耗，唯独镜子没有。她想，像镜子那样没有损耗地活着应该是一种幸福。可惜的是，她已经有了几个小时的直接记忆，再加上别人告诉她的间接记忆，也蔚为可观了，她已经无法逃开被“损耗”的命运了。

她的目光从镜子中收回，看到他们两个呆若木鸡，一言不发，她说："你们怎么不说话？是不是三个人没法一起说话？要不，我和你俩分开聊，可以吗？"

"不，还是三个人在一起聊比较好。"冯正说。

方文说："是的，你放心，我们不会再争吵的，我们会按照秩序发言。"

她说："好吧，那你们谁先说？"

方文说："我想先说，可以吗？"冯正点点头。

方文凑近了她，压低了嗓音，却蕴藏着无限的深沉，他说："丽丽，我现在已经认定了你失忆的现实，那么，如果让现在的你在我和冯正之间选择，你会选择谁？"

她没想到方文一上来就问这么直接的问题，她必须小心谨慎，因为这个问题涉及三个人。她沉吟了下，说："你知道的，这种选择关系已经不存在了，我已经不再从属于这组关系了……"

方文显然有备而来，说："我不这样看，对你来说只是丢失了一些过去，但是，你并没有丢失现在和未来，你还必须不断地选择下去，这是命。"

"你说得很好，但我的选择条件变了，不再限定在原来的框架内。"

"丽丽，如果以前我们能那么相爱，我坚信那种爱情会穿越任何事物的，也就是说，不管你的记忆在与不在，我们依然还会相爱，所以你不要想太多，最简单的做法就是仔细听听自己的心声，对我还有没有感觉？即使那种感觉很微弱，但哪怕只有萌芽般大小，也会很快生长起来的。"

"说真的，方文，感谢你今天为我做的一切。我也相信，我们曾经真心相爱过，应该还很激情，但是现在我对你的感觉应该不能算爱了，最多有些激情消散的感觉。"

“没有消散，只是丢失了。”

“结果是一样的。”

“不一样，消散代表不爱了，而丢失意味着还可以找回。”

“可我们之间的东西现在看起来太单薄了，就连我们的记忆，有很大一部分都是由虚构组成的，我是指像《失乐园》这样的小说。你不觉得以虚到虚就像一场梦吗？”

“虚构与记忆并不是截然相对的，其实，记忆大部分是以虚构的形式储存下来的，而虚构，也会在创造的过程中成为记忆。难道你没有过这样的经验吗？当我们幻想一种事物，与回忆同一种事物的时候，心中所涌起的感受是很相似的吗？不同的也许只是强度，回忆比幻想多了一重强度，仅此而已。”

“也许你说得对，但我不是作家，我不会虚构一个被许诺的未来，我只知道，我得按照自己的内心生活下去，至于以后的道路会变成什么样子，艰难还是顺利，我还不打算去想。因为，想了也没用。”

“你误解我的意思了，我不想用虚构去说服你，我说的是虚构也有客观性，你没必要排斥虚构，那也是我们现实的一部分。”

“嗯，我同意你这么说，其实……我甚至希望你能虚构，提供给我一种完美的虚构。记忆都是建构出来的话，那所谓的‘建构’其实不就是一种虚构吗？”

“没错！”方文激动了起来，他以为她被自己说服了，两眼光彩照人，说，“爱情的魔力就在于虚构啊！越美好的爱情也就是虚构程度越高的爱情，甚至我要说，爱的能力就是虚构的能力！”

“精彩！”她做出鼓掌的架势，“但是……前提是，不要让我知道，虚构的魔力就在于我们不知道它是虚构的。”

“那难道说真实的魔力就在于我们知道它是真实的？这是同义反

复。”

“不，在你那里，真实已经等同于虚构了，如果这样的话，虚构也就不存在了，因为真实与虚构必然是并存的，一方没有了，另一方也就死去了。”

“那你告诉我它们的界限？”

“真实看似丑陋，是因为裂缝都在表面；虚构看似美妙，是因为裂缝都藏在里边。所以，人们总是倾向于选择虚构，但是虚构容易令人麻痹，一旦出现问题，由于伤痕太隐蔽太深，也难以愈合。这就是我为什么不选择你的原因。”

“丽丽……”方文张口结舌，一下子不知道该怎么回应了。她看到他的样子，知道这话刺伤了他存在的根基，她感到难过的同时，也为自己感到庆幸，丢失了记忆，却从虚构之梦中遽然惊醒，简直像是奇迹。

这时，一直在旁边静静坐着的冯正开口了："好了，方文，我想你和丽丽已经聊得差不多了，现在该我说了。你应该知道我作为丽丽的合法丈夫，先让你说，已经算是仁至义尽了。”

方文似乎还不能从刚才的震惊中挣脱出来，他满脸迷茫，看了冯正一眼，然后依依不舍地坐在了一边。

冯正坐在离她很近的地方说："丽丽，我也想从那第一个问题开始，就是你必须选择的问题。”

她无奈地说："好，你有什么想法？”

冯正用诚恳的眼神望着她，说："你刚才说你选择的条件变了，不再限定在原来的框架内了，也许，目前看来的确如此，你突然获得了很多的自由，但是，现实远非如此简单，你的自由也只是相对的，你依然会被裹进事情当中，毕竟个人还是太渺小了。”

“我明白，你指的是生活的环境，但我真的还不确定要不要继续在这样的环境中生活下去，就像我不确定自己还会不会再去当一个图书审读员。”她嘲笑着自己。

“不，不止生活的环境，还有时间的惯性，那就是历史，历史充满了偶然性，却也很大的程度上具有必然性。”

“可我现在已经来到了偶然性的位置上，当然，这个偶然性说到底还是你创造的，不过，不好意思，你的创造好像失控了。”她克制着自己的情绪，尽最大的努力把这场对话进行下去。

冯正听她这么说，突然抱住了脑袋，双眼紧闭，脸上的肌肉也都痉挛得变了形。他哽咽着说：“真的对不起，求求你别讽刺我了，我无地自容。”

“我懒得讽刺你！”她把头扭开了，不想看他。

“丽丽，你听我解释好吗？”

“你说，我听着呢。”

“对不起，都是因为我太爱你了，才那么做的……其实，我也承认，历史最有魅力的地方就是偶然性，而不是必然性。当我准备洗去你的记忆时，我的心里是非常痛苦的，因为这同时会洗掉我们美好的部分，但是，一个声音告诉我说，记忆太多，变得臃肿不堪的时候，人也就成了废墟。我不能眼睁睁看着你变成废墟，即使我已经成了废墟……”

听到这里，她实在忍受不了了，她气得全身发抖，大喊起来：“就算我要变成废墟，你也没有洗掉我记忆的权力！你以为你是谁啊？即使老天爷都没有这样的权力！”她无法控制自己的愤怒，终于爆发了，怒骂道：“你这是犯罪！罪大恶极，与谋杀无异！可惜的是，现有的法律没法制裁你！”

冯正号啕大哭了起来，样子像个哀怨的村妇，鼻涕和口水都流了出来。坐在一边的方文仇视着冯正，低声咒骂着，那恶狠狠的样子像是街头行凶的混子。

发完火之后，她冷静了许多。眼前上演的这一切，她觉得太丑陋了，简直是一副人间地狱的图景。

冯正一边用纸巾擦着眼泪一边说："你知道吗？我们结婚的时候，你在我心里就像晚霞一样美丽，真的，那种感受让我刻骨铭心。结婚的时候，你告诉我，我和你是一架飞机的双翼，只有我和你拥抱在一起，我们的生活才会起飞……为了这些爱的诺言，我必须去拯救我们的爱，你和我的爱！"

"没想到我还说过那么浪漫的话。"她看着镜中的自己，苦涩地笑了。

"你何止说过一句浪漫的话！丽丽，你听我说，一切的混乱都会过去的，你的失控只是暂时的，你失忆后获得的这段记忆，将会对你今后的生活造成影响，这种影响将左右你的人生轨迹，就像我们今天上午的亲热……"

"闭嘴！"她吼道。方文也诧异地望着她。她想说那是耻辱，不过她忍住了，她冷笑着对冯正说："我不否认那种影响的存在，但这种影响也许并不能到达你预期的结果，很可能恰恰相反。"

冯正愣住了，他一定不明白这个给他当过"婊子"的女人竟然可以彻底否定他们之间的一切。他的手像春天的蛇一样苏醒了过来，手指伸进口袋摸索着，然后拿出了一个红色的小本子，递给她，她定睛一看，发现是结婚证。她轻轻打开，看到了他们的小合照，那时她很年轻，脸上挂着抑制不住的幸福神采。那照片像一根撞针刺进了她的心脏，子弹在枪膛内爆炸飞出，胸腔里火辣辣的，她剧烈地喘了口气。为什么会这样？为了那已经逝去的青春？还是对建立家庭的最初憧憬？抑或是为了失忆本身的缺失？

有一瞬间，一股巨大的情感压迫着她的泪腺，她差点哭出声来。

但她忍住了。她感到这股悲伤的源头似乎不是出自一种缅怀、一种温情，而是出自一种痛苦、一种折磨。她猛然间想明白了：她不能再去成为另一个人了，她不能用另一个人的过去来折磨自己了，她只能是她，就存活在此时此刻的她，不从属于任何另外的时空、另外的事件、另外的关系。是的，当她刚发现自己失忆的时候，她用最大的努力去寻找自己的记忆，现在，从某种意义上可以说她找到了，但是，除了记忆本身，她还找到了那段记忆的无尽痛苦。她意识到，要彻底摆脱痛苦，只能将找到的记忆再次丢弃了。她相信，这些间接记忆就像壁虎的尾巴一样，掉了之后还会长出新的来。

她突然说："冯正，方文，你们非要我选择吗？"

冯正和方文两个人都吃了一惊，紧张地看着她，她满脸的严肃认真，迫使他们不得不点点头。

她说："那你们听好了……"

"你不要急着做什么决定啊！"突然，冯正紧张地说。

方文也赶紧说："要不改天再选择吧？"

他们惧怕的样子反而更坚定了她的信念，她说："不必了，就现在吧！"

鸦雀无声，他们静静等待着，仿佛是法庭的定罪时分。

有一瞬间她也感到呼吸困难，不过她很快克服了，然后快速却清晰地说："我经过深思熟虑之后，决定选择……冯正，因为，他毕竟是我的法定丈夫。"

此话一出，石破天惊。

原本痛苦痉挛的冯正惊喜得到了疯狂的地步，他又一次号啕大哭起来，不过这一次是喜极而泣，他喊道："啊！这是真的吗？太好了！丽丽！我一定会好好照顾你的！"

再看方文，他先是怔住了，然后号叫着，从椅子上跳了起来，脸部的肌肉像被电击过似的抽搐着，眼里流出死囚般绝望的眼神。突然，他扑到床上，抱起她，歇斯底里地吼道："丽丽，你疯了吗？你怎么会选择他？为什么？！"

"别……方文，你别这样，你听我说，请你理解我，这是我不得已的立场，毕竟家庭是第一位的，我只有先回到那里，才能重新选择开始。"她痛苦地呻吟着，她被他的胳膊钳得生疼，整个人都快喘不上气了。

冯正从后边用力拉开了方文，然后将身体挡在床前，不让方文接近。方文像头穷凶极恶的野兽一样，在她的周围徘徊着，喘着粗气，试图再一次接近她。不过，冯正现在强大极了，他像最忠诚的猎犬一样紧紧护卫着她。

她无可奈何地说："方文，别这样，这样没有用的，只会更糟糕，不是吗？"

这话果然是釜底抽薪，方文不再哭闹了，他呆立在原地，脸上浮现出一种奇异的神情，诡秘、混杂和犹豫，好像在下定什么决心，令人捉摸不透。突然，他从口袋里掏出了一个淡蓝色的药瓶，苦笑了起来，说："有什么办法呢？我只好如此了。"

"啊？这瓶药怎么在你手里？！"冯正说着便去抢，方文敏捷地躲了过去。

"方文，不要！"她喊道。她没想到事情会激化到这种程度。

方文的右手紧紧攥着药瓶，像是紧攥着手雷的战士，他大声喊道："丽丽，别了！这痛苦的一切，让我和你一样都忘了吧！但是，请你一定一定要记得，我们真心相爱过，我是真的爱你啊！"

然后，他迅速跑进了浴室，从里边把门狠狠锁上了。

她顾不得全身的疼痛，从床上跳下地，追赶了过去，用全身气力拍打着浴室紧锁的门。冯正也赶过来喊道："方文你不要乱来，这个药非常危险！吃多了会死人的！”

但是，浴室里边没有任何回应，安安静静的，仿佛无人。

“你踹门吧！”她对冯正喊道。

冯正用脚狠狠踏着白色的木门，可那门纹丝不动，他又用身体去撞，还是没用。他摇着头，气愤地说：“真不明白，浴室干吗装这么好的门！”

“你看看你造的孽！你害了多少人你知道吗？杀人犯！”她叫骂着扑向冯正，在他脸上狠狠打了几巴掌。冯正也不躲闪，就挺在那里让她打。她看到他这个样子，反而更加火冒三丈，连平时难以启齿的脏话也脱口而出：

“你他妈的傻愣着干吗啊？赶紧救人啊！”

“来不及了，”冯正呜咽着，耸了耸肩膀说，“他已经吃下去了。”

这话让她站立不稳，蹲了下来。然后，她哭了起来。她从没为自己丢失记忆流过一滴眼泪，但是现在却为了方文泪如泉涌。她忍不住想，如果可能，她也许还会爱上这个男人的。但是现在，这种可能性几乎没有了，他们的过去，他们的细节，全都湮灭了，他们成了毫无关系的两个人。

“我理解他，”冯正突然用一种平静的语调说，“要不是你选择了我，我也许也会这么做的。”

“别傻了！”她冷淡地说，她真的不想仇恨冯正，但她心里根本无法原谅他。她站起身，凝视着浴室的门，似乎看久了那门会变得透明。忽然，一个想法跳进她的心间：她应该给方文写一封信，详细地告诉他事情的经过，让他能够用最快的速度明白自己的处境。

只因为，她比谁都清楚突然失忆后那种张皇无助的痛苦。

她坐在桌前，开始写信。她是这么开头的：“当你发现你丢失记忆的时候，不要惊慌，你叫方文，这里是你的房子……”冯正站在她的身后，看着她写信。当她遇到不清楚的事情时，冯正便会默契地告诉她。她发现，冯正对方文的情况了如指掌，她禁不住语带讥讽说：“你比他爸还了解他吧？”冯正不好意思地说：“谁叫他是我的情敌呢，我必须做到知己知彼，才能保卫我的家庭。”

她试图在信中写明他失忆的具体原因，但是冯正制止了她。冯正说：“就让他解脱吧，他的妻子还在家里等他呢。”她想到了自己的经历，觉得的确如此，让他解脱吧。

大约半个小时后，她听到浴室的门锁响了，缓慢而凝滞，充满了试探，她知道那是失忆者的惶恐不安。“是方文！”她喊道，心间涌上了一股无法抑制的悲悯。

果真是的，方文站在浴室门口，瞪着茫然的眼神，胆怯地看着他们，他问：

“你们是谁？这是哪里？”

她把写好的信递给他，说：“你看完这封信就全明白了。”她对他妩媚地笑了一下，她想把最美的自己献给洁白如初的他。她的笑容很美，透着悲戚的神情，有种动人心魄的力量。这股力量击中了方文，看得出来，他的情绪一下子平复了不少。

方文坐下来，开始读信。

不知道他会不会相信，那些还不能成为考古学对象的事物，却因为记忆的丢失变得遥不可及。她静静站在那里，满怀着负疚与谦卑，好像他的失忆是她的责任。

这时，方文抬起头来。他看完信了。

她等待着，她觉得他看完信后会问许多许多的问题，她会耐心地回答。但是，情况与她设想的完全不同，他一个字也没有说。

她忍不住轻轻叫：“方文……”

方文看着她，冷冰冰地说：“我不认识你们，你们走吧。”

九

她和冯正走了，坐在一辆的士里，向家驶去。冯正伸出右手，轻轻放在她的肩膀上。

“别碰我！”她吼道。冯正的手迅速缩了回去，像是一条被刺伤的章鱼须。她觉得自己被碰过的地方火辣辣的，像被烟头灼烫了一下。

她微微叹息着，在心底对自己说，看来无论如何是接受不了这个男人了，她无法宽容这个杀死了丽丽的罪犯。是的，刚才那一切只不过是她在演戏，她在这方面总是有着惊人的天赋。方文不知道她之所以要选择冯正只是因为她意识要生存下去，要获得彻底的自由，就必须有相应的经济基础，她必须拿回属于自己的那部分财产，唯一可行的办法便是，宣布选择冯正，这样就可以摆脱方文的纠缠，然后再和冯正协议离婚。

方文是个比冯正更危险的家伙，她惧怕他，就像惧怕内心深处的欲望。她的心里突然冒出了一个不寒而栗的想法：方文他真的失忆了吗？除了他自己谁能确认呢？她这才发现，原来失忆是一件无法证实的事情，对主体来说是天崩地陷，可对别人来说，也许仅仅是一种表演。表演也就是虚构，难道人永远无法逃脱被虚构的命运？

不管怎样，一切终将过去。车窗外的风景掠过，光与暗，虚与实，一帧帧城市的表情，它们用同样的姿态去迎接她的悲伤、诅咒或是赞美。赞美？是的，也许是对存在本身的赞美，疼痛，神秘，幸存，她也说不清楚，但她感到它们永远是开放的，就像寂静，包容着各种声音的进入，而不是被各种声音所打碎。

突然下雨了，几乎没有一丝半毫的过渡，大雨便完全占据了天地间。

“晚上的雨看上去是黑色的。”司机突然兴冲冲地说道，仿佛为自己的发现感到欣喜，不过可惜的是，他的欣喜没有得到身后两位的任何回应。

黑色的雨越下越大，前方的路已经完全看不清了。

她一直望着窗外，黑色的雨映照出了她的脸影，她感到是一个陌生人凝视着自己，她不禁战栗了起来。她赶紧闭上眼睛，感觉车轮像是船桨一般向后划去，而车身、人身、乃至整个生活的庞大身躯都像船一般向前驶去。与此同时，她的记忆也像船桨一般向幽深的过去划去，但是，它带动了什么向前呢？或是，向什么靠得更近了呢？她想不明白，只是越想越觉得自己周身愈来愈冷寂，她从没像此时此刻这样渴望温暖，渴望一种比卑琐的人类更伟大的温暖。这样的温暖也需要记忆吗？应该不需要的吧？她想着那样的温暖，感到疲惫像是窗外的雨水，越积越多，终于淹没了她。她开始做梦，她梦见自己正在洗澡，整个身心都舒适到了极点，突然却发现自己的记忆丢了，她惊恐极了，想喊却不敢喊……后来，她发现这只不过是场梦，她的记忆仍在，她可以继续享受洗澡了，水是那么温柔，水的手指弹奏着她，融化着她的每一寸肌肤，她的肌肤也更亲密地接纳了水的进入，她的意识在消散，最终，她与水相互融合，不分彼此。

她觉得自己像水一样流走了，没有任何痕迹。

载《创作与评论》2013 年第 3 期

没有指纹的人

单位要打卡了，每个人都抱怨不已，本来偶尔偷偷懒，小小迟到一下，也并不影响工作的开展，但是，在今天的全体员工大会上，领导宣布："从下周起，全社员工都要打卡考勤，要不然工作纪律太松散了，在市场经济越来越深化的今天难以适应新形势了……"这话一出，石破天惊一般，整个会场吵成了马蜂窝。过惯了舒服日子的我们面对这样的严厉要求，一个个都快崩溃了，这和单位突然取消我们的福利津贴没有什么区别，很多人之所以还待在这个单位，就是因为这里比其他地方"好混"，如今要打卡了，怎么往下混呢？领导在话筒前使劲咳嗽着，脸涨得通红，他喊道："安静安静！为了防止有人在考勤上舞弊，单位特买了最新款的指纹识别打卡机……"这话让原本就喧嚣的马蜂窝更加炸开了，这些平时温良恭敬的老实员工们突然忘记了对领导的恭敬，放肆地左右交头接耳，脸部表情变化多端，拼命诉说着，像是天要塌下来了。

不过，在这堆人当中，只有我知道，这件事真正意味着什么，对我来说，才真的是天塌下来了。

我偷偷伸出双手，看看我的十根手指，指腹那里光秃秃的，光滑如同美丽的鹅卵石，不知道打卡机对这样的手指持什么样的态度，我想，肯定不会太友好。是的，我是个没有指纹的人，自从我生下来就没有指纹，我是个人类中的异类。

第一次我正式意识到这件事情，是六岁的时候母亲发现的，说起来，我母亲也够马虎的了，生下我都六年了，她居然都不知道自己的儿子没有指纹。我刚生下来的时候，医生也留了我的小脚印，可他们却没发现这个秘密。他们虽然看到了一个模糊的印迹，但他们也并没在意，更不会深想，只会认为这没什么大不了的，也许在按的时候我动了动吧，那是个乡镇的小医院，能平安迎接我到这个世界上来已经尽到责任与义务了。

六岁的时候，我上小学一年级，有一天，我母亲不知道在外边和什么人聊了天，回来叫我摊开手掌，说她要看看我的指纹，要看看我今生今世的是非曲直、富贵灾祸。我幼小的心灵疑惑极了，难道未来早就已经注定了？我在一阵战栗中伸出了双手，递给了我母亲，她看了半天，才说："奇怪啊，怎么什么都看不到，你的指纹哪里去了？是不是太脏了，没洗手？快去洗洗手。"我很听话，乖乖跑去洗脸池那里，抹上香皂，洗干净手，重新又跑过来把手递给了我母亲，她又一次仔细研究了起来。这次，她戴上了眼镜，她平时很少戴眼镜的，只在没办法的时候才被迫戴一戴。她看了一会儿，摇摇头，又拽着我走到屋子外面，那天阳光很好，万里无云，天空如洗，麦芒似的光线扎得我睁不开眼睛，我只是感到盛满阳光的掌心暖烘烘的，舒服极了。

我听见我母亲说："你真是个怪孩子，你没有指纹，真的没有，怎么会这样呢？"

她的声音充满了莫可名状的诧异，以及一种难以置信的悲哀。

我至今只要一想起来，就好像自己犯了什么不可补救的滔天大错，浑身上下充满了负罪感。

本来她是要带我去看医生，但是，正好我父亲下班回家了，他听说这件事情后，也大感惊异，他捧着我的手也在阳光下看了半天，然后连呼奇怪。不过，他并不同意我母亲说的，要去医院看病。他说："这怎么能算是病呢？孩子全身上下都很健康，只是没有指纹，医学再发达也不会帮他弄出指纹来啊，指纹是天生的东西。"我母亲摇着头，眼睛里似乎蓄满了泪水，她说："只是，只是这太不符合人的特征了……"我父亲打断她的话说："什么叫人的特征，所谓每个人的指纹都是不同的，这只是基于一种统计学的假设，并不是一条不可辩驳的科学定理，我看没有指纹也是一种特征吧，而且指纹这东西有什么用呢？咱们的孩子又不是没有手指。"

我至今仍为我父亲这段雄辩唏嘘不已，他的口才太好了，他是一名科级的芝麻官，平时负责写各种各样的公文材料，不知从什么时候起，他的口才越来越好了，估计是经常给领导写讲话稿的缘故。我的母亲显然也被这些话给说服了，是啊，没有指纹算什么病呢，不痛不痒，又不是少胳膊断腿了，连个感冒咳嗽都算不上。

我的这个秘密就这样被匆忙塞进了黑暗的一角，我的父母没有再为指纹的事情和我说过什么，不知道他们是打算用守口如瓶保管好这个秘密呢，还是觉得这压根就算不得什么事情？我不得而知。不过，说起来，在那个时代，指纹什么都不意味，除了某些时候有些闲人看谁的"簸箕"多、"箩筐"多，然后来总结说谁的福气多、命好什么的。我从父母的指头上见过那样的花纹，不知道是不是我自己没有的缘故，我觉得那样的花纹美极了，简直比冬天窗户上的冰花还要美，还要神奇。因此，我看着自己光秃秃的手指，愈发自卑了，每当大家数"簸箕"和"箩筐"的时候，我就借故躲得远远的。

但人算不如天算，有一次还是没来得及躲开，被几个人逮住了，说要看我的指纹。

我涨红着脸说："指纹有什么好看的，你们自己没有吗？"

或许是我的反应有些过度了，反而引起了他们大大的好奇，不让他们看，他们更想看了。他们说："没见过你这样的人，又不是扒你的裤衩，你这么扭扭捏捏做什么？"他们一起动手，来抓我的手，我紧紧攥着拳头，手掌被挤得发白，手腕上也青筋暴起，他们越来越好奇，他们用全力掰着我的拳头，好像我攥着一件价值连城的宝贝似的。他们人多，力量大，我渐渐支撑不住了，我的意志也在松动，不过我想到了我的秘密泄露出去的情况，他们会如何看我？会怜悯我吗？那是绝对不会的，他们一定会视我为异类！我会被安上非常难听的外号，而这个外号又会让更多的人知道我的秘密，到头来便是无人不知、无人不晓，我的秘密将会变成我的耻辱。想到这些，我不寒而栗，我必须抗拒到底了！我突然发力，推开众人，然后蹲下身来把双手狠狠向地板上俯冲而去，粗糙的水泥地面瞬时就让我的双手有了火辣辣的感觉，我使劲来回摩擦着，待到他们制止我时，我的双手已经血肉模糊了。

我摊开血淋淋的手掌向他们展示着，说："你们看啊，看啊，看看我以后是福还是祸……"

他们愣在那里，一个个瞠目结舌，说不出话来，他们看着我的眼神完全是在看一个疯子。

我看着他们，突然笑了，说："我不让你们看我的指纹，是我认为未来不可预知，不想你们因为我的指纹而说我未来会怎么样，从而影响到我今天的所作所为，你们能理解我吗？"

他们摇着脑袋走开了，有人对我说："即使你说的有道理，你也不用那么发疯伤害自己吧？”我说：“在极端情况下用极端方法应该是不得已的，以后不会了。”

话是这么说，但他们还是疏远我了，他们肯定觉得我是一个难以索解的自闭症患者，要不就是个偏执狂。他们并不当面给我脸色看，只是对我敬而远之。对这一点，我已经非常知足了，相较于最差的结果，现在简直是天堂了。一个人脾气怪点、暴烈点有什么关系呢？这也谈不上耻辱，或许还是一层令人敬畏的保护色呢！

从那以后，没有谁再留意过我的指纹，我一路平顺，和同龄人一样考上大学，然后毕业、步入社会、工作谋生，直到今天。我早从那阴影当中走了出来，我深信自己是个无比正常的人。我想，我的秘密应该可以保持到坟墓里去了吧。

可谁曾想到，随着技术的发达，指纹竟会被当作人类的主要特征来对待，以此为基础，出现了很多新玩意儿。我总是抱着侥幸的心理，我只要安心做一个时代的落伍者，就没问题的吧？结果，噩梦的到来总是很快的，今天的大会彻底毁灭了我的侥幸，我该怎么应对呢？

晓虹是和我关系最好的同事，我们之间的关系应该能够称得上朋友了，现在，她坐在我的左边，对我诉苦说：“以后怎么办呢？你也知道我住得远，要在规定时间上班只能早起一个小时了，那就是说我早上六点就得起床，天哪！”

我没有搭腔，不知道该怎么安慰她。她又说：“还指纹打卡！难道连个作弊的办法都没有了吗？太可恶了！”她说完，连连摇着头，叹着气，一副苦大仇深的样子。

本来我的脑海中一片晦暗，但突然间，听到她说的“作弊”两字让我遽然一亮，也许，这正是对我的一个神启哦！只有想办法作弊才能继续生存下去。啊，啊，我将变成一种作弊的存在？难以想象！这算是对生命的亵渎吗？本来，我都想着辞职了，但是辞职能解决根本问题吗？别说现在工作非常不好找，就算辛辛苦苦找到另一家单位，难道就不会碰到指纹打卡的问题吗？指纹打卡机已经成为这个时代最为精密的控制机器了，它小巧而隐蔽，却将人牢牢抓在手中。

想到这里，我对晓虹说："道高一尺，魔高一丈，我相信肯定有作弊的办法。"

晓虹刚才肯定只是随口说说而已，没想到我会当真了，她一下子似乎失语了，只是瞪大了眼睛疑惑地盯着我。

我微笑着说，我等会儿就上网搜搜去。

不出我所料，果然有作弊的方法，技术时代的好处就是正与反的力量是交织在一起发展的，就像我们这个时代的思想一样，没有有力的大思想，却充斥着局部的小思想，它们像布朗运动一样随意跳跃着，甚至互相抵消着……扯远了，指纹打卡的作弊方法其实很简单，任谁都想得到，那就是想办法把那皮肤上的花纹复制下来就可以了。网上有几家商店提供这样的服务，我和其中一家的在线客服人员聊了起来，客服人员告诉我只要将指纹印在一个干净的硬塑料片上寄给他们就行，他们会把指纹印在一个硅胶制成的指套上，那指套的颜色非常接近肉色，戴在手指上，一般情况下是难以被发现的。我高兴极了，有种获救般的感觉。这时，客服人员对我说，他们严禁任何的犯罪行为，以后出了什么事情，他们可不承担法律责任。我说我只是个小职员，应付下打卡而已。不过，我仔细琢磨了一下，确实感到这项服务蕴藏着巨大的风险，万一杀人犯戴着这样的指套去杀人呢？

我摇摇头，兀自笑了，这不是我应该担心的问题，刑侦的技术应该更高明吧，我的当务之急是，谁肯借指纹给我呢？

这才是最困难的问题，因为我并不是偶尔迟到让别人帮我打下卡的应急之用，我是无限期地使用，别人肯定会问我为什么，那样的话，我没有指纹的秘密就保不住了。看来，只能偷了，偷取别人的指纹。

下班的时候，晓虹和我一起走路去地铁站，我跟她说了可以指纹作弊的事情，她竟然听得哈哈大笑起来，好像我在讲一个非常好玩的笑话似的。

“真没想到这个世界无奇不有啊，”她笑得上气不接下气地说，“只要有这个需要的人，就会有提供这种需要的人。”

我也赔着笑脸说：“那当然啊，商品社会嘛，怎么样？我们去买个指套吧，以后就可以互相帮忙了。”

她笑得花枝乱颤了，说：“到时咱们找个最勤快的人，让他的十个指头，不，九个指头都戴着别人的指纹，一口气就可以拯救九个人了。”

“没错啊，哈哈，”我赶紧附和道，“我们买吧，以后谁来得早谁就先打。”

说到具体的行动上，晓虹不笑了，她显得有些忧心忡忡，她说：“总觉得怕怕的，万一指纹泄露了，或是到时被单位抓住现行了，不知道会怎么样呢……”

“没关系，不会有事的，我今天上网看到很多人买呢。”

“唉，我再想想吧……以前的生活也的确太懒散了，我想，或许这也是一个调整的机会啊，生活会重新变得健康起来、紧凑起来，你不觉得吗？”

我听了这话吃了一惊，她的思路变化也太大了啊，突然之间就能在本来烦恼的事情中找出良好的元素，进而让自己的心灵安宁下来，这应当算是一种生活的智慧吗？

“晓虹……你不是说你家远来不及吗？”

“先试试吧，看看能不能习惯，咦？你家那么近，为什么你也那么痛苦呢？看你平时也很少迟到的啊？”

“嗨，问题不是这样简单的啊……”我一边说脑袋一边赶紧琢磨着怎么应对。嗯，我想到了，我对她说：“问题不在于我迟不迟到，而在于这种管制的形式，这让我觉得压抑，觉得是种强迫，我最反感这种强制性的力量了，这是暴力嘛！你有这种感觉吗？”

晓虹皱着眉头想了想，说：“这种感觉我也有点的，太形式化的管理，好像让我打心底里有种逆反的情绪啊。”

“是啊，就是那样的！”我痛心疾首地嚷嚷着，想使劲把她拽下水。

“唉，没办法啊，总要混饭吃的，人总不能事事如意吧。”晓虹叹着气，一副无助的样子。

这个时候，我们已经到地铁站了，我们住在不同的方向，故而分道扬镳了。我回头看了一眼晓虹的背影，她的步伐很快，幅度却很小，让人感到怜惜。我觉得她在困境面前的表现也是很无力的，尽管情绪很大，牢骚很多，但是却不敢越出雷池半步，永远是小心翼翼地活着。

或许，我也是那样的人，但现在为了生存，我不得不铤而走险了。

偷谁的指纹呢？陌生人的指纹还不能偷，因为不知道那是个什么人，万一运气不好，偷了一个杀人犯的指纹呢？那估计会惹下很大的麻烦吧。

就在我坐在家中发愁不已的时候，突然门铃响了，我跑去开门，看到门口站着许久不见的老丁。他是我大学时候的同学，关系一直不错，他现在就职于邻市的某政府部门，忙得要死，平时是难得一见的，不知道什么风把他给吹来了。

“快请进，老丁啊老丁，你可是稀客，贵客啊。”我说着把他迎了进来，并忙着给他沏茶。老丁坐在沙发上，把头惬意地靠在沙发背上说：“我今天过来开会，顺道来看看你，咱们喝几杯吧？”

我知道他虽然酒量不好，但是却喜欢喝醉的感觉，喝醉了，他的话匣子便打开了，你问什么他就说什么，在那样的时刻，他属于这个世界上最真诚的一类人。

“想喝什么酒？我现在下去买。”我问老丁。

“不用麻烦了，我带了！”他说着从脚下拎出一个我刚才没怎么留意的黑色环保袋来，从里面掏出一瓶轩尼诗。

“今晚聚餐的时候，一家企业老总给在座每个人送了两瓶。”

“哈哈，我笑了起来说，你这算不算受贿啊？”

“这算个屁！”老丁激动起来，说，“我本来考公务员就是想有个稳定的工作，你也知道我这人胸无大志，目标不高，是很容易满足的，但是我现在才发现，在这种单位没有个一官半职简直活得毫无人格！”

没想到老丁还憋着一腔的委屈，我笑着呵斥道：“你怎么还没喝酒就醉了？你说得也太夸张了吧！”

“怎么夸张了？你在企业里自然明白不了我的苦衷啊，没有地位，没有权力，我觉得自己就像个无名氏一样。”

“无名氏有什么不好？千千万万个无名氏创造了历史嘛。我也是个无名氏。”

老丁噌地一下站了起来，涨红着脸说：“你误会我的意思了，可能我表达得不清楚，我说的无名氏不是人，而是一种状态，一种被忽视和压抑的状态，就像是一个人失去了他的特征，而变得像人又不是人了……”

“啊，你是被‘异化’了？”

老丁使劲摇晃着脑袋说：“这个词太大而无当了，就是一种失重，无限的失重……”

老丁的脸涨得越来越红了，他打了个嗝，嘴里喷出了难闻的酒气。我这才恍然大悟，原来这家伙是喝醉酒才跑来的。老丁是有名的酒后撒疯症患者，今晚被他黏住是肯定脱不开身的。果不其然，他已经把酒打开了，在我家像主人一般招呼我这个客人，他口齿不清地嚷嚷着：“来来来，坐下，咱哥俩好好喝一杯……”

没办法，只好陪他喝了起来，喝了半瓶之后，他的头一歪，就栽倒在沙发上睡过去了。我的酒量本来就很差，现在脑袋里晕乎乎的，但我还是挣扎着站起来，打算抬他进客房，让他睡在床上，但这家伙突然哇哇干号着呕吐了起来，弄得满身都是，一片狼藉。吐完后他继续睡了，还发出很响亮的鼾声。我看着他，也感到呕吐的冲动越来越强烈了，我忍住恶心，喝了杯白开水，蹲在老丁面前说：“别怪老同学无情无义，我没办法对付你了，你今晚就在这沙发上凑合凑合吧。”

我上床倒头便睡，待我早上醒来的时候，老丁已经走了。我打开手机，看到他给我发了一条短信，说他没事，已经去上班了。我来到客厅，发现老丁还是不错的，把他的那些脏东西全都收拾干净了，好像昨晚的一切都是我的幻觉似的。

只有桌面上透明的玻璃茶杯他没动，估计是忘了，茶叶静静躺在那里，隔了一个晚上，茶水的颜色也变成了墨绿色。我伸出右手，准备拿去卫生间倒掉，但突然间，我在清晨阳光的照射下，在玻璃杯的表面上看到了非常清晰的指纹！难道这不是天意吗？我不由想，真是踏破铁鞋无觅处，得来全不费工夫。老丁那个人我了如指掌，又在政府部门任职，勤勤恳恳，兢兢业业，他的指纹绝对是非常保险的。我赶紧找来保鲜袋，仔细包好玻璃杯，然后打电话叫快递公司。半个小时后，一个小伙子出现在我家门前。

“寄什么物品？”他问。

“一个玻璃杯。”

我递给他，看着他满脸的疑惑，心里暗暗发笑，也不多加以解释。他是个负责任的员工，他从绿色的背包里掏出塑料泡沫和气囊袋小心翼翼地包好杯子，拿着我填好的地址单走了。是的，我已经在网上和一家网店的人联系好了，不过他们应该不会想到，他们收到的会是一个玻璃杯。

打卡制度下个月就要开始实施了，但网店那边还没消息，我心急如焚，连连打了好几个电话过去催促。终于，在这个月底的时候，他们说搞好了，给我立刻快递过来。第二天，我收到了渴盼已久的指纹套。

没想到，包装盒还很精美，我以为这种见不得人的买卖肯定是敷衍了事的。但他们不，他们经营有道，光看这个高档的木匣，就大大降低了人们的罪恶感，甚至令人觉得，这里面装的是一件珍贵的艺术品；也许，这本来就是一种行为艺术？

肉色的指纹套静静地躺在白色的丝绒棉上面，我惊叹，做得太精细了，太逼真了，连指甲和真人的都毫无二致。这真的很像是古代战场上的战利品，那时候人们会把敌人的手指切下来作为武力的勋章，一个指头代表一个生命，而现在，这假指头却会赋予我真生命，冷冰的社会生命。怀着这样古怪的心情，我拿起指纹套仔细观摩了一会儿，然后戴在了右手的食指上。

非常紧，我的食指弯曲了几次，感到非常吃力，不过要是不紧的话就很容易显得粗大，从而被发现。颜色比我的手要白嫩一些，这个好办，想办法弄脏点就好了。最重要的部位是它的指腹了，我伸直食指，放在我的眼前，我看到了那美丽的花纹，啊，我有指纹了，真的太神奇了。老丁啊，老同学在心里头感谢你哟！

唯一的缺憾是手指和手掌的接缝处，分界线太明显了，怎么办好呢？我抬头望望窗外，看到有几枚枯黄的树叶从树枝上飘落了下来，我突然想到其实太容易了！现在已经是深秋时节了，天气寒凉，可以戴手套了。不是有那种把五个指头露在外边的手套吗？只要戴上那样的手套，一切都不再成问题。我立即出门，去买了那样的一副手套。我戴在手上，果然效果非常好，如果不是凑近到十厘米的距离以内，绝对是不会被发觉的。

万事俱备，只等那一天的到来了。

人事部贴出通知了，本月一号下午三点，在会议室采集指纹，全体员工务必到场。在单位的走廊里，晓虹见了我，笑笑，吐吐舌头，露出不大整齐的牙齿，她温柔的牢骚已经再也听不见了。她认命了，我也以另一种方式认命了。

下午三点，整个会议室挤得满满当当的，人事科长组织大家，让大家排好队，一个个上前去按下指头。那阵势还挺壮观的，就像是旧社会去按卖身契的感觉。不过，这个时代可不会接受你的卖身，它只会想着法子摆脱你，让你什么都抓不到摸不着。

我在队伍里慢慢向前挪动着，心里还是有些紧张不安的，万一机器识别不了，我可怎么办？我和前面的老王攀谈了起来，他正好是办公室的，对这些器材什么的还是有一定了解的。我问他："老王啊，咱们这个打卡机是什么原理的？据说有好几种类型的，对吗？"老王说："好像是激光的，这种最普及了，识别度也高一些。"我听了略略有些心安，因为激光打卡的原理还是在成像上，而这一点硅胶上的指纹是很清晰的，应该没有问题。

有几个人的指纹好像出了问题，按了好几次才弄好，期间还换了好几个指头。到时候不会叫我换指头吧？早知应该弄十个指纹套，每个指头一个，简直万无一失，我恶狠狠地想。

轮到我了，负责打卡机的吴娜看了我一眼说：“你还戴着手套？”

“哈哈，”为了掩饰尴尬我大声笑了起来，说，“谁叫天气这么寒凉呢？反正不碍事，你看我的指头都在外边呢。”我伸出双手，在她面前晃了晃。

“好了，别贫啦，快按手指！”吴娜铁着脸对我说。看来她不怎么喜欢这个突然多出来的工作，每个月要统计一次数据，也是很麻烦的事情吧。

“在哪按？”我问。

“喏，”吴娜指着那台小机器前方的一个玻璃平台说，“就这里。”

我伸出右手的食指，迅速飞过去，在那里按了一下。

“不行，没反应，太轻了！”吴娜说，“小伙子你没吃午饭吗？”

我又伸过手去，按了一下，这次用了力气。

“不行！你抖什么呀，又不是送你去坐牢！”吴娜说着自己扑哧笑出声了。

“太冷了，太冷了啊！”我装出瑟瑟发抖的样子，重新伸出食指，稳稳地落在了那块玻璃片上。

一道红光闪过。“好了，”吴娜说，“再按一次。”我疑惑地问：“还按？”吴娜说：“嗯，都要按两次，会识别得更精确。”

我又按了一次，也成功了，我心里一块石头落地。我问吴娜：“有没有不能识别的人啊？”吴娜摇着脑袋说：“倒是有人的某个指头识别不了，估计是干活干出老茧来了吧，只要换个指头就好了。”我说：“要是有些人十个指头都不能识别，那就好玩了。”吴娜咧咧嘴说：“那样的人没长指头，长了十根橡胶棒，哈哈。”

橡胶棒？这个比喻很打击我，我坐在办公室的时候，还郁闷了半天。我盯着自己的手指看，好像它们真的没有生命特征似的，显得丑陋极了。不过，吴娜不会想到，今天正是类似“塑料棒”的食指才打了卡，这对她的话无疑是一种无言的讽刺吧。无论如何，现在最艰难的一关已经跨过去了，以后打卡的时候只要别凑热闹，和其他人错开时间，应该就没什么问题了。

不过，我还是把问题想简单了。

我忽略了人情世故。晓虹一直把我当朋友，甚至，我隐约觉得她对我或许还有点那方面的意思。原本我们就一起下班走路的，现在实施打卡以后，她更是喜欢和我一起下班，一起去打卡，好像这种行动里面有某种乐趣存在似的。我们站在打卡机前的时候，她还总是让我先打，我说你就别谦虚了，快打，她吐吐舌头说，不好意思，那我就先了哦，听起来好像这是一件类似赴宴的好事一样。最令我不自在的是，我打卡的时候，她总是盯着我的手指看，我总觉得她发现了我的秘密。有一次我终于忍不住问她：“你老盯着我的手指看什么呀？”她摇摇头说：“哪有啊，我只是觉得你每次打卡的样子很好玩，像个孩子，特别天真，嗯，就像在做恶作剧似的。”

“啊，啊，怎么会这样呢？”我嘴巴里嗫嚅着，感到有些无语。

晓虹看着我，笑得很开心，她说：“我觉得你是个特别真诚的人，我能看出来，你内心那种对体制的反抗、嘲笑与无奈。”

这番话令我哭笑不得，我说：“晓虹，你心里不也是这样的想法吗？”

“是啊，所以我觉得我很理解你，我们是同一类人，不是吗？”

“我没想过这个，呵呵，当然，要是我们不是一类人，我们也不可能成为朋友了，对吗？”我说着，朝她讨好地笑了笑，她也微笑了起来。我真的不确定，我和她是不是一类人，我只能确定，我和其他人都不一样，也许，能遇到一个能接受我秘密的人都是我福气了。

但是，我对自己的人生充满了怀疑，我会有那样的福气吗？

因为我们是“一类人”的缘故，晓虹更是坚定了和我下班同行的决心，一下班，她就过来问我走不走，我故意说有很多事情忙，你先走吧，她也不说话，只是掉头回自己办公室了，待我磨蹭半个小时后，偷偷锁门准备离开的时候，她突然就出现了，好像随时用摄像头监控着我似的。我感到有些不自然，甚至尴尬，我说：“你怎么还没走？”她笑笑说：“我等你啊，一起走。”我说：“以后如果你先忙完，就不必等我，要不然我多过意不去。”她眨眨眼睛说：“没关系，真的没关系。”

日子就这么一天天过去，我每天和晓虹一起下班，走路去地铁站，这段路其实只有八分钟，走得再慢，十五分钟也就走到了。为了这么点时间，晓虹却为我做出了很大的努力，就算我是个木头人，内心也不能不有所动摇了。其实说起来，晓虹并不属于我喜欢的那种女孩，她太瘦弱了，尽管她这种类型的美女是这个年代最流行的骨感女郎，可我还是喜欢健康、结实一点的，也许我是个没有安全感的人吧，总觉得女人当然可以依靠我，但我也得依靠女人。人生路不好走，互相搀扶着向前摸索吧。而晓虹，她能经得起风吹雨打吗？比如她要是得知了我没有指纹的事情，她能做到心平气和地接受，然后不离不弃吗？对这点，不论她还是我，都没有把握。我想，她终究会因为失望而离我远去的。那么，既然如此，何必和她有一个错误的开始呢？

我开始疏远她，我故意下班搞得很晚，晚得都不像样子了，我想，晓虹啊晓虹这次你该先走了吧，只要你先走了一次，以后就好办了。但晓虹不，她的韧性超出我的预计，她还是那么默默等着，不管多晚，都在等待，而且连一句抱怨的话都没有，弄得我很不好意思。但我告诉自己，现在不残忍，以后会变得更残忍，因此我越来越晚，有一天都晚上八点了，我还待在办公室里，忍着饥肠辘辘，和晓虹在那里干耗着。我假装去上厕所路过她的办公室，我趴在她办公室的门框上故作诧异地说："你怎么还不走啊？今天我事情比较多，你就先回去吃饭吧。"她抬头看我一眼，就把眼睛低下去了，说："没事，你忙你的，我正好也有些事情做。"她的样子看起来好像不是在等我，而是真的在加班，我如果再劝她别等反而显得我自作多情了。无计可施，我只得无奈地说："那好，你做事情吧。"

那天晚上，我拖延到九点半，才蹑手蹑脚地准备回去，本来，我打算偷偷溜了，但是我看到她依然亮着灯的办公室，有些于心不忍，唉，谁叫我的心太软呢。我没有敲门，径直推开她办公室的门走了进去，发现她趴在桌子上睡着了，头发乱糟糟地垂在桌面上，电脑的屏幕保护程序都已自动开启了，闪烁着不规则的花纹图像，证明她已经睡着了挺久的时间了。看着她疲惫不堪的样子，我突然感到一阵难过，晓虹这么好的女孩子是打着灯笼也找不到的啊，假如我错过她，也许今后的生命将再也没有阳光的出现了。我应该把握好此时此刻，对于未来的担心应该交回给未来。

"晓虹，晓虹。"我叫她，用手背轻轻碰了碰她的肩膀。她一下子就惊醒了，有些茫然失措的样子，待到她睡眼惺忪地看见是我，马上就笑了起来，说："不好意思，我累了，昨晚没睡好。"我没说话，拿起椅背上的外套递给她，又帮她关电脑，关窗户，关饮水机，我还是第一次这么略带强制地关心一个人。做完这一切，我看到晓虹站在那里诧异地望着我，我微笑着说："还愣着干什么？我们回去吧。"她这才回过神来，脸微微红了，说："不好意思，我觉得自己还没睡醒呢。"我说："辛苦你了，我们一起去吃晚饭吧，好吗？

都这么晚了，难道你还回去做饭啊？”

她略带羞赧地点点头说：“好的。”

我等她出门，然后帮她锁好门，我说：“我请客，你千万别和我争。”

地点选在城市大厦的顶层，我以前来过这里，这里差不多是城市的制高点了（除却电视塔），透过巨大的落地窗，整座城市灯红酒绿的夜景尽收眼底。在这里聊天，人们或许会轻声、谨慎和真诚，因为这里离天比较近。当然，话是这么说，我上次来这里，是和我的大学同学，也是我的初恋情人，我们在这里分手了，她选择回到她的故乡，而我决定留下来，在这个陌生的城市里继续打拼。也许，这和我没有指纹的秘密不无关系，我总是想把自己放置在一个陌生的环境下，那样就可以和周围总是保持住一定的距离，从而让自己心安理得。唉，我也想不到，为什么一个人没有指纹就不能心安理得地活着呢？

晓虹对我今晚的表现感到有些诧异，不过她什么也没有说，只是默默地随着我，我怎么安排，她就怎么去顺从，似乎她怀着好奇想弄清楚我究竟想干吗。当然，这只是我的猜测，也许，晓虹天天等我下班，早就在期待着这样的一场“变故”，今晚对她来说，应该是一个总会到来的必然结果？先不去管这些了，现在，她坐在我的对面，脸蛋红扑扑的，像个刚运动完的中学生，青春和可爱依然属于她。我看着她，她却把头低下了，不敢与我对视。

我们点了餐，然后静静坐在那里等待，她今晚一直很安静，当然，我也很安静，但实际上，越过事情的表面，在内心的深层空间简直是波涛汹涌，狂风暴雨，电闪雷鸣，思绪与思绪交织在一起，寻找着一个喷薄而出的路口。啊，是的，我已经暗暗决定了，今晚要说出所有的一切，包括我的秘密，如果她能接受自然最好，如果不行，我也豁出去了，大不了辞职不干了，偌大个城市，难道还找不到另外一个谋生之所吗?

我给她面前的杯子里倒满茶，然后微笑着说："晓虹，你对以后有什么想法吗？任何的想法，都可以说出来聊聊啊。"

晓虹愣了一下，似乎对这个问题有点出乎意料，不过她很快就说："对未来当然有期待啦，不过我的期待不高，就想和父辈一样，去按部就班地生活，让自己平安健康，发展事业，建立家庭，教育下一代……"

这下轮到我吃惊了，我没想到她会那么直率，直接谈到家庭甚至孩子，这些对我似乎还太遥远，我现在发愁的是建立感情的第一步。唉，我暗暗叹息，放在桌面下的两只手紧紧攥在了一起，我给自己打气，既然话题已经如此顺利地向目标驶去，那我就再添把柴。

我说："那你对未来的家庭有什么样的希望？或说，你喜欢和什么样的人组成一个家庭？"

晓虹微微笑了下，看了我一眼又把头低下了，她轻声说："一定是我要有感觉的人。"

"感觉？这个标准听起来很抽象哦，其实，越抽象的标准往往要求越高，因为，虚比实更难满足。"我和她半开玩笑地说道。

"不，我一点也不虚。"她胸有成竹地说。

"哦？是吗……"我突然意识到了她的意思，不禁感到有些激动、兴奋和不安，尴尬地笑了两声。正好，我们的菜端上来了，我说："饿了吧？我们先吃饭。"她点点头，我们就开始安安静静地吃饭，我以为我会很饿，会把食物一扫而光，但是，我发现我并不饿，膨胀起来的情感和倾诉的愿望堵在腹部和胸腔，我要是不把这些东西疏导出去，这顿饭甚至都不用吃了。

我吞吞吐吐地又开始说话了，我说：“晓虹，你说不虚是什么意思？”

她的脸也涨红了，说：“就是我并不好高骛远追求什么天边的白马王子，而是把感情踏踏实实地落在具体的人身上。”

“具体的人？看来，这个人已经出现了？”

“呃……可以这么说，是的。”

我看到她的脸更红了，只是低着头吃东西，她点了意粉，叉子却不怎么听话，不能把滑溜溜的面条卷在一起。

我咳嗽了一声，觉得到了掏心窝子的时候了。我说：“假如……假如这个人因为一些秘密怕你不能接受，而不得不疏远你，你会怎么办？”

“秘密？”她瞬忽间抬起头来，直视着我的眼睛，她的眼睛亮晶晶的，富有神采，我第一次觉得她是如此的……漂亮。是的，漂亮，被忽略的漂亮。

她略带紧张地说：“那要看是什么秘密了。”

我声音沙哑着说：“不是危险的秘密，更不是邪恶与卑劣的秘密，仅仅是一个与生俱来无法改变的秘密。”

“……那你可以告诉我吗？”她显得有些急切。她忘记了叙述的人称，也就是忘记了某种若即若离的虚拟情境。她抛掉假面，直接下意识地问我了。

我还是改不了恶作剧的孩子心态，我笑着说：“你干吗问我，你不是应该问那个具体的人吗？”

“讨厌！讨厌死了！”她把脸埋进了手掌。我第一次看到她如此气急败坏的样子，感到她其实很纯真呢，这样纯真的女孩子，一定会理解我、接受我的。

我打开双手，向她的面前伸去，她还以为我要握她的手，她紧张极了，一动不动，像个蜷缩的小猫。我说："晓虹，你看看我的手，秘密就在上面。"

她这才如梦初醒，然后用茫然失措的眼神看着我的手掌，看了几秒钟后，她说："不好意思，我不会看手相算命的。"

我差点被她逗笑了，不过我远远望着我光秃秃的指腹，马上就笑不出来了。我说："你看看我的指头，仔细看。"

她这次留意起我的指头来，这次，她看得很认真、很漫长，忽然，她才有些惊慌失措地说："我怎么找不到你的指纹？那里光秃秃的，像是鹅卵石似的被磨光了，你平时都做些什么呀？"

我想，她真的很天真，充满了童稚，如果指纹能被外界所磨掉，那么指纹就没那么重要了，更不会这么强烈地困惑着我。我喘口气，放大了胆子，握住她的双手说："你或许不会相信，我是个天生就没有指纹的人，连我的父母都搞不明白，因为他们都是正常的有指纹的人。嗯，这就是我最大的秘密了，我长这么大，还是第一次告诉别人。"

"天生没有指纹？"她惊叫了起来，她的手差点就从我的手掌间溜走，被我使劲挽留了。

"对，就是这个问题，因此，我怕别人不能接受。"我坦率地说道。

"哈哈，"她大笑了起来，说，"不知道为什么，我越想越觉得想笑，怎么会没有指纹啊？好好玩哦。"

"好好玩？"我张口结舌，说不出话来，眼前的晓虹完全是一副小女生的顽皮样子。

"当然好玩了，太好玩了，我想问你，那你平时怎么打卡的啊？"她的眼睛扑闪扑闪眨巴着，里边露出狡黠的眼光。

我从口袋里掏出指套，塞在她的手中，她拎着那个东西，哈哈大笑起来，说："怪不得你老让我和你一起买呢，现在才知道你要作弊打卡的真正原因！你也太处心积虑了吧。”

“没办法不处心积虑啊。”我吐着舌头说。

她把指套戴在指头上，食指像个虫子一样反复弯曲、蠕动着，“真好玩。”她嘴里还喃喃说道。

“晓虹……晓虹，你介意吗？”

“介意什么？”

“我没有指纹的事情啊。”

“啊，我觉得这好像没什么可介意的吧，只是太奇怪了而已，这个世界没有不可能的事情，只有想不到的事情。”

“你能介意你未来的男朋友没有指纹吗？”

“唔，这个嘛，我想他的心要比他的指纹重要吧。”

晓虹的话仿佛定心丸，让我坦然面对了我们之间的感情。我对她的感情除却通常的男女之情外，还有着一股深沉的感激之情，感激她对我的接纳，从而让我回归了人类。她不是天使却胜似天使，她是我的人类使者。

男女之情一旦突破了某种固有的限定，就会像洪水一样一发不可收拾。我和晓虹迅速进入了热恋期，我们拥抱，接吻，抚摸，直到有一天我们做爱了。

我用没有指纹的手指抚摸着她光滑的身体，听着她的喘息，全身战栗着进入了她，在那一瞬间，我终于深深感觉到了活着的幸福。我心中郁积多年的阴霾渐渐消散，这么好的女人把她的一切都给了我，那就证明我是个可以托付终身的人，一个顶天立地的男人。指纹不指纹的，跟这些比起来，简直和尘埃一样微不足道了。

时间过得很快，半年过去了，这半年是我最幸福的时光。为了把这种幸福时光储存起来，我想，只有用婚姻这个容器了。

那天，是二月十四日，情人节，我买了十一支红玫瑰，当着人潮汹涌的大街，我像个欧洲的古典骑士一样单膝下跪，向她求婚。尽管她羞得满脸霞飞，但可以从她的眼神中看出她内心巨大的欢悦。啊，晓虹，我最爱的爱人，只要你能幸福，我可以为你付出一切。我掏出半克拉的钻石戒指（我积攒了几个月的工资和奖金），轻轻拉过她的手，给她戴上。她的手微微发抖，却不曾有一丝抗拒，她的另一只手掩着嘴微笑，我想，一个女人最幸福的表情也不过如此了吧。

我们利用周末的时候，分别去见了对方的家长，家长对我们的结合都很满意，并且把婚期定在了十月一号。在这之前的大半年时间，要做好各种各样的筹备工作，而这其中的重中之重，便是买房子。在这座永远陌生的城市中安下家，生出根来。

感谢我们的父母亲，他们把积攒了一辈子的积蓄交给了我们，我们拥有了购买一套房子的首期款。这段日子也够累的，我们大街小巷地去看房，想寻找一套价廉物美的房子，尽管我们深知房价的离谱，但我们还是抑制不住对家园的渴望。终于，我们看中了一套房子，才五十平方米，要价却要六十万。但想想未来的家庭，未来的温馨，我们咬咬牙，决定买下来。问题就是这个时候出现的。

我们在红旺地产公司办理买房手续，一个穿着黑色西装的女中介拿着单子对我们说："在这里按个手印。"

我和晓虹面面相觑，我说："晓虹你按吧，你按就可以了。"

晓虹说："那怎么行，这是我们两个人的房子，当然要一起按了。"

我对她使了使眼色，意思是我没法按，她按就行了。她当然明白的我的意思，她笑了笑，随意地牵起我的手，偷偷抚摸着我光滑的指尖，对女中介说："不好意思啊……我们现在突然有些急事，下午来按吧，反正诚意金也交了。"女中介满脸茫然和疑惑，说："这么突然？”

“嗯，急事！”

“那你们……可快点啊。”

晓虹答应着，拉着我的手回家了。在路上她对我说：“今天忘了带上你那个硅胶指套了，我们现在去戴上不就行了吗？”

我有些犹疑地说：“唉，晓虹，你也知道，那指纹毕竟是我同学的啊，用来买房会不会有什么风险啊？”

晓虹说：“风险？应该没事的吧，因为最重要的是我们有房产证啦，只要房产证在手，我们还怕什么？”

我听了她这话，觉得似乎有些道理，便不再迟疑。我们回家取了指套，又匆匆回到中介公司。天气有些热了，我早都没法戴手套了，我现在喜欢穿那种袖子长长的T恤，大半只手都隐藏在袖子里边。女中介又拿来文件，说：“请按。”我点头说好，然后指头如箭般射出，然后又瞬间缩回了袖子，像只敏捷的乌龟，估计乌龟在捕食的时候就是这样的，出其不意，迅速准确。待到定睛再看时，文件上已经有了一个清晰的红色指纹。女中介看我的动作竟然如此麻利，吃了一惊，盯着我看了好一会儿，嘴巴开合了几下，倒也没说什么。接下来的事情就好办多了，按部就班，按程序行事。

一个月后，我们在这个城市顺利地拥有了自己的住房。

人们都说好运来了，幸福就会来敲门，我仿佛就听见了幸福敲门的声音，笃笃笃，笃笃笃，那种声音很轻，很柔，弄得人心里痒痒的，就像是小猫在门上磨爪子。我做梦都梦见那样的声音，然后我去开门，但每次门刚打开，我就醒了。太遗憾了，我没有看见幸福是什么样子。我揉揉眼睛，打着哈欠，坐在床边继续想，幸福是什么样子呢？

我看看我的指头，第一次觉得它们即使没有指纹也很可爱，为什么非要和别人一样呢？现代人不是都在追求与众不同吗？但对我的与众不同为什么就接受不了？实际上他们根本不可能接受真正的与众不同？想到这些，我的心就累了，我摇摇脑袋，告诉自己再也不要想这些不相干的东西。

现在，最应该想的便是，如何给晓虹一个完美的婚礼。

准备婚礼的这段日子是非常忙碌，也是非常快乐的，我们常常为了一个细节争吵不休，当然，通常是以我的让步而告终。因为，我的想法能不能实现并不重要，重要的是晓虹的想法能够实现，因为她的想法实现了，她便会开心和快乐，看她开心和快乐，我就会更加开心和快乐。我觉得自己越来越单纯了，像个无限透明的孩子。

所有的事情都很顺利，但是，这天，一个意想不到的小小阴影出现了。其实说起来也不算什么大事，就是晓虹的一个很好的朋友在英国留学，当她得知晓虹快要结婚的消息后，非常高兴，从英国寄了一件礼物过来。这件礼物就是那个小小的阴影。

它躺在红色的小匣子里，晓虹轻轻把它取出来，然后发出了一声夸张的惊叹："哇噻，好漂亮啊！"我探头去看，看到一个绯红色的闪烁着鱼鳞纹的钱包，我大失所望说："不就一个钱包嘛，干吗这么大惊小怪的？"晓虹用眼角扫了我一下，掩着嘴笑道："我说了你可不要生气哦。"我愣了下，说："啊？我为什么要生气呢？"晓虹摇摇头，叹口气说："这可是国外最新的时尚产品，高科技的玩意儿……这是一个用指纹才能打开的钱包。"

说真的，我完全没想到。我不知道该说些什么，心里有股酸涩的感觉，又无处宣泄，我甚至突然有些生她朋友的气了，似乎人家是专门针对我的。晓虹看着我的样子笑着说："你看你，都说怕你生气了，你还真生气了。不准生气了！人家哪里会知道我找了一个没有指纹的老公啊。”我知道晓虹说的都是大实话，但我还是被伤到了。我没多说什么，只是吐吐舌头，算是不生气了。晓虹低头继续把玩着钱包说：“没想到科技这么发达了，你看，它的反应多么灵敏啊，即使它丢了，别人也休想从里面拿出钱来。”听她这样说，我一下子大笑了起来，我上气不接下气地说：“如果它丢了，损失最大的肯定不是里边装的钱，而是它本身。这简直像极了那个买椟还珠的故事！”晓虹一听，也哈哈大笑起来，说：“好像真是这样的啊！这么贵重的钱包，我才舍不得带着它逛街呢。”

我很庆幸，这个小小的阴影就这么过去了，不过，那天后，我一想到那个钱包就浑身不自在，好像晓虹把她全部的秘密都锁进那个指纹钱包里去了似的，我为我永远也无法理解晓虹的秘密而感到伤心、失落乃至绝望。我知道我这是神经质了，但是没办法，只得默默忍受着。这股情绪足足折磨了我一个礼拜，才渐渐淡了，但我没有丝毫的轻松，因为，我的百分百幸福感已经不存在了。现在我才明白，即使我再怎么努力，也只能获得百分之九十九的幸福感，总有黑暗的一点，像是不可见的暗物质，是我注定无法逾越的命运。

我掩饰着自己的心思，不让晓虹感到些什么，我仔细观察着她，好像她对我的态度一切照旧，并不因为那件礼物而对我有什么想法。渐渐地，我的一颗心才落回了胸腔。

婚礼终于如期举行了，那天阳光明媚，微风习习，可谓一切顺利。仪式按照我们设计好的环节一丝不苟地呈现了出来，赢得了大家的一致赞叹。我们受到了父母、朋友、同学、同事的美好祝福，他们说了很多动人的，甚至有些煽情的话，连我都哽咽了，晓虹更是泣不成声。我没想到，“乐极生悲”这个成语是如此的准确。我们都太快乐了，所以不得不用眼泪来代替笑容。

那天过后，我生命中的一个新阶段开始了。

婚后的生活是甜蜜和浪漫的，我们没有去外地（因为我们的钱都花得差不多了），而是选择了就在本市度蜜月。其实，尽管我们在这座城市生活了很多年，但是我们却从来没去过这座城市的任何一个公园，既然这样，我们何必舍近求远呢?

这座城市有很多公园，大大小小加起来有几十个，当我从地图上发现这点的时候，大吃一惊，我问晓虹："没想到会有这么多的公园，有些太多了啊，我们去哪个好呢？"她正在看电视，头也不回地说："一定得精选，就选上五个最有特色的公园吧。"我说："遵命。"经过了一个小时的深思熟虑，我选择了五个公园，分别是动物园、科技公园、文化公园、历史纪念公园以及城市公园，可谓面面俱到了。我把这个结果告诉晓虹，果然，她对此也很满意。

我们先去了动物园。据说这是中国南方最大的动物园，果然名不虚传，一整天走下来，脚底都起水泡了，但还有很多动物没看到，这份遗憾只得来日再弥补了。晚上，我们两个人早早上床睡了，我问晓虹："明天我们去哪个公园呢？"她哎哟了一声，说："好累啊，能不能明天不去了，在家待着？"我说："那不好吧，假期可是很宝贵的哦，在家里待着岂不是浪费了？"她说："反正我们在一起嘛，怎么能说是浪费呢？"我想了想也是。第二天我们就在家待着了，上上网，看看电视，时间很快过去了。晚上的时候我又问她："晓虹，明天我们去哪里呀？"她说："你定吧，定个新颖点的。哦，对了，那个历史纪念公园放到最后。""好吧，遵懿旨。"我想了想，说，"要不然我们明天去城市公园吧，因为其他的几座公园顾名思义，都能猜个八九不离十，但是城市公园是怎么来表现的呢？似乎还蛮有悬念的。"她说："天天在城市待着，也是该多了解下城市，那好吧，就去城市公园。"

我做梦也没想到，我的这个决定会给我带来多大的麻烦。

这天，城市公园正好在举办雕塑展，门票要比平时贵了十块钱，晓虹很不满，说："要不然咱们不看了。"我赶紧说："别啊，不就十块钱嘛，雕塑展也是难得一看的呀。"她没再说话，勉勉强强跟在我身后。我买了票，花了整整一百块。我们进到里边，发现场地并不是很大，中央的一座小广场上立着巨大的宣传墙，上面有这座城市的总体介绍，以及各方面的成就概况，小广场四周分布着诸多的小场馆，那里边有更加详细的内容。我们转了几家小场馆后，晓虹说："我们还是先去看雕塑展吧，要不然那十块钱浪费了。"我哭笑不得，没想到女人结婚后就变得这么……也不知道该用什么词来形容，因为我明白，她也是为了我们的家。我安慰她说："老婆，我们以后会有钱的，别老跟十块钱过不去啊。"她并不领情，说："你少跟我贫嘴了，等你有钱了再说吧。"

进到雕塑园，映入眼帘的便是一座巨大的不明物体，灰褐色的身体，由无数椭圆形的曲线组合而成，我走近，看到基座上写着"城市指纹"四个大字。我的脑袋里马上炸开了，我最怕看到和指纹有关的事物了，没想到，还遇到了这么大的指纹雕塑。雕塑的下面还挂着一个小木牌，上面详细写着这座雕塑的缘起、构思与创作过程。大意就是说，城市和人一样，需要自己独一无二的个性，因此，一座城市应该有它自己的指纹，这是灵魂的指纹；这座雕塑的表面采集了在这座城市生活、工作的各行各业的人的指纹，总人数达一千人之多，基本上涵盖了城市的各个阶层，也就是说，代表了方方面面，也代表了这座城市里的每一个人。这样说来，也代表了我。我忍不住了，我对晓虹说："其实，你不觉得没有指纹也是一种个性吗？"晓虹笑着说："我觉得没有指纹谈不上个性，因为指纹与指纹的不同才构成个性，而无指纹和有指纹是不能比较的吧，就像是不同主题的书没法比较，那不是一个类别了。”我第一次听她那么说话，心里顿时如针扎般刺痛，但我还是强装着笑脸说：“晓虹啊，我把你的这些话当成幽默可以吗？”晓虹看着我，咧咧嘴，笑着说：“当然可以啊，你不要在任何涉及指纹的事情上就紧张嘛，有就有，没就没，心里不计较就好。”我使劲点着头：“你说得真好，谢谢，谢谢你的安慰。”

绕过这座巨大的指纹（对我而言，简直有着进入雷区的恐怖感觉，我真想说不去了，但却无计可施，只能跟在晓虹身后亦步亦趋），突然，走在我前边的晓虹惊讶地尖叫了起来。我刚准备问怎么回事，但已经无须再问了，我看到了好多以指纹为创意的雕塑，更过分的是，还有两间以指纹的椭圆线条缠绕而成的凉亭，那是完全纯净的白色，在阳光下闪着耀眼的光泽，像是两个巨大的贝壳躺在那里。晓虹扭头看了我一眼，似乎有些欲言又止，但她还是说出口了：“我觉得真美！”我口齿不清地附和道：“是的，那是……”她说：“你也带着欣赏的心态，放开自己吧。”我有些惶惑地点着头说：“嗯，嗯，可以。”

指纹凉亭一大一小，像是贝壳妈妈带着小贝壳，而天空则是蔚蓝的大海。在大的那间凉亭里边竖着一个黑色玻璃钢制成的宣传栏，上面详细解说着与指纹相关的种种元素，让我第一次如此全面地认识了指纹。在这之前，我是完全拒绝任何与指纹有关的信息的，因为那就像是一种对伤痛的巨大提醒。但是现在，在这样的情景下遇见了，想忽略是不可能的了。而且，最要命的是，我不知道晓虹看了后会怎么想，为了应对晓虹将要发生的变化，我也得鼓足勇气把那些文字读下去。

晓虹看得特别仔细，都念出声来了：

世界上每个人的指纹模式都不一样，指纹甚至比 DNA 更为独特。同卵双生者拥有相同的DNA，却没有相同的指纹。指纹由一种叫作摩擦嵴的脊状突起系列组成的。每条突起都分布着许多毛孔，与皮肤下面的汗腺相接。科学家通过观察指纹线的数目、大小、形状和排列方式就能辨别一个人的身份。世界上两个拥有完全相同指纹的人的出现概率为640亿分之一。

念到这里，晓虹停下来看着我，感叹了一句："真没想到，指纹比 DNA 还独特呢，不过，即便概率只有 640 亿分之一，那也意味着，这个世界上很可能存在着指纹相同的两个人。哈哈，那多奇特啊。"

"就像被闪电击中的人一样，是小概率事件。"

"比被闪电击中还要小概率吧，但依然存在，真是太奇特了。"

我嘲弄道："哼哼，我更奇特，我想没有指纹的概率估计要大于640亿分之一吧？"

晓虹说："所以说，你真是个奇迹。"

我赶紧接上话茬，煽情地说："没错，我就是只属于你的奇迹。"

晓虹捂着嘴巴咯咯咯笑了起来，脸蛋有些绯红，似乎有些陶醉了。我心里很高兴，有种反败为胜的幸运感。看来人们说得没错，女人还是喜欢甜言蜜语的。她笑了几声，觉得好像上了我的当，故作生气地瞪我一眼说："讨厌！"

我说："别讨厌我啊，我们继续往下看。"

指纹与人类的历史息息相关。早在新石器时代，指纹就作为装饰出现在人类的各种器物上面。比如在半坡遗址出土的一些陶器上，就可以看到距今6000年的这些器皿上印有清晰可见的指纹。其实中国古代的青铜器、陶器、玉器上有很多类似指纹的花纹，被称作“云雷纹”，它是一种圆形或方形的回旋线条，其中圆弧形的是“云纹”，方折形的是“雷纹”。经过我们人类祖先的想象、夸张、变形后，形成了各式各样的云雷纹。灵巧的双手是人类区别于动物的重大功能之一，这些云雷纹并非都是先民抽象思维的产物，而且还象征了先民的“双手崇拜”乃至“劳动崇拜”，这是人类对自我认识与表达的一种飞跃。

晓虹赞叹地说：“真想不到指纹对人类这么重要啊，以前我都不知道这些历史知识呢。”

我说：“你要警惕啊，人们在表明一件事物的伟大时，就会不计其他的夸大叙述，千万不要被迷惑了哦。就我看来，在这段文字里，有着很多的考古学谬误……”

“好啦，我知道你的知识渊博，但你不可否认指纹对人类艺术的启发作用嘛。”

“我没有否认啊，但是杀戮、死亡与暴力也同样启发了人类的艺术。”

“我不要和你抬杠！”

她继续小声念了起来：

……因为指纹的独一无二特性，人们在上古时代就将指纹作为一个人不可取代的身份。古代巴比伦人在泥片上按压指纹，以记录商业往来；古代中国人在纸张上按压油墨手印，用来识别自己的孩子；而在印度，目不识丁的人可以用指纹代替签名。到了1860年，指纹第一次被官方正式采用，当时英国驻印度殖民地的治安官威廉·赫歇尔认识到，指纹可以作为一种领取退休金的身份识别方法。

自此，指纹识别逐渐成为现代社会管理个人的一种精密技术。

“哈哈，看来我们对于打卡这件事没什么好难过的了，从古到今人们都要‘打卡’呢。”晓虹大笑着说。

我挠着脑袋，斟词酌句着说：“但从没有像今天这样，打卡变成了对人身的监控，而不是识别……”

晓虹这次倒是认真回应了我的说法，她说：“其实监控与识别之间的界限是很模糊的吧。”

我像个酷爱辩论的大学生，语调激昂地说：“现代社会就是监控无所不在甚至变得歇斯底里的牢狱。不止像我这样没有指纹的人是囚犯，你们这些有指纹的人更是囚犯！当所有的人都被关进监狱的时候，监狱外边便成了更加孤独的监狱。”

“你看你，又来了，遇到和指纹相关的问题，你就容易激动。”

“偏激往往离真理最近。”

“我不要真理，我只要你别吵了。继续看吧，你也多了解下指纹的历史，不要因为没有就不去了解。说句笑话，你可不要自绝于人类啊，呵呵。”

“你开的玩笑一点也不好笑。”

她咧咧嘴巴，用粉红的小舌头舔舔嘴唇，又开始念了：

科学家用砂纸、酸碱试着磨去或腐蚀指纹，但他们惊奇地发现，新长出来的指纹与原来一样。而且即便是手掌脱皮，长出的新皮肤依然是原来的花纹图形。一个人从婴儿长到成人，手指的大小在变，但是指纹的图形并未变。当一个人还在子宫内时，其指纹就已经长出来了。胎儿大约在20周大后就长出了指纹，并伴随他的一生。指纹的形成机制至今仍不十分清楚。与毛发和眼睛的颜色不同，指纹不是由基因事先设定好的。这或许可以用来解释为什么同卵双生者也没有相同的指纹。指纹的形成包含许多偶然因素，显然是基因表达和环境因素共同作用的结果。然而，遗传可以影响指纹的形成样式。例如，患有猫叫综合征（一种由5号染色体部分严重缺失导致的疾病）的人比正常人生有更多的凸纹。这种患者除了出生时像猫一样尖叫外，其口部和头部都比正常人要小，耳朵短肥，并患有严重的智力缺陷。这种疾病是因胎儿在子宫内异常生长所致……

晓虹说："哎呀呀，不是吧？猫叫综合征，简直是怪胎了……好可怕，哇，想一下都吓死人了！"

我有些气愤地说："我觉得这简直是污蔑嘛，这个人可以去写恐怖小说了，他就像是中古时代的人描述麻风病人似的，把指纹病变描述成比妖魔鬼怪还要可怕的东西，荒谬嘛！"

"好了好了，你别气急败坏了，人家只是写了一种病症，又不是写你的，咱们继续往下看嘛。"

"好吧。"我忍着性子说，"我觉得他在虚构，虚构病症。"

她对我说："是啊，人家要是虚构的，那么你这个没有指纹的人也是虚构的。"

"我才不是虚构的呢，我的痛苦是无比真实的，你理解我的。"

"唉，其实啊，我倒希望你是虚构的，因为你在想象世界里应该会大有所为，但在这个现实世界里边，我看你的周围处处都是障碍与限制。我真的替你感到担心。"

"替我担心？怎么，你后悔和我在一起了？"我格外紧张起来。

"我不知道，说真的，有时我也迷茫了，我真的不知道没有了小小的指纹竟然会是这么大的一种……"

"一种什么？你说啊，别隐瞒，你知道我喜欢坦诚。"

“那好吧，”晓虹眨了眨眼睛，说：“是一种缺陷。”

这句话让我痛苦极了，但我是个倔强的人，我要反抗。我咬着牙，带着自虐的狠心说：“你不如说这是一种残疾。”

她的脸部明显痉挛了一下，她伸手过来，放在我的肩膀上，叹气说：“你别这么说，肯定不是残疾，残疾倒是明明白白的在明处，但是，但是你要面对的却是一个说不清道不明的战场啊，你的敌人埋伏在身边的每一个角落里，任你再强大，却无法与他们斗争，因为他们根本不会和你过招，他们只是背对着你，把你排除在外……”

我被她的话震颤了，我无言以对，而且，我相信了她的真诚。我呜咽着，变得语无伦次：“晓虹，我，唉，这可，如何是好。”

“没关系，你是我的老公，你还有爱你的爸爸妈妈，我们就像是绳子一样，把你紧紧捆在世界的深处。”

“晓虹，你说得真好，谢谢你！”我居然哭了，两行泪水流了下来，我第一次这么放纵着自己的脆弱，因为，她的话已经让我无处藏身，我像是丢掉硬壳的软体动物一般，在干燥的空气中感到一阵阵撕心裂肺的刺痛。

“好了，别多想了，我们坚持看完吧，一次性看完了，也许以后就不必再受罪了。”晓虹挽着我的胳膊说。

“好吧。”我和她坚持看了下去，我的心脏就像被放在了一朵火苗上，从来没有过这么残酷的阅读，简直像受刑一样。

不过，我做梦也没想到，接下来的这些话可谓石破天惊！

科学家还发现，有极少极少的人生下来就没有指纹，这是违背人类的自然特征的。无指纹是一种遗传病，称为“网状色素性皮肤病”，简称 DPR，以前叫内格利氏综合征，因系瑞士皮肤病学家内格利发现而命名。患这种病的人比例很小，迄今为止，发现的患者不到百人。无指纹患者有一个病症是皮肤排汗能力很差，因为他们没有汗腺。病情严重者会掉落牙齿、头发，手掌和脚掌变厚，脚趾甲变形。

“啊……怎么会这样！”刚才还坚持乐观态度的晓虹一下子变脸了，她脸色乌青，眼睛睁得好大，连里边的血丝都暴露出来了，那一瞬，我觉得她很丑陋，啊啊，是的，那是见鬼了一样的神情。她平静了一会儿，才对我缓缓说道：

“原来你是有病啊！”

我正好满腹怨气，听她这么说，立即爆发了，我吼道：“你才有病呢！”

她似乎意识到了自己的失态，立即把脸扭向了一边，眼光下垂，望着地面上某处，认真地说：“你这个人怎么还讳疾忌医呢！”

“我没有！我没有上面写的那些症状，你知道我的手掌经常出汗的，我是正常的，我的牙齿、头发也都牢固地坚守在原位，没有摇动的迹象，更别提什么脚掌、脚趾甲了，你帮我揉过脚，你知道它们有多健康。”

“或许……或许是你还没有到病变的地步呢，不行，得带你去医院看看！”

“我不去！要去你去！”

“一定要去！”

“不去！”

……

我还是去看病了。没办法，不得不去，因为晓虹说，她不想和我生个满嘴猫叫的孩子。我的脑海里出现了一幅画面，我儿子像只小猫一样在地上爬着，而且很大声地喵喵叫着，我顿时两腿发软，不寒而栗，心中恐怖极了。就这样，从城市公园出来后，我没有回家，而是被她直接拉到医院来了。

“怎么办？没想到你这是一种遗传病，我怎么就没想到呢？”一路上，晓虹都在嘟嘟囔囔说着这些抱怨的话，刚开始我还诚惶诚恐，仿佛我真的有病了似的，但随着她唠叨得过于持久与深入，我终于忍无可忍了，我吼道：“我没病！你用不着可怜我！”

她看了我一眼说：“唉，看你，还没看病呢，你都快成精神病了。”

我只得紧紧闭上了嘴巴，免得在她眼里真的成了个精神病患者，那比没有指纹还要糟糕。

到了医院，晓虹拉着我的手在医院里上上下下忙乎着，我觉得我像是变回了孩子，跟在妈妈屁股后面懵懵懂懂地走着，经过了数不清的楼梯、白墙、走廊、福尔马林液的气息与面黄肌瘦的病人之后，我坐在了一个医生的对面。他长着一对过于浓密的眉毛，眼睛却小小的，很久才眨动一次。他冷冰冰地审视着我，威严地说：

“你有什么问题？”

我讨厌他这样说话，一上来就是什么问题，一个活生生的血肉之躯怎么变成问题了，问题是个多么虚泛的字眼啊！我沉默着，不想回答。站在我身边的晓虹忍耐不住了，她赔着笑脸说：“不好意思，大夫，他的病很奇怪，他……他没有指纹。”

“我这不叫病!”我顽强申辩道。

但是医生已经毫不在乎我的申辩了，他的声音提高了八度，用一种难以置信又充满好奇的语调说：“怎么会没有指纹呢？不可能吧！这算是什么事！”

“喂，你是经过严格医学训练的医生吗？怎么说的话和大街上听到的没区别。”我揶揄道。

浓眉医生也感到了自己的失控，他居然咧嘴笑了一下，笑的时候他像个满脸褶皱的大猩猩，他说："不好意思，因为我从医十五年来还从没听过这样的症状，更别说碰见了。"

"要不是疑难杂症，我们也不会花那么多钱挂专家号呀，您说对吧？"晓虹说。我能感到她也开始不喜欢他了。

浓眉医生咳嗽了两声，小心翼翼地说："来，让我看看你的手，可以吗？"他的样子好像考古学家发现了世上最为珍贵的瓷器。

我把双手摊开，递了过去，他戴上了一副特殊的大眼镜，像个刚上岸的潜水员一般，然后，他轻轻捏住我的手指，仔细观察起来。

"咦，真的没有，真的没有耶。"他突然像个孩子样地嚷嚷着，他的神情让我真的快要疯掉了。

他抬头看着我说："你平时有什么不舒服的地方吗？"

"没有，从来没有，我一直非常健康。"我说。

"是吗？"他的浓眉皱了皱，好像不大相信我的话，"嗯，那我们来做一些更详细的检查。"

他对我做了一系列的详细检查，我看不出这些检查和我单位平时的体检有什么大的区别，做完这些之后，他沉吟着说："你好像是没什么问题啊，问题出在哪里呢……"

"问题出在上帝那里。"我指了指头顶上方。

"啊?！"浓眉医生的思路被我打断了，他对我的提示感到非常恼火。

"他忘了给我指纹。"我补充道。

"别胡说了，所有的问题都是有原因的，你等着，我现在马上打电话给我的博导。"

他从抽屉里拿出手机，进到里面的一间小房，掩起门，打起了电话。尽管我听不清他在具体说些什么，但能听得见那种夸张的语调，似乎还有种抑制不住的兴奋。我想起了那些生物学家，他们在小白鼠身上发现一些新成果的时候，大概就是这样的心情吧。想到这里，我还突然有了一种担心，那就是他们不会抓我去做研究吧？我可不想当小白鼠！

大约过了二十分钟，他才从小房间里出来，他轻轻摇着脑袋，一副无可奈何的神情。他对我说："我导师说，你这个可能是一种基因上的突变引起的。"我说："他是否说由5号染色体部分缺失所造成的？"他吃了一惊，说："他倒是提了，但还不好说，我们会给你做个详细的DNA分析，应该下个月才能完成，到时候再通知你吧。"我笑了下，然后沉吟着说："你导师对你说了猫叫的事情吗？""啊？猫叫？"他一脸的茫然。我和晓虹笑了起来。他一脸狐疑地盯着我看，说："你这个人说话真奇怪……"我知道他的潜台词是我有神经病，我赶紧打断他的话说："那就谢谢你了，帮我看看有没有其他的什么基因疾病。"他非常严肃地点着头，说："放心吧，我会的。"

我和晓虹回到家，晓虹洗菜做饭，等到饭菜井然有序摆上桌的时候，晓虹终于忍不住担忧地说："真怕你的基因有什么问题。"

"人有旦夕祸福，有什么好怕的，"我说，"何况谁的基因没有问题呢？就连衰老和死亡其实都是基因早就决定了的。"

晓虹瞪大了眼睛说："真的吗？"

我指着书架上的一本书说："当然是真的了，基因是最自私的了，它为了自身的延续，无情地抛弃了衰老的肉身，进化就是用死亡来完成的。"

"啊，真的想不到。"晓虹摇着头，眉头紧皱，像个天真的孩子。

"别想了，吃饭吧，要不然我们可能连吃饭的意义也没有了。"我悲叹道。

一个月后，浓眉医生打电话给我了，他用一种伪装成喜悦的语调说："结果出来了，一切正常，看不出什么问题。"

晓虹对着话筒说："不是什么网状色素性皮肤病吗？"

医生说："不是的，你说的这个病我也是咨询了我的导师才知道的，不过他的汗腺是完好的，所以不属于这个病。"

说真的，我并不感到意外，我说："那就好，你是医生治病救人，我没有病是好事啊。"

"可是，可是……"

"可是什么？"

他的语调迅疾变得沙哑和焦虑，我隔着话筒都感到他的嗓子眼在痉挛了，他说："可是，可是你真是太古怪了啊！连灵长类动物，比如黑猩猩都有类似指纹的线条，我、我、我真的怀疑你是不是人类……或许，你是外星人？"

"我看你是神经病！"说完我就挂了电话。外星人？还咸蛋超人呢，真是哭笑不得，我看他是科幻小说看多了。

站在一边的晓虹责怪我说："你对人家那样太不礼貌了。"她拿起电话，回拨过去，和浓眉医生聊了起来。我懒得听他们说些什么，我走到厕所去撒了泡尿，然后回来，发现他们还在聊，我竖起耳朵听了听，听见电话那边反复在咀嚼同一句话：

"唉，真不知道他是怎么在这个社会上生存和立足的，奇迹啊奇迹……"

晓虹看见我走近了，她对着话筒大声说："他和你的生存没什么区别！拜拜！"

我听到电话那边还传来一声歇斯底里的喊叫：

"这怎么可能！"

他妈的，他是个偏执狂吗?！他对待我根本不像医生对待病人，而是像个神经质的猎奇狂人。他伤害了我，这种伤害让我久久不能释怀。连从事最严肃职业的人都是如此，我不能想象其他的人会接受我。

这种伤害不仅仅限于我这个人。

我和晓虹好久都没有再聊过指纹的事情，原本快要不再是禁忌的指纹话题，现在逐渐地又往禁忌的地方挪了过去，不过这次不是返回，而是深入。

啊，必须坦白地说了，我的日子越来越艰难了。

自从我去看过病之后，我就预感到有些事情要变了，变的结果迟早要体现在我的命运上。我真的有这样的预感，但我不能对任何人说，尤其是晓虹。因为我想到，也许，这种变化会率先从她那里冒出来。以前她只将我没有指纹的事情当作一种意外、一种现象，甚至一种好玩的特征，但现在，她即使不把我当病人，也把我当作准病人了，也就是她在我和她之间无意地设置了界限，起码我和她不是一类的。

我操，我忍不住在心里骂道，难道晓虹最终会变成人类过滤机制的一个网眼，将我过滤掉吗？这个想法让我不寒而栗，有好长一段时间，我不敢直视她的眼睛。仿佛心里有鬼的人是我。

这是个技术称霸的时代。指纹的应用越来越普及了，简直称得上是铺天盖地，我躲避着，希望自己的小生活能够安全。但是，躲是躲不掉的，终于，指纹支付机出现了，朋友高兴地对我说："以后出门连卡也不用带了，直接用手指一按，就可以在商场购买物品啦！"同事们也都办理了这项业务，晓虹当然也不例外，她还怂恿我办。我犹豫地说："这个可不是上班打卡那么简单……"晓虹说："我知道啊，可是上个月全国指纹采样，你的指纹样本单位已经给公安局了，现在，你和那个指纹已经是一体了，不要怕了。”我知道她说得对，我只能接受，因为这不是选择题，而只是一个时间问题，拖延一段时间对我没有任何意义。

这股指纹应用大潮在微电子技术支持下席卷了社会的各个角落，除了我，很少有人意识到：指纹时代来临了。

也许，这是最便捷的时代，但同时，这也是最为精密的时代，技术改变了社会的结构，把每个人的指纹变成了一个个的齿轮，然后再彼此勾连与嵌合起来，像时钟一样运行着，不再有任何的杂质。政治家眼中的完美，诗人眼中的灾难，就这么变成了现实。

我每天晚上都睡不好觉，常常半夜里突然醒来，我不知道明天又要面对什么样的指纹新产品，我感到那就像是一张越来越收紧的大网，给我的空间和时间都不多了。我感到窒息，我不得不坐起身子，大口大口呼吸着。睡在身边的晓虹迷迷糊糊地问我：“你怎么了？”我说：“没事，做梦了。”她问：“做了什么梦？”我无奈笑笑说：“啊，记不清了，反正不大好。”她翻了个身，说：“快睡吧，别多想了。”我对着她的背影说：“好的，你也快睡，别管我，我没事。”

有一天晚上晓虹从梦中惊醒了，她满头是汗地对我说：“太可怕了，我刚才做了梦。”

“什么梦？”

“和你指纹有关的。”

我对她说：“没事，反正我是以不变应万变。何况，我又不是没有指纹。”我从床头柜上拎起那个已经被我用旧的指纹套，在她面前晃荡着。

她叹口气，说：“我的梦就和指纹套有关，我梦见别人给你点烟的时候，不小心把你的指纹套给烧坏了……”

"啊?！那的确是个噩梦！"我全身一激灵，指纹套掉落在了床上，看上去有点恐怖，像是一截子被剁下来的手指。

"所以,你应该多弄几个备用啊,万一丢了或是烂了怎么办啊?"晓虹惊恐地望着那个指纹套，惴惴不安地说。

我一听，仔细一想，惊出了一身冷汗。是啊，我也太粗心大意了，竟然忘了给自己留个备用的。偷指纹，便是偷了独一无二的身份，必须一条道走到黑了。我赶紧找到上次的网站，可他们却说："我们已经不做了，因为现在指纹越来越重要了，公安查得非常严，万一被发现了就闯下大祸啦。"我苦苦哀求道："我上次就在你们这里做的，现在我的全部身份资料都是那个指纹，如果你们不做，那我以后怎么办?行行好吧，要多少钱我都愿意出。"就这样，我不得不花了一万块钱，他们才肯做。他们说："一口价，一万块做十个。"我想十个总够用了吧，便答应了。不过等我收到十个指纹套后，想了想今后好歹还能活四五十年呢，心里又有些没底了。

就在我还像个惊弓之鸟般惴惴不安的时候，一件最残酷的发明出现了。

我们参加工作也好些年了，多多少少也有了些积蓄，晓虹便提议我们买辆车，即使这个城市已经非常拥挤了，但是为了我们的面子还得买一辆车。晓虹说："你看别人都买车了，我们不能落伍啊，如果嫌麻烦放在停车库都好，但是，无论如何，我们得拥有一辆车。"

拥有大于实用，这种逻辑在我看来简直是荒谬不堪的，但是我却无法拒绝，只要晓虹想要实现的，我必须尽心竭力。在繁忙的间隙，我也会想到，我是在讨好她。无止境地、丧失原则地讨好一个女人，这不符合我的个性。但，我有什么办法呢?从某种意义上来说，讨好她，就是在讨好整个人类。

从没想过汽车卖场这么大，这是在一个叫作跑马场的地方，现在，这里不再跑马了，而是跑车。当然也有马，是昂贵的“宝马”，我们匆匆从“宝马”身边走过，我的眼光仅仅是抚摸了一下“宝马”亮闪闪的车身就感到一阵战栗。我把全部的身家，包括房子卖了，都不能买一匹像样的“宝马”。

其实我们是有备而来的，晓虹在网上做足了功课，她花了好几个星期研究汽车，还咨询了很多朋友，才选定了一款“费罗迪”牌的汽车，我以前都没听说过这个牌子，她说：“这是中外合资生产的，物美价廉，就跟中外合资生产的其他东西一样。”我说：“物美；就是名字洋气；价廉，就是技术落伍。”她说：“你怎么能这么说呢？太损了嘛！”说完，和我一道哈哈大笑起来。她的小手拽着我的袖子说：“谁叫我们是穷人呢？”

突然，她像是想到了什么，脸色一变，认认真真地看着我说：“对了，我得提前给你打个预防针，你也知道，现在的汽车都是指纹锁了，这家费罗迪也不例外，你到时千万不要又多想了，反正你是以不变应万变的，到时戴上指纹套就好了。”

我无奈地说：“也只好如此了。”

卖车的推销员是个四十多岁的老男人，他穿着整齐的西装，打着鲜艳的领带，向我们滔滔不绝介绍着他们产品的好处：

“……这部车安装了最现代的指纹锁。”

“我知道的。”我不屑一顾地说。

“不，不，我相信先生您一定不了解这种指纹锁的独到之处。”他的笑容很神秘，都有些猥琐了。

“好啊，你说给我听听。”我对凡是和指纹有关的话题，总是有种抑制不住的焦躁感。

“我们这是活体指纹锁，也就是说，只有活人的手才能被识别解锁。”他伸出一只手在空中比画着。

"能说得再具体些吗？"我隐隐感觉到了威胁。

"好的，就是说不用怕您的指纹被人复制了来偷车啊，它采用最先进的微观动力学技术，能感应到指纹后面的血流动力，根据这种动力与指纹的结合来解锁，万无一失。两者缺一不可。"

我大吃一惊，差点喊出声来。我几乎在一瞬间就明白了活体指纹锁的含义，那就是说，我的指纹套失效了，成了一无是处的垃圾。我看了晓虹一眼，她把头扭开了，好像我的眼神会伤到她似的。那张看不见的大网遽然升起，而且围拢已经基本完成，现在只剩下最后的收缩了，我将在那样的收缩中变成无可安置的碎片，就像漫天飞舞的塑料袋，一种无法分解的白色污染。

绝望来临，我想起鲁迅先生说绝望和希望一样虚妄，的确，因为我也不再有漏网之鱼的希望。

晓虹还是买了那辆车，她说她还是最喜欢那辆车，其他的，她都不喜欢，她说："况且，活体指纹锁其他牌子的车很快都要采用了。"我不能说些什么意见，相反，我还得顺着她的话，安慰她："买吧，没关系，反正我也很少开车的，车本来也是买给你的。"我的话让她很高兴，她说："谢谢你啊。"这句"谢谢"让我难受了很久，总觉得里边包含着许多异质的成分，我无法消化它们。

从此，晓虹就开着车上下班了，有时我见她穿着高跟鞋从车上下来的一瞬间，有种仰视某种阶级的错觉。仰视倒不可怕，我怕的是她俯视我。她朝我笑笑，妩媚极了，我想起了一个新词：轻熟女。她的女人味正在慢慢发酵出来，我渐渐在她面前生出一种酸涩的滋味来，那是自卑吗？我不确定。但我确定我惧怕那样的滋味，那让我疼痛。

岁月在指缝间溜走，尽管每天都很焦虑，但有时候算算时间，还是吃了一惊，时间过得很快，都可以用“年”来计算了。

今天，我母亲打来电话了，她每隔十天左右必定会打电话给我，会不厌其烦地问我每一件小事。以前的时候，我也会事无巨细地告诉她，让她帮我出出主意，让她不要再为我担心了，可是现在，我很怕她的电话，因为我每次都不得不撒谎，我无法把内心深层的焦虑告诉她。

可是，没想到的是，她这次的电话直奔着我的焦虑而来。

她使劲咳嗽着，她的老毛病还没好，她费力地说：“咱们村现在富了，经常有些毛贼来偷东西，村委会决定用一道围墙把村子围起来，只准本村人出入。”我惊讶极了，这都是全球化的时代了，怎么还有如此“闭关锁国”的事情？我说：“妈，这也太落后了吧？”我母亲说：“你先别管落后不落后，问题是以后要指纹打卡出入啊，你咋办呀？”“啊？不是吧？”这话让我全身一阵战栗，我有种被人斩草除根的感觉，我亲爱的故乡，一个原本淳朴简单的乡村也要这么做吗？我忍住悲伤，问她：“那是什么指纹锁？是不是活体的？你帮我问清楚。”我母亲说：“是活体的，我问过了，你的指纹套用不了了！要不然我咋这么急呢？”我一早就告诉过她指纹套的事情，她当时一个劲说：“菩萨保佑，真是菩萨保佑你啊。”没想到现在，菩萨高一尺，技术高一丈，菩萨保不住我了。

“妈，没事，我平时都很少回去，再说，回去都和你一起出入的，不怕的。”我安慰着母亲。母亲叹了口说：“也是，那你就少回来吧，在城里好好保重啊。”

“嗯，要不你就来我这住段日子吧？”

“现在我去你那没意思啊，你们赶紧要孩子，我到时帮你们带孩子。”

“知道了，孩子会有的，你不用着急，到时有你忙的日子呢。”

“儿子，我跟你说，你得赶快要孩子，晓虹是个很不错的姑娘，能接受你是你的福气啊。”

“我知道。”

“你知道什么呀，我话还没说完，我要说啊，这人心是最摸不准的，尤其是女人心，你和她有了孩子，才能拴牢她！”

“妈，你这什么想法，好过时……”

我母亲又唠叨了好几句，才挂了电话。我在电话里，一直装作无所谓的态度，但是电话挂后，我感到后背很热，我手伸进去一摸，发现汗津津的，全是虚汗。

女人还是很敏锐的，我母亲料事如神，她说到了我最心痛的地方。

是的，晓虹不愿意和我生孩子，自从我们上次去看病后，她就不再提孩子的事情了，她总是在拖，装作不经意地在拖。我暗示过好几次，但她一脸不明白的样子。我知道她在怕什么，说真的，其实我也很怕，但我觉得，有些事情既然不是人可以把握的，就像生死有命，把那样的事情交给上天好了。过马路还会死人呢，难道就不过马路了吗？活人还能给尿憋死了？我找了个机会，吞吞吐吐地把这个意思给晓虹说了，当然，我不会说得这么粗俗，我举了很多委婉动听的例子，来鼓励她生孩子的勇气。晓虹沉默了很久，我以为她有所心动了，暗暗怀抱了期待，可谁想到，她后来对我说：

“其实，你说的这些我都知道。”

“知道就好啊。”我还勉强微笑了起来。

“但是，最重要的一点你忽视了。”她匆匆看了我一眼，低下了头。

“啊？那是什么？你快告诉我。”

她停顿了一会儿，像是下定了决心，才斟字酌句地说：“其实我也考虑这个问题很久了，一直不想告诉你，既然你今天问，那么好，我告诉你，那就是你忽略了一个女人的心情。”

“女人的心情？你告诉我。”

“本来迫切的心情因为很多原因一直受阻后，就变得虚弱，每天都在消散，像是风吹走了种子，我快抓不住那种感觉了。”

听了她的话，我吃惊得下巴都快掉下来了，女人真是情绪化的动物啊，做爱需要情调可以理解，怎么生孩子也需要情调啊？

我使劲吞咽着口水说：“晓虹，孩子是个美好的生命，不能太情绪化呀。”

她说：“我正是不再情绪化了，你想想，难道你不怕我们的孩子会……”

“会怎样？”

“你知道的。”

是的，我知道，我是在明知故问，我想听她说出来而已。但，还是算了吧，何必呢？我何必再折磨我自己呢？难道我喜欢自虐的快感吗？

晓虹不再提及孩子的事情，我能感觉到，她其实也很迷茫，她没有决心离开我，可也没有决心要孩子，也就是没有决心要未来，她不是能接受丁克家庭的那种人。她爱孩子，凡是在大街上见了孩子，不管谁家的，好不好看，她都会上前去逗逗，她身上有股泛滥的母爱。现在，她和我在一起，不得不克制这样的母爱。这对她来说，无疑也是一种煎熬。

幸福正在变成碎片，只因为这样无情的现实。也许，以后上天堂的大门都需要指纹来解锁的吧。

……日复一日的煎熬。现在我想说，我准备离开这座城市了。其实，这个想法对我来说并不稀奇，很多次，当我看到我鹅卵石般的指头时，我都会有抛弃一切，逃避到某个无人荒岛上的冲动。是我对晓虹的爱，让我一次又一次回到现实生活中来，忍受着种种不适坚持过着所谓的日子。但是，我也深知，当我把生存的精神支柱放在别人那里的时候，我的生命大厦便面临着种种不可预知的危险。就像现在，晓虹不想和我生孩子，那她表明了一种什么态度呢？仅仅是生孩子的问题吗？难道不也是感情的问题吗？一个置身在爱情中的女人可以冒着做人流的危险不顾一切地和男人做爱，那么和自己的老公生个孩子有什么为难的呢？怕遗传病？但是我已经在医院有了详细的检查，我的基因是正常的，没有任何问题的。那么还怕什么？难道……难道晓虹觉得，没有指纹的我不配有一个孩子？我不配做一个孩子的爸爸？丧失为人资格？

……这样的想法折磨着我，我每天像条狗一样疲惫。我常常反思自己是不是太偏激了，但是，鲜明的禁忌就摆在那里，一道高墙将我和晓虹分隔在了两边，我难以逾越……

我能逃去哪里呢？有没有一些穷乡僻壤的地方，那里还容得下一个没有指纹的人？我展开中国地图，仔细搜寻着，却越发地绝望起来，那样的地方真的不多了，连以前人迹罕至的地方现在都打着旅游的名义在开发，像是西藏的墨脱县，虽然只有几千个人，到今天也没通公路，但是却成了徒步一族的最爱，他们不畏千辛万苦，像唐僧取经一样，走也要走去那里。所以，即便我逃到那里去，好像也没什么意义了。出国？去个相对闭塞的国家？啊，那样很难的吧？起码正常渠道是不大可能了，因为出国需要指纹，不但国内要指纹备案，出入境的时候，他国更是要仔细检查和扫描指纹……偷渡？这不失为一个渠道，但是一旦被发现会有被击毙的风险……

我逃亡的决心就这么无限期搁置着，然后在夜阑人静之际，突然冒出来，让我感到一阵彻骨的孤独。我望望身边的晓虹，我摸摸她熟睡的身体，我发现我已经不能从她那里得到有效的慰藉了。

怎么办？我问自己，也许，这一切都是心造的困境？现实并没有残酷到悬崖的地步？我深深喘息着，然后像是老僧那样闭上眼睛，什么也不想，只愿自己能沉沉睡去。

一天，我下班回家，看到一个留着小胡子的男人总是跟着我，尽管他从不看我一眼，但是我走到哪里都能看到他，包括我去地铁站附近的厕所方便，我都看到他也假装在那里解手。我百分百确定，他在跟踪我。我的胃里翻上来一股酸苦的汁液，我不由打了个嗝，全身都哆嗦了一下。难道我已经被当作特殊人群来对待了吗？可问题是，我是个守法的良民，要处置我，完全可以直接联系我，而没必要这么偷偷摸摸的呀。难道我这个没有身份的人是不好处置的？因为没有任何法理的依据，所以想暗中对我下手？我不寒而栗。

本来，我就觉得自己有种罪犯的心态，现在可好了，变成了真真切切的罪犯。我沿着一些平时都不走的小路往回走，很想甩掉那个尾巴。但我知道那是不可能的，他的跟踪是非常明显的，一点也不加遮掩，就像有一段看不见的绳索系在我和他之间。快到家时，我拐去超市买东西，他也跟了进来。难道就这样让他跟回家吗？那我岂不是跟个傻子一样，知道要被抓了还要主动给别人带路？我走得很慢，想仔细搞清楚我目前的状况。

在超市的收银台前，我的脑子飞速运转着，然后，我下了一个不可思议的决定，那就是“迎难而上”。

此刻，他正站在五米开外的超市门前，像是在等什么人似的，还时不时掏出手机来看看时间。我深呼吸了五次，然后径直朝他走去，我走到他面前停下，然后非常大声地质问他：“你跟踪我做什么？”他像被打蒙了一般，愣住了，一对小眼睛眨巴眨巴看着我，嘴巴翕动着，说不出话来。周围的人诧异地望着我们，我无所顾忌地站在那里。或许，在他为了“国家安全”的一生中还从没遭遇过这样的事情。不按常理出牌的人的确比较讨厌，我也明白的。

"啊，你……"他有些语无伦次，摇摇头，从口袋里掏出了证件，在我面前晃荡着，说，"这是我的证件，看到了吧，我是警察。"

"好，既然你也这么坦率，那我问你，你为什么跟踪我？我有做什么违法乱纪的事情吗？"我逼视着他的眼睛说。

"哼哼，"他的神态已经恢复了警察式的冷漠，他说，"你别再跟我在这里演戏了，你做了什么难道你不清楚？"

我暗自惊心，想着指纹套的事情，难道我没有指纹的事情已经完全败露了，都惊动警察了？我语气缓和了很多，说："我不知道你说的是什么事，你干吗不干脆点说出来呢？我觉得我做的事情没有触犯法律的，我问心无愧。"

"你和丁文飞是什么关系？"他眯着眼睛，突然冷不丁问我。他稀疏的眼睫毛在阳光下呈褐黄色，我不喜欢那样的颜色。

"哦，你是说老丁啊，我们是大学同学。"我故作镇定地说道。我的心跳开始加速，像是赛车冲刺一般，马达声充斥着我的大脑。我的指纹是偷老丁的啊，看来，盗用指纹的事情已经败露了。

"是吗？不止这么简单吧。"

"是很简单，而且现在大家工作都很忙，所以联系都不是太多了。"

"呵呵，我怎么觉得你在欲盖弥彰呢？"

"你怎么这么说话？我说的可都是真话。"

"也不怕告诉你，丁文飞已经被双规了，在接受纪委的调查。"

"啊？双规？"真是想不到。这些年，我只知道老丁混得不错，有些风生水起的意思，已经成为正科级干部了，没想到怎么这么快就被双规了。我想象着他被软禁在某个政府招待所里，全身颤抖地接受着一轮又一轮的问话，那还是我熟悉的老丁吗？大学时代那个纯朴简单的老丁哪里去了？我的耳根开始发热，而且还很痒，我用手挠挠，原来是汗流下来了。

“这跟我有什么关系？”我只能继续强硬下去了。

“有什么关系？哼哼，在他的交代材料里是和你没什么关系，但是，天网恢恢、疏而不漏，你以为你真的能逃脱吗？”

“我不明白你的意思，你干脆直说好了，我顶得住。”

“丁文飞在你那里转移了多少资产，你能直接告诉我吗？你只要说了，我就不再跟踪你了。哈哈！”他把自己给逗笑了，眼皮皱在一起，缩成了两朵枯萎的菊花。他乐不可支，浑身像是筛糠似的抖动着。

“什么？转移资产？没影的事情啊，你在乱说些什么！”我诧异极了。

“哎哟，我觉得你可以上北影的表演系了，你的演技不错嘛。”

“他怎么会转移资产到我这里？我们的关系还没到那种程度。”

“你就继续装吧。”

“真的没装，这个你完全可以调查清楚的嘛。清者自清。”

“好，你既然这么硬，那我问你，你的房子是你自己买的吗？”

我立马想到了当时买房按指纹的事情，我知道这下真的惹了大麻烦了！

老丁啊老丁，当初就觉得你是公务员，用你的指纹才放心，现在看来，我完全想错了，你怎么这么不争气呢！

我现在想想那时老丁满腹的牢骚与不甘，完全明白了今天的局面并非偶然的。他当时的愤怒也许是真诚的，但是当他处在他仇恨者的位置上时，也不可避免地沿袭了那种所作所为。

“怎么？哑巴了？呵呵，你这种人真是不见棺材不落泪。”他放肆地嘲笑起我来了。

“……不是你认为的那样，这里面另有隐情的，你愿意听吗？可能蛮需要耐心的。”我用求助的眼神望着他，我知道我已经无路可走，除了把一切都说出来。至于说出来之后的结果会怎么样，则不是我能预料到的。

“嗯，好吧。”

“那我们去那边的月岛咖啡店坐坐，你听我慢慢跟你说。”

在月岛咖啡店一个靠窗的角落里，我耐心细致地说了我的故事，期间，他多次抓着我的手指看，满脸不可思议的表情。当我说完我的故事后，他连连叹着气，满脸不可思议的表情更为浓厚了，好像我说的这些不是解释，而是设置悬念的刚刚开篇。

他叹了几口气，又喝了几口咖啡后，说：“其实，我已经相信你说的了。”我很高兴，说：“是吗？那就好，那就好……你真的相信吗？”他说：“是的，我相信，我的直觉一向很准的。”我紧张的心有点松弛，我想只要他相信就好了，也许所有的问题总有水落石出的时候。不过，他突然说：“可是……可是光我相信没用啊，你也知道，我们警察办案，更重视证据，尤其是物证。”我几乎要站起来了，但我看看四周，一切还是那么安静，街上的人流还是那么无序、杂乱与拥挤，我瘫在了座位上，头顶着冰冷的墙壁，闭上了眼睛。等我睁开眼睛的时候，他已经离开了，他什么话都没对我说，连个小纸条、名片都没留，像是一阵风。

但我明白，只要他想要找我，很快就能出现在我面前。

我一个人坐在咖啡馆的角落里，像个木头人似的，一动不动，不知道过了多久，我才费力站起身来。我感到头有点眩晕。我挪动着步伐，回到家的时候，晓虹已经做好饭等我了，她见我只是轻描淡写地说：“回来了？”我点了点头，没有说话，我不知道该怎么对她说，我该说些什么呢？我说这个家已经到了毁灭的边缘了吗？她会吃惊的吧，想到她吃惊的样子我竟然还有了一丝快感，或许，吃惊总比漠视要好，我像个孩子，居然还渴望着恶作剧的快感。我把手伸进口袋，在自己大腿上狠狠拧了一把，疼痛立马扩散开来，让我龇牙咧嘴了一下。

“你怎么了？哪里不舒服吗？”我一瞬间的鬼脸被她看到了，她站在厨房门口，严肃认真地问我。

我本想像以前那样应付过去，但转念一想，便斩钉截铁地说：“是的，我很不舒服。”

“怎么回事？”

“晓虹，我们遇见大问题了。”我的嗓音开始抑制不住地颤抖。

“啊？什么问题？”她有些花容失色了，手中拿的一双打鸡蛋的筷子都掉在了地上，筷子头上的蛋清在地上拖了个长长的丝线。

“我们的房子没了。”我脱口而出，有些迫不及待的意思，因为这句话像把刀，在我心里已经搅了很久了。

“好端端的房子怎么会没呢？”她声音也颤抖了起来，像是冬天突然来了。她抬起头来扫视着房间，好像马上要发生地震似的。她的样子令我心碎，那是无辜者的可怜。

我说：“我们先吃饭，吃完饭我慢慢和你说。”

这顿饭吃得太痛苦了，几乎是往食道里塞，第一次感到食物那种干涩的形状从身体内通过，我不得不倒了杯白开水，使劲喝了几口。

吃完饭（也许只能说吃过饭），我们面对面坐着，望着满桌子的剩菜，谁也懒得去收拾。我把今天的事情跟晓虹仔细讲了，我看到她的脸色越来越青黑，直至我讲完后，她趴在桌面上哭了起来。我早已想象过了这样的情景，因此我并不意外，我紧紧咬着牙，暗暗给自己鼓足勇气。也许，真是到了告别的时候了，晓虹只是个普通的女孩子，她并不是我曾以为的人类使者……这样的想法是多么荒诞啊，我离开她，她的生活完全就不同了，从某种意义上说，我害了她，尽管我们有爱，因为爱而结合在一起。

“晓虹，我们离婚吧。”我都不能相信我自己了，我竟然说出口了，我感到我的胸腔里火辣辣地疼。

她抬起眼睛来难以置信地望着我，她肯定没想到我会这么直接，甚至粗暴地说出这样的话来。

“这样你就能解脱了，也许，也许我真的是个怪胎，你应该有正常人的正常生活……”我继续对她说，我哽咽了，说不下去，泪水涌了出来，满脸都是。

“事情没到这样的程度吧？你胡说什么呢？”她惶惶然看着我，像只受伤的兔子。

“这样的程度还不够吗？房子没有了，也许我还要去坐牢……”

“你太悲观了，我们请最好的律师，跟他们打官司，我相信事实总归是事实，没有就是没有。”

“有些事情不是这么简单的，我没有指纹，其实就是这个社会的隐身人，换句话说，我根本是不存在的，是虚无，我怎么和他们打官司啊？”

她抱住我，说：“你怎么能是虚无呢？你看，我现在抱着你呢，感觉到我了吗？”

“我只对你是存在的，所以，我不想连累你。”

“唉……”

“别犹豫了，情况已经很糟了。”

“唉……你让我考虑一下，好不好？”

“好。”其实我听到她说“考虑”这两个字的时候，我的心就已经冰凉了，如果是真爱，根本就没有“考虑”的必要。当然，我这样想是很奇怪的，是我让她考虑的，但是当真的听到她说出口的时候，我又受不了。这也是人之常情吧。我们在一起也很多年了，真爱蒙上了许多世俗的东西，她需要清理那些东西，衡量各方面的诉求（包括感情），也是无可厚非的。我理解。只是我明白了自己的位置，在一个界限的边缘上，这里没有平衡。

当晚，我们没有再交谈什么，因为交谈已经无益，事情已经发生了，重要的是如何去面对，尤其是内心的那份勇气，需要静静地滋生出来，同时，也要将怯懦的脑袋一点点地按下去。这些，都无比艰难，我坐在她的身边，拥住她的肩膀，什么也说不出来。她哭了一会儿，然后把头钻进我怀里，身子微微发抖着。

“我气你，气你为什么会没有指纹。”她低沉地说了这句话。

“我也不想，唉，解脱吧……”

“不过我更气这个社会、这个时代，容得下那么多的杀人犯、抢劫犯与贪官污吏，却容不下你一个没有指纹的小人物。”她哭了起来。

她的话让我感动，我知道她的心底仍然有爱，只是这爱的力气已经快要用尽了。我不能怪她，我要更好地爱她。我还爱她吗？我是因为她可以收留我才爱她，还是爱她这个具具体体的人呢？我自己都糊涂了。

我抚摸着她的头发说：“只要你还和我拴在一起，他们同样也容不下你。”

她没再说话，只是低声饮泣着，她的泪水弄湿了我的胸口，我觉得心更凉了。

不知道过了多久，我们抱得手臂都发麻了，我说我们上床去睡吧，我抱着她向床边走去，我第一次觉得她是如此沉重，我把她轻轻放在床上，然后和衣躺在她身边。不知道过了多久，她先睡着了，她哭累了，我听见她在梦里叹气的声音，我的心碎了。

该何去何从呢？我必须要有自己的选择了。

我大致分析了下情况，最好的情形是，法庭相信了我的说法，撇开我和老丁之间的关系，另外根据“盗用他人身份”对我做出审判，我想，这个量刑应该不会很重。但这个情形的可能性不大，因为有些说不过去，我为什么偷取了老丁的指纹而不是别人的呢？这当然是种巧合，但巧合在法律面前是不足采信的。而且，当法庭面对一个没有指纹的人时，不知道会有些什么举动。我让他们羞耻的同时，自己也感到羞耻。

第二种情形那就是老丁的共犯了，我会在监狱里待着，估计得很多年吧，做苦力，被殴打……过着非人的生活，而且因为没有指纹的缘故，监狱肯定会格外关照我一下的，避免我“危害”社会，监控我一辈子都是非常有可能的。我想象着我刑满释放后，却依然得像假释的犯人一样定期报到，我的人生真的毫无意义。本来清白的我凭什么就这样一生都成了“罪”的化身？

还剩下什么情形呢？呵呵，我突然自顾自苦笑了起来……我想，我应该成为一个真正的逃犯。我以前不就很想逃亡吗？事到如今，成了真正的罪犯了，我怎么还不行动？这个想法激励着我，我感到身体像香烟一样被点燃了。我对自己说，我即使被抓住了（可能性非常大），那也没什么好后悔的，毕竟我试着逃亡过了，而不是麻木地坐以待毙。

我翻身起床，晓虹还在熟睡，她睡得非常沉，也许是恐惧的缘故。据说，巨大的恐惧会开启人体的自动保护机制，而没有什么是比睡眠更能保护人的。在沉睡中，人是安详的，美好的，无虑的，但遗憾的是，人却感觉不到。

她醒来之后将要面对怎样的世界？我已经无暇顾及了，我是个没有未来的人，属于我的，只有现在；一分一秒溜过去的现在，才是我寄身的地方。

我蹑手蹑脚地打开衣柜，开始收拾东西，对一个逃亡的人来说，太多的东西都是浮云了。幸好家里放了些现金，这是我平时取来用的，我还是不习惯用指纹刷卡机，因此现金便是我的必备品。东西收拾好之后，我来到桌前坐下，给晓虹写信，或许，这是我写给她的最后一封信了。我揉皱了好几页纸，都不知道该写什么好。她心里知道的东西我没必要再写，她心里不知道也不在乎的东西，我也没必要写出。不写出便是不存在。千言万语，有时却只是虚妄。于是我提笔在纸上只写了一句话：

“和他们一样忘了我吧，我从没存在过。”

我把纸条放在她的枕边，附身轻轻吻了她的脸颊，我想哭，却怕泪水滴在她的脸上，会惊醒她，因此我忍着哽咽，忍得心口都疼了。然后，我看着她，像是要把她吸进我的眼睛中似的，我的眼睛用力睁着，不知道干涩还是因为别的，泪水一直涌出来。我提着小包慢慢走到门边，轻轻打开门，外面夜色茫茫，几点微光映衬了世界的广大与黑暗。黑暗总是显得无比深邃，我像一枚针扎进了那片黑暗。在黑暗中疾走的我，深深明白世界虽然广大，但留给我的余地并不大，即使是狭窄的缝隙也非常难得了。我一步三回头地走着，并不是因为怀恋，而是看看有没有人跟踪我，他们难道会这么容易让我跑掉吗?

我像老鼠一样流窜着，想着万一被抓住应该怎么办，突然，在走过一家已经收档的菜市场时，我想到了一个办法，残酷却有效。啊，啊，我要是早想到这个就好了!! 办法很简单，就是我应该剁掉自己没有指纹的双手，对，剁掉，丢弃，然后去医院移植一对死人的手，那样，我不就有指纹了吗? 尽管现在手的移植手术还并不完全成熟，移植后的手有很多问题，但解决那样的具体医学问题可比我现在的问题容易多了!

可惜的是，现在有些晚了……晚了，可我不能完全放弃活下去的希望啊，或许，我会在逃亡的途中经历一场毁灭的车祸……

是的，我从没存在过，但却复活了一个早已死去的人。

载《山花》2011年第6期

暗中发光的身体

他无法持续阅读了。坚持了十分钟后，他放弃了。他想到了哥哥，太惨了，他不敢仔细去回忆哥哥的样子，准确地说，是哥哥死亡的样子。哥哥三个月前出车祸死掉了，哥哥的脑袋撞在了挡风玻璃上，整个脸骨都碎掉了，鼻子完全没有了，他不敢相信那就是他的哥哥，他觉得那具身体可以是任何一个人，但不会是他的哥哥。他敬重和依赖的哥哥突然就这么消失了，变成了一个陌生人，一个陌生人的尸体。正是因为这种奇异的感觉，他只是随着众人一起去了一次公墓，就再也没去过，假使以后还要去的话，那也是和大家一起去，去履行一种义务的吧。

手中捧着的书还是不错的，那种文字的质地是他所喜欢的，节奏也很缓慢。他不喜欢太匆忙的句子，它们像人生一样太快了，不能在一个尖锐的地方停顿太久。好的文字不应该是这样子的。但是，他现在希望快，希望有某种加速度把自己甩出去，越远越好。如果速度比光还快，那么就能看到过去的事情了。

他把书合上，狠狠摔在了桌面上，他本不大喜欢阅读，他喜欢的是写作，不停地写，好像要把自己交出去似的。但他总是希望别人能看看他写的东西，这样一来，他出于同情的理解也得阅读下别人的书了，看看和他做着同样事情的人们都写了些什么东西，自己的东西还有没有写的必要。这样做的结果是沮丧的，他发现自己写的大部分东西都已经被写过了，他所能写的只有百分之一的空间。百分之一的空间，有时候文字就像憋在老鼠笼里一样难受。尤其是哥哥的消失，让他觉得文字的倾泻只是加速了哥哥的消失过程而已，但是这些关于哥哥的文字其实和哥哥半点关系都没有。

空虚袭来，他有些手足无措。没事干的时候，他就想起孟晓雪了，有她在起码可以在床上运动一番，暂时忘记世界的荒凉。他和孟晓雪谈了两年多的恋爱了，差不多已经到了谈婚论嫁的地步，可能正因为如此，他反而经常想不起她来，不知道是刻意的遗忘，还是由于过于熟悉所带来的疲倦与懈怠。当然，哥哥的消失，让他更是经常想不起自己还有个贤良淑德的女朋友，他曾想抱着她好好哭上一场，但怕吓坏她了，她是个娇小柔弱的女孩子，不能给他腿骨一般有力的安慰与支撑。

天气闷热，为了摆脱不良情绪，他去洗了个澡。水很温暖，像是手指的抚摸，提醒着他的存在，他觉得有一种诱惑笼罩了他，下面的东西站了起来。他满是沐浴液的手握住了，弄了没一会儿，射出来了，他的皮肤骤然觉得寒冷了，毛孔都耸立了起来，快感稀薄得像一层很快消散的雾。他喘着气，心中装满了难以排解的懊恼，懊恼快感的作用和毒品毫无二致，它们所带来的并非快乐，而是对痛苦的逃避。自渎的快感更是虚空中的虚空。

他打电话给孟晓雪："你什么时候下班回来？"

孟晓雪说："我已经到楼下了，你来接我一下吧，我提了好多菜。"

他挂了电话，身体的疲惫令他一阵沮丧，他磨磨蹭蹭穿好衣服，走到楼下，看到孟晓雪两手提着菜，静静地站在那里，执着地等他。他说："你就不能慢慢往回走，我们不就中途相遇了吗？"孟晓雪说："那样岂不是便宜你了？"他说："你不用计算得那么精确吧。"孟晓雪说："你是男人，你现在是和我计算呢。"他不再说话了，接过她手中的菜往楼上走去。他们住在六楼，说高不高，说低也不低，是个很尴尬的楼层。他看着孟晓雪扭动的腰肢，说："回去我们那个吧。"孟晓雪说："你小点声，让别人听见了。"他说："怕什么。"进了房门，他刚一放下菜，转身就把孟晓雪抱住了，但孟晓雪说："累死我了，我出了一身汗，你让我洗个澡。"他的手松了，孟晓雪喘着气，钻到卫生间里把门锁住了。

他坐在沙发上等，他并不是性饥渴，刚才的自渎让他的身子还处在一种慵懒的状态，他那么急着渴望孟晓雪，只是因为他心中寻找着一种东西，到底是什么东西呢？某种无法满足的欲求还是一种绚烂的色彩？嗯，绚烂的色彩，他不知道自己怎么会想到这个的，的确很美，但太抽象了。这时候，他的手机响了，他一看，是嫂子打过来的，这是哥哥离开后，嫂子主动给他打的第一个电话，他赶紧接了，说："嫂子，你最近一切都好吗？"嫂子没有回应他的问候，而是直入主题，没有任何客套地说："我每天都去看你哥，但我从来都没见过你，我就想问问。"嫂子的声音很平淡，听不出什么悲戚，他突然感到紧张了，他不知道该怎么解释他的感受，他有些磕巴地说："嫂子，我真的，也很难过，哪天我去看望你，我想和你好好聊聊。"嫂子没有再多说什么，只是说："好。"就挂断了。

孟晓雪洗完澡出来，他把她扔到床上，压了上去，孟晓雪惊叫着，但并没有抗拒他。他刚射过一次，这次弄得特别久，孟晓雪都忍不住说："你今天哪里不大对劲，这么久，是不是吃药了？"他正努力寻找着快感，但感到下身的勃起像是一股冰冷的能量，需要耗费巨大的力气。他看到孟晓雪半是玩笑半是认真的样子，他闭上了眼睛，说：“你不是就喜欢久吗？今天就久点好了。”他觉得孟晓雪在性方面不够放得开，但是他也问过自己：你喜欢放荡的女人吗？似乎也难以接受。他只是不满足，也不知道怎么才能喂饱那样的满足。现在，他把注意力全部放在一点，放在孟晓雪的内部，气喘吁吁地驱动着自己的身体，汗从鼻尖和下巴流了下来，掉在了孟晓雪的胸口上，像是融化的积雪。终于，快感像风一样一晃而过，他的全身瘫软了,要追寻的东西就是这种如风的错觉吗？他喘着气，觉得终于结束了，时间再久还是免不了要结束的。

他躺在那里，看到孟晓雪的身体像是蒙着白纱的日光灯似的，仿佛有光从里面漏出来。很奇怪，他第一次觉得那光有些刺眼，要在以往，他是非常迷恋这白光的，他觉得他对孟晓雪的爱就是由这白光不断滋养着的。但是现在，哥哥总待在他脑海中的某处，像是一团挥之不去的黑暗。哥哥的身体就像一盏破碎的灯，而孟晓雪的身体之灯恰好强烈提醒着哥哥那盏熄灭的灯，他的嗓子顿生干涩，他咳嗽着，对孟晓雪说：“亲爱的，快把衣服穿上吧，别着凉了。”孟晓雪说：“嘿，第一次听你叫我亲爱的。”他说：“那我以前叫你什么？”孟晓雪想了想说：“你直呼我的大名呗。”他拿了衣服放在她的身上说：“你要是喜欢，我以后都叫你亲爱的，只是你现在要穿上衣服。晚上吃什么？”孟晓雪穿着衣服说：“红烧排骨。”

等到孟晓雪穿好衣服，收拾好床铺，他说：“对了，刚才嫂子来电话了。”

“哦？她现在精神状况怎么样？”

“听不出来，但这样好像更危险，对吗？”他拿出手机来，看了看刚才嫂子来电话的时间。

“也许吧，那怎么办？”孟晓雪站在床边，双腿细长，显得很孤独。

"我想看看她去。"

"应该的，你打算什么时候去？我也去吗？"

"我自己去吧，等会吃完饭我去看看她。"

他把手机装进口袋，他本想再给嫂子打个电话的，但他一瞬间就下了决定：今天就去看望嫂子，而不是改天。他觉得他想见到她的心情是如此迫切，甚至都等不到吃完饭了。他自己都无法理解这股突如其来的情绪，更没法对孟晓雪说清楚了。难道是因为他不去哥哥的墓，从而感到了某种负疚？还是和嫂子在一起能更好地感受到哥哥的存在？或许，也只是为了关心下嫂子的近况？说不清楚，他一个人坐在客厅里，外面天彻底黑了，他连电视也没开，就待在黑暗里，听着孟晓雪在厨房里发出的各种热闹声音。

孟晓雪做好饭菜，才发现他一个人待在黑暗里，但她没有说什么。他太了解她了，她的心是柔软和善良的，她只是拙于表达罢了。她轻声说："来，吃饭了。"

他吃得很快，几乎是在跟什么人比赛。他小时候经常和哥哥比赛吃饭，两个人的腮帮子都像大象脸一样鼓鼓的，嘴边挂满了饭粒，每次哥哥都先吃完，但哥哥仍旧把碗扣在脸上，用筷子使劲扒拉着，好像还有很多饭没吃完，直到他吃完了，哥哥才说："我们吃得一样快。"他感到很高兴，觉得吃饭不但很香，而且很快乐。他从来都没把这些告诉过孟晓雪，以前觉得这是些微不足道的琐事，但现在却觉得这是像生命一样珍贵的记忆，告诉她这些，只会让大家更难受。他不想以后吃饭的时候，两个人想起这些东西来一起难受。没必要。真的没必要。

他吃完饭，看到孟晓雪的碗里还有半碗饭，他说："你吃饭总是这么慢。"孟晓雪说："我都快吃饱了，没什么胃口。"他看了看桌上的菜，说："嫂子爱吃排骨，要不把剩下的这些给她带去吧？"孟晓雪看了他一眼，说："你等着，我给你拿饭盒去。"孟晓雪把排骨和米饭整整齐齐地放在了饭盒里边，看起来非常赏心悦目。他提着饭盒往外走，笑着说："亲爱的，那我走了。"孟晓雪站在饭桌前，端着半碗剩下的饭，朝他笑了笑。不知道怎么回事，自从哥哥消失后，他觉得每次只要认真看看孟晓雪，就会感到她很孤独。她为什么会孤独呢？或许那种孤独是自己身上反射过去的吧。也就是说，他更孤独，他觉得自己孤独极了。孤独像是气球一样在他的小世界里面膨胀起来，把所有的东西都推远了，包括孟晓雪。他一个人站在气球的中央，什么也摸不到。这种感觉在深夜浮现的时候，他认为自己生不如死，因为那一刻他实在恐慌极了。

路上依旧车流滚滚，他好不容易才拦到了一辆的士，他钻进车里，把饭盒小心地提在手上，一直提到嫂子楼下。他不曾把饭盒放在身边的空位子上，他觉得座位都是脏的。

嫂子应该在家的，他有这个把握。他走进小区，觉得里边更大了，尤其是人造小湖简直大得没道理了，在上面划船都没问题。哥哥总是比他出色，哥哥赚的钱多，住的房子好，不像他，还住在没有小区的楼梯楼里。当然，要不是哥哥的赞助，他连楼梯楼都住不起，他应该会逃回乡下老家去，和老爹老妈住在一起。哥哥的死讯，还没有告诉家人，因为老妈的腹腔里长了个动脉瘤，精神上的波动与刺激随时会要了她的命。人的身体脆弱得像器皿一般，但他不确定这器皿到底盛着什么东西。

他乘电梯到了十六楼，哥哥家就在1608房，这个数字是哥哥亲自挑选的，认为非常吉利，生活会很和顺，事业会很发达，但是看来这数字什么也不是，或者说，这数字看上去像是一种欺骗。他用力按了按门铃，他难以想象嫂子一个人是怎么待在这个空荡荡的房子里的。这么长时间了，他没来看过嫂子，因为他怕进到这个房子里边去，因为，这个房子里再也不会有哥哥的身影了。他在心中，一直拒绝承认这点。好像他不来，哥哥就会在这房子里好好生活着似的。

门铃的声音很大，在外边都能听见。响了很久，都没人来开门。他没有放弃，一遍又一遍地按着，他觉得嫂子就在房间里，他感觉得到，他觉得自己像是有了第六感的巫师一般。不知道过了多久，就在他快要放弃的时候，他的坚持有了回报，门开了，嫂子面无血色的脸出现在门缝里，不过奇怪的是，她的眼睛很明亮，像是一只百灵鸟，她说："没想到是你。"他努力笑了笑，说："嫂子，我来看看你，你应该还没吃饭吧？"嫂子把门缝扩大了一些，他钻了进去，嫂子马上把门关上了，好像害怕有什么人闯进来似的。嫂子穿着睡衣，领口很低，他只是觉得嫂子会感到冷吧。他说："嫂子，你要不披上件衣服？"嫂子说："没事，我不冷。"他在各个房间里随意走了走，忍着心里的难受。他看到嫂子的脏衣服扔得到处都是，他想，或许可以叫孟晓雪过来帮嫂子洗洗衣服。

嫂子坐到沙发上，呆呆地望着眼前的电视，可那电视根本就是关着的。他捡起茶几上的遥控器，打开了电视，正好是体育频道，热烈的足球赛正在白热化地进行着，嫂子说："关了吧，吵得很。"他只好关了，犹豫着问："嫂子，你，你最近都在干什么？"嫂子说："白天和你哥待在一起，晚上就回来睡觉。"他叹口气说："你刚回来？"嫂子用双手捂住脸说："对。"他突然想到手中的饭盒，他居然还提在手上呢，嫂子对此也是视而不见。他问："你还没吃饭吧？我给你带饭了。"说着，他就钻进厨房忙碌起来，把饭盒放到微波炉去加热。嫂子坐在那里，一动不动，任由他在那里折腾，他做起家务来总是笨手笨脚的。以前只要他来，嫂子总会忙前忙后给他弄些吃的，他和哥哥就坐在沙发上聊天看电视，哥哥不止一次对他说："你以后找老婆就要找你嫂子这样的。"后来他认识了孟晓雪，哥哥说："这个女孩不错，好好对人家。"从那天起，他就打定主意要和孟晓雪结婚了。

他把热好的饭端了出去，嫂子却不在沙发上了，他四处看了看，找不到嫂子的身影。他叫："嫂子！""哎。"嫂子原来到阳台上去了，他把饭盒放在茶几上，走到阳台上去看嫂子在干什么。不知道什么时候阳台上摆放了三个大花盆，他不知道名字的植物伸展着巨大的绿色叶片，在夜晚闪着油亮的光，像是塑料制成的一般。嫂子蹲在花盆面前，用手掐着叶片，他以为她是在掐去坏掉的地方，但仔细一看，那些地方都是好的，嫂子只是用指甲抠着叶片，一点一点抠下来，在指间揉碎。她的指甲都变成绿色的了，地上更是铺满了绿色的碎渣。他本想劝阻嫂子的，但他却蹲了下来，也抠了一块叶片，在指间搓揉着，这是一种什么样的感觉？说不上来。只觉得植物的汁液是如此的冰凉，像是流失的血液一般，让人感到片刻的宁静。

"我辞职了。"嫂子平静地说。

"啊？……那你接下来有什么打算？"他抠了一片更大的叶片，使劲搓揉着。这么大的事情他居然才知道，他觉得自己没有照顾好嫂子，心里很难受，呼吸都拥挤着，急促了，像要从肺叶里跳出来似的。

"不知道，没什么打算，"嫂子说，"工作以后还可以找的。"

"嗯，你原来的工作也太忙了，是该好好休息下。"他顺着话茬说。

"忙什么啊，工资也不高，都是靠你哥养着。"嫂子是实话实说。

他听了，心中又是一阵刺痛，说："要不让孟晓雪搬过来和你住吧？让她给你做个伴，可以聊聊天什么的。"

“不用了，那样我会更难受。”

“为什么？”

“因为那反而是一种提醒。”

“……那算了。”

嫂子突然问：“明天你有空吗？”

他抬头看着嫂子，嫂子的眼神中有种急切的期待，他不容置疑地说：“有。”

嫂子说：“那明天和我一起去看你哥吧。”

“好。”他答应得很干脆。

他回到家很晚，孟晓雪已经睡了。他蹑手蹑脚地脱衣服，像蛇一样钻进了被窝里。他闭上眼睛，脑海里全是嫂子的身影，嫂子像是安静的鬼魅一般，待在他的意识深处，揉搓着绿色的叶片。他答应嫂子明天去看哥哥，其实明天他不但要上班，而且还得抽时间陪孟晓雪去挑结婚戒指，她和他说了很多次了。哥哥已经走了百日，活着的人该干什么还得干什么，因此他答应了孟晓雪，明天，就在明天去选戒指，要选一款她最爱的款式。但是，看来明天又要让她失望了。

时间总是有的，明天不行就后天吧，他想。他的思绪又飘到了今天晚上，嫂子后来吃了他带去的饭，她吃得很慢，几乎用了一个小时，才把排骨和米饭吃完。他问嫂子最近都怎么吃饭，嫂子含糊其词地说哪里没有吃饭的地方啊，在他看来，嫂子估计已经有很多天没有正正规规吃饭了。她敞开的领口下边锁骨像栅栏一样顶了出来，她也没有戴文胸，两个尖尖的乳头刺在睡衣里面，像是非常尖锐的金属。哥哥告诉过他，嫂子曾流过一次产，他想到了那个孩子，好像这乳房就在召唤着那个孩子。但世界的现实是：不仅那孩子消失了，现在就连哥哥也消失了。哥哥在这个世界上什么也没留下，除了嫂子这对刺向虚无的乳头。

一时睡不着觉，他翻了好几次身，孟晓雪好像感觉到他的动静了，她转身挪了过来，把整个身子都塞进他的怀里了。孟晓雪一直喜欢裸睡，她光滑的皮肤让他有一种安详的欲念，他伸手缓缓抚摸着她，她的身体温暖，不，不止温暖了，尤其是她的腹部和胸前，简直有些滚烫了，他的手都快被那热量给融化了。这就是活着的能量吧，不断地散发出热量，就像一个微型的太阳，而死去的人，就变成了宇宙中冷寂的熵。

嫂子的身体摸起来还有这样的热量吗？这个突如其来的想法，让他暗自惊心，他并不是怀着欲望去想嫂子的，但是这样的想法似乎有着一种天然的冒犯。嫂子现在睡了吗？还是坐在黑暗中，继续抠下绿色的叶片？她还活着，但是她所散发出来的气息都是冷寂的，似乎她的身体不再有温度，就和植物一样。他真想帮帮嫂子，帮她回到这个世界中来，这也是他能为哥哥做的最后的事情了。

第二天，他和嫂子去看哥哥了。他没敢把这事告诉孟晓雪，偷偷请了假，就坐车去公墓了。他到的时候，嫂子已经坐在哥哥墓前了，她戴着墨镜，围着一条鲜红色的纱巾，穿着黑色的连衣裙，像是还没燃烧完全的灰烬，在灰色的墓园里扎眼得很。他走过去，觉得一切很陌生了，水泥的墓碑显得很粗糙，后边的墓身很小，那里边放着哥哥的骨灰，那罐东西令人作呕，比那具陌生人的尸体更让人不知所措。这些灰烬和哥哥有关系吗？什么关系也没有了，还没有脑海中的记忆更能抵达哥哥。

“你说我以后天天都来好不好？”嫂子一见面没有任何多余的话，提出的问题异常残酷，像是一个偏执狂。

“你不是已经天天都来了吗？”

“我是说，以后也这样。”

“嫂子，怎么说呢，你如果来这里，心里能舒服一些的话，那就来吧。”

“我不是为了自己舒服，我是觉得你哥太孤独了，我要来陪他。”

“天堂里有人陪他。”他小心翼翼地说。

“没有什么天堂。”她指了指自己的心口，缓缓说，“我要是不记得他，他就没有了，就像世上从没他这个人一样。”

他说：“不会的，因为他也在我心里。”

嫂子说：“不，你那里的只是部分的他，而我心里的是整个的他，完整的他。”

他沉默了，他不想和嫂子争论这个，而且嫂子说的在很大程度上也是对的吧，一个男人和一个女人在一起，才能展现出全部的自我，而他只是哥哥的弟弟，是血缘把他们紧紧绑在了一起，这是前定的关系，他无法改变，假如没有这层关系，他会和哥哥成为朋友吗？或许不能了吧。不过，话又说回来，世上是没有“假如”的，而血缘关系是所有关系中最牢靠的，人的身体都有一套精细的密码，他与哥哥的身体密码肯定是最为接近的。

哥哥的墓前很干净，没有什么祭奠过的痕迹，就连鲜花也没有。他说：“应该买点鲜花摆在这里。”

嫂子说：“鲜花会枯萎的，何必呢。”

他的心揪了一下，说：“没什么会永恒的啊。”

本来是阴阴的天气，现在突然放晴了，太阳出来了，照在脸上火辣辣的。墓碑在阳光下更加凸显了粗糙的质地，并且在地面上留下了一道长长的影子，像是一个人躺在那里。嫂子走进了那道阴影当中，双手扶在墓碑上，说：“文字会永恒的吧？你不是写作吗？你会写写你哥哥吗？”他说：“当然，我会写写哥哥的。”他的语气没有那么坚定，倒不是他写不出来，而是他对他写出来的东西也没有太大把握。他看过太多的悼念文章，人们的文字上面总是覆盖了过于厚重的主观意识，他心目中的文字应该是让逝者返老还童，渐渐生长起来，活起来，就像那些伟大的小说一样，比如罗曼·罗兰的《约翰·克利斯朵夫》似的，流淌出一个人漫长的生与死。

嫂子定定看着他，说："你一定要写，要不是我能力的问题，我也要写的。"

他看着嫂子，她的脸在阳光下有了动人的红润，风弄乱了她的头发，她也不去捋捋，只是看着远处的山峦，那种痴迷于什么的样子，仿佛在无限接近一种圣洁的境界。

他有些吭吭巴巴地说："……我写的话，可以问你一些哥哥的细节吗？"

"当然，你当然可以问，问什么都可以。"嫂子的神情连一丝波动都没有。

嫂子这样说，让他更是没什么信心了，知道再多的细节，就一定能复原出哥哥来吗？嫂子似乎看出了他的犹豫，说："你别想太多了，尽力去做就好了，尤其是很多的细节，需要写下来，因为我怕我到时老了记不清了。"他用力点着头，视线从嫂子胸前掠过，看到那对顶起的乳房，想到了昨晚的胡思乱想，心里慌乱了起来。他看了看哥哥的墓碑，像是哥哥变成的一般，呆呆立在那里，它看到嫂子的身体还会有什么样的想法呢？那真是一个尽管活着却失去了温度的身体吗？

中午他们一起去外面的快餐店吃饭，他点了两碗鸭血粉丝汤，嫂子把筷子戳进碗里搅拌着，凝固的鸭血像是豆腐渣一样散开，汤变得浑浊不堪，他一点胃口也没有。嫂子说："你哥在事业工作上的事情，你肯定都知道的，但你知道吗，你哥曾经自杀过？""自杀过?！我真的不知道。”他看到碗里的鸭血，感到了恐怖，恐怖又带来了轻度的恶心。嫂子说：“其实就在那场车祸的半年前，有一晚他告诉我，他觉得活着很乏味，还不如死了算了，我听他这样讲，还以为他工作上出什么事了，就赶紧问他，可他说不是的，工作事业都挺好的，就是觉得乏味。我当时很生气，骂他，乏味就要死吗？那全世界的人都不用活了。”

“然后呢？”他问。

嫂子的眼眶湿了，哽咽在那里，说不下去了。过了一会儿，她又开始说了：“第二天，我下班回家，发现他已经回来了，这是比较反常的，你也知道，他的事情比较多。我问他你今天怎么了，他说他很困，想早点回来好好休息下。我就让他上床睡觉，我去厨房做饭，等会正好一起吃饭。可是等我做好饭去叫他，却怎么也叫不醒他，我赶紧叫救护车，医生检查后说他服用了大量的安眠药，如果再晚来就没命了。”

“他吃安眠药自杀?！真是想不到，他从来没对我说过，而且他那么乐观的人，怎么会有这样的想法呢？真是很奇怪。他到底为什么呢？”他突然觉得哥哥的身影陌生起来，尤其是印象中哥哥那温暖的笑容都变得忧伤，好像在刻意掩饰着什么。

“他在医院里进行了全身体检，是我坚持的。他洗胃醒来后就说要回家，我说不行，一定要进行全身体检，他还朝我发火，我说那我现在打电话给你弟弟了，他才安静下来，说有件事让我永远都不要告诉你。”嫂子看着他的眼睛，她的眼神闪烁着泪光，含义复杂，难以索解。她丢下筷子，不吃了。

“是什么事啊？”哥哥说不要告诉他，他却更加迫切地想知道了。

嫂子哭了起来，说：“原来他得了癌症，他早都知道了。”

“啊?！不会吧！”

“是真的。”

“什么癌？”他的声音在颤抖。

“前列腺癌。”

“那不是老年人才得的病吗?!”他觉得心里塞满了冰块，冷得到了疼的地步。他为哥哥感到伤心，好像哥哥还活着，还要承受这病痛似的。

“你哥觉得害怕，也觉得羞耻，或许这就是他要自杀的原因。”嫂子撕扯着一片纸巾说。

“如果是早期的话，应该是可以治疗的啊。”

“是晚期了，他已经有血尿了。”

他管不住自己的泪腺，眼泪决堤而出。他还是不理解自己的伤心，因为哥哥既然已经死了，那么他生前的这些事情还重要吗？在死亡的终点上，任何的死亡形式是没有本质的区别的。

他哽咽着说：“我每次见到哥哥，他的气色看起来都很好啊，看不出有得病的迹象。”

嫂子说：“他没有采取任何的治疗，和以前一样，该吃就吃，该睡就睡，他说最后的这段路想走得舒坦一些，我同意了。”

“他的车祸和病有关系吗？我的意思是,那不会是他的又一次……”

“没有关系，车祸的主要责任人是对方，不过，这样死去，他肯定是高兴的，要不然他不知道还要忍受多久的折磨。”

“你真的确定吗？”

“我确定，他后来总对我说，想活下去。”

他回到家的时候，孟晓雪已经做好饭等他了。他不知道该和她说些什么，他不想再和她谈论哥哥，但他现在满脑子都是哥哥，哥哥的病痛，哥哥的自杀，哥哥的车祸，这些要命的东西在他的脑袋里翻腾着。他只能紧闭嘴巴，把那些东西关在体内。

“今天上班没什么事吧？”孟晓雪小心翼翼地问道，她不是一个有很多话说的女人，但是当他的话题正对她的胃口的时候，她也会变得滔滔不绝，甚至还变得兴奋起来。他就是这样追求她的，想着她的心思，顺着她的话，得到了她的心。但是眼下，他感到疲倦，他不想去迎合她，他轻描淡写地说：

“没什么事。”

“那不是说好去看戒指的吗？我等了你一天，你也没给我来电话，还以为你很忙呢。”孟晓雪坐直了身子望着他。

“呃，是没什么事，但是又走不开，领导给我们开座谈会，一个个要发言的。”他的谎言脱口而出，为了掩饰自己的不安，大口大口吃着饭，说，“好饿，你做的菜真好吃。”

看他这个样子，孟晓雪有些无奈，只得换了个话题：“你还没跟我说你嫂子的情况呢，她现在怎么样？情绪稳定了没有？”

“她的情绪一直很稳定，比我还稳定，她天天去我哥墓前，和我哥说话呢。”他很想和她说说哥哥得病的事情，但他忍住了，说出来，他会觉得更加憋得慌，因为说出来并不像打开鸟笼放出鸟一般，鸟可以飞走，但事情不会。

“唉，你嫂子太可怜了，我去陪她吧，你和她说了吗？”孟晓雪的心软了，不再生他的气了。

“说了，但她不愿意，她说那样反而提醒了她。”

“提醒了她？”孟晓雪的眼睛一下子睁大了，单纯得令他心疼。

“就像你围绕着一个病人关心来关心去，其实是时时刻刻提醒着他得病的现实。”

“难道她还不能面对现实吗？”

“总有个过程的吧。”

“已经过去挺久了。”

“再给她一些时间吧。”他握住她的手，安慰着她，好像她像嫂子一样需要安慰。

吃完饭，他打开电脑，准备写点东西，写点有关哥哥的东西。嫂子今天已经跟他说了好几次，他不能再拖了，他必须写点什么。面对打开的空白文档，他突然觉得沉重极了，要写一篇悼念的文字吗？比如《回忆我的哥哥》？他知道，只要他认真去写，一定会写得动人，因为回忆逝者的文字是最容易打动人的，人们对于逝者总是怀着无限的悲悯之心。但是他需要的是那样的文字吗？或许不妨说，哥哥需要的是那样的文字吗？好像不论他还是哥哥都不需要，他和哥哥需要的是另外一种东西，一种活着的时候隐藏在冰层之下的东西，他想找到那样的东西。他走出书房，对洗完碗筷的孟晓雪说：“嫂子让我写点有关哥哥的文字，你有什么建议吗？”孟晓雪往手上涂抹着润手霜说：“你第一次问我对你写作的建议，我还真的想不到什么，你和你哥那么熟，想写还不容易吗？”他摇摇头说：“我想，我熟悉的哥哥并不是哥哥本人，或者说只是他的一部分，我现在才发现我很不了解他。”孟晓雪说：“如果连你都说不了解你哥，那么其他人就更不能了解了。”他叹口气说：“还是嫂子更了解哥哥，人们在爱情的关系中才有着最真实的自我。”孟晓雪说：“那我看到的你就是最真实的你了吧？”他在她脸上亲了一口，说：“那当然。”

他还是试着写了一篇回忆性的文字，很多细节扑面而来，他难过地哭了起来，他用这些细节塑造着哥哥，就像雕塑家一点点地在岩石上凿刻出事物的形象。他想到了很多著名的悼念文章，尽管哥哥不能和那些伟人相提并论，但是对他这个个体而言，哥哥却是有血有肉的存在，也是他存在的一部分。他写好文章，拿给孟晓雪看了，孟晓雪看着看着抽噎了起来，说：“唉，真没想到你和你哥之间的感情有这么深。”他摸着孟晓雪的头发，说：“难道你以前不觉得吗？”孟晓雪说：“以前我不了解你们的过去，现在才知道很多事情，原来哥哥为了你上大学，自己放弃了高考的机会，后来在工作中自考了本科，又单枪匹马去创业，他真是太伟大了。”他说：“是啊，没有哥哥，就没有今天的我，我对他的感激是无法用语言全部表达出来的。”

“你这篇文章是要拿去发表吗？”孟晓雪把头全部塞进了他的怀里，他又感到了热，那种生命的热流，温暖着他的脏腑。

“不，我觉得发表这样的文章哥哥肯定会不高兴的吧。”他知道哥哥一辈子最烦抛头露面，而在这篇文章中，他成了舞台上唯一的演员，一场独角戏。

“那你写这篇文章就是为了抒发自己心里的难受？”孟晓雪继续追问。

他犹豫了一下子，还是说了：“不是的，我个人并不喜欢这样的抒发，我喜欢的是有关哥哥的记忆在脑海中混沌一团的感觉，那样更真实，写出来反而被限制住了。说实话，我是为了嫂子才写的，她让我写的。”

孟晓雪的头从他的怀里挣脱出来了，她抬头看着他，像是他在骗她似的。他加重语气，说：“真的，嫂子让我写的。”

“我不是这个意思，”孟晓雪有些吭吭巴巴地说，“自从哥哥走后，我觉得嫂子变得越来越古怪了，我有点怕她，我给她打电话，她也不怎么说话，只要我不说话，她就可以长时间沉默在那里，好像已经忘了还有人和她打电话似的。”

他问：“你每次和她说些什么？”

孟晓雪说：“我每次就安慰她啊，希望她能早点走出来。”

他笑了笑，说：“你这样说，她自然和你没话说了，我看她是不打算走出来了。”

“啊？那怎么行，带她去看心理医生吧？”孟晓雪的嘴巴张得大大的，孩子气十足。

“嫂子正常着呢，她只是太爱哥哥了，她想走进哥哥的深处就让她去走好了，或许正像哲人说的：向上的路和向下的路是同一条路。”他尽量说得平静自然，像是本来如此一般。

孟晓雪摇着头，眼睛看了他一下又跳开了，像是手指碰到了炙热的铁板上，她低声说：“你说话越来越玄了，我是听不明白了。”

他苦涩地笑着说：“不明白最好了，只要嫂子能健康地活着，比什么都好。”

“嗯，那当然。”

他和孟晓雪又做爱了，这次是孟晓雪主动的。他们上床睡觉，他抱着孟晓雪的身体，那股子热烘烘的感觉让他觉得安全极了，那是一种能渗到他骨子里的安全感。他像上个晚上一样，缓缓抚摸着她，感受着她，心里宁静得像冬日正午的阳光。孟晓雪的身体越来越烫，她撒着娇，趴到了他的身上，说：“你好坏。”他还没反应过来，还沉浸在自己的情绪之中，当他反应过来的时候，他笑了，他说：“你总是热乎乎的，像热水袋。”“讨厌！”孟晓雪在他的脖子上咬了一口，像是一头母狼。他进入她的时候，快被熔化了，他真想说句：活着真好，不过，他庆幸自己忍住了，没说出口。

第二天他上班的时候，嫂子来电话了，问他文章的事情。他说：“我写好了，用电子邮件发给你吧？”嫂子说：“你打印给我吧，家里不能上网。”他说：“以前不是都可以上的吗？”嫂子说：“我没交网费，也不打算交了。”看来，嫂子是要彻底地把自己封闭起来了。

他把打印好的文章装进文件袋里，这种感觉很奇妙，像是去找领导汇报工作，心里七上八下的。嫂子这个时候肯定在家，他借口有事，从办公室溜了出来。他已经知道了嫂子的生活规律，上午去公墓，下午在家冥想，晚上会到外面走走，在城市的各个角落游魂似的瞎逛。她不和任何人说话，就连他，现在最亲近的人，也只是简单的只言片语。他坚持每天给她发短信，随时知道她的动态，但大多数时候她是不加理会的。他不知道该怎么劝慰她了，他也不敢和其他人说，尤其是孟晓雪，他甚至觉得，嫂子只要还活着就好，如果去限制她，或许她反而会变得更加糟糕。

他掏出钥匙打开门，是嫂子给他的钥匙，她告诉他随时都可以过来。他接受了，他真的怕哪天嫂子倒在屋子里，没有人知道。嫂子穿着粉红色的睡衣，整个人蜷缩在沙发上，窗帘也没有拉开，室内阴森森的，像是恐怖片里的鬼屋，他觉得自己应该感到害怕，但他没有，这种阴森能够让他不断地想起哥哥，好像哥哥变成了这种看不见摸不着的阴森，而他现在只是待在哥哥的里边，这样的想法，让他反而喜欢上了这里的阴森。嫂子应该也是这样的感觉吧，他没有问，对不可言说的还是保持沉默为好。

他把打印稿递给嫂子，嫂子伸手接了，手指干枯得像是树枝，她越来越瘦了，眼睛却越来越有神，在阴森的室内闪着灼灼的光泽。她每天吃很少的东西，仅仅是为了维持生命，她也不吸烟不喝酒，一直保持着清醒的状态。其实，他倒宁愿她吸烟喝酒，那样的颓废给人感觉总是会有结束的一天的，不像现在，她的时间像是停止了，她活在时间之外。

嫂子在昏黑中看着他的稿子，他说："开灯吧？"嫂子从稿纸上方幽怨地看了他一眼，他就老老实实坐在那里，不动了。嫂子看完了，她的语调很尖细，说："你是要拿去发表的吗？"怎么和孟晓雪说得一样？不过，他知道嫂子这样说是讽刺他的，他低声问："嫂子，你怎么会这么说？不满意吗？"嫂子不说话，薄薄的嘴唇紧闭着，眼睛在昏暗中过于明亮，像是有一束光线从那里透露出来了似的。他被嫂子的眼神给烫到了，他低头说："我不是写去发表的，我是专门写给你看的。"嫂子叹口气，盯着半空中的某处说："不好意思，这不是我需要的文字，我需要的文字是可以穿透黑暗，到达你哥哥那里的。"

他听嫂子这么说，脊背起了一阵鸡皮疙瘩，他惶惶然说："那样的文字我可写不出来，要能写出来，那样我岂不是成了巫师了？"嫂子笑了起来，她太过憔悴了，笑声都变得苍老不堪了，那笑声里边没有一丝快乐的成分，她说："对，你说得很对，就是巫师，我需要的就是那样的文字，招魂的文字。"嫂子的话令他终于感到害怕了，他看着嫂子那张漠然的脸，忍不住像其他人一样劝说了起来："嫂子，哥哥真的死了，我们要接受这个现实。"

"没想到你也这样说话了。我一直以为你是理解我的。"嫂子在沙发上躺下来了，头发披散开来，挡住了她的脸庞。

"我是理解你的，可是……"他变得张口结舌，不知道如何应对。

"什么是现实？世界上有一个铁板一块的现实吗？没有！我的现实便是你哥还和我活在一起。正如你的现实里也不可能没了你哥，你哥就是你现实的一部分，无论他死了还是活着。"嫂子的肩膀耸动着，不知道是不是哭了，她翻过身去，脸埋进了沙发的靠背。

他只得硬着头皮往下说："我明白，明白你的意思，人不可能仅仅活在此时此刻，但是你这样子下去是不行的，你还年轻，可以开始新的生活。"

嫂子像是生气了似的嚷了起来："你还说陈词滥调！生活就是生活，无始无终，哪有什么新的旧的。"

"……嫂子，活着就是艰难的啊。"他有些哽咽了，他也觉得自己的劝慰好无力，好乏味。

“活着与艰难还是容易无关，活着就是处理事情，面对了什么事情就处理什么事情。”嫂子把头发捋了上去，眼睛红红的。

“你说得没错呀，你要处理这场变故了。”

“是的，我一直在处理，一直在处理我和你哥哥的关系。”嫂子的眼睛又盯着他看了，亮晶晶的，很漂亮，对，漂亮，他想到了这个词。他觉得嫂子的那些异常行为都不重要，因为这样的漂亮眼神足以证明嫂子内心的清醒与智慧。

他不想再多说什么了，或许每个人应对生存的方式不一样，何苦都要逼迫别人走千篇一律的道路呢？有多少人是听从自己内心的召唤行事，而不是被社会文化的潜在机制所约束的呢？如果嫂子对哥哥的思念是她内心最真实的渴求，那么是没有道理去质疑她、去阻止她的。的确，每个人都有自己的现实，但最难的事情便是去面对自己的现实，他认为刚才嫂子说得没错，哥哥是他和嫂子的现实的一部分，这是无法改变的，刻意的忽略、无视死亡带来的空洞，那才是得过且过地活着吧？

“嫂子，对不起，文章没写好，看来让你失望了。”他不再劝慰了，而是顺着嫂子的思路去说。

嫂子苦涩地笑了，说：“其实说老实话，你别生气，我根本没对你抱有希望。”

他听了这话，谈不上生气，但是心里很别扭，像是铁渣卡在了心间，嫂子的那种态度好像她已经和哥哥融为一体了，哥哥的思想与她的思想亲密无间，她的话就是哥哥的话，她代表哥哥审视着他，而他只能像陌生人一般待在外边。但是，他怎么会是局外人呢？他和哥哥可真的是血脉相连啊，同样的血液在他们的血管里涌动。嫂子真的像女巫一般，把哥哥一点点从他身上剥离出来，他不能忍受这一点。这算是一种嫉妒吗？这是哪门子的嫉妒？他闭上眼睛，脑海里全是哥哥的样子，哥哥不同时期的样子同时浮现，像是一群人在那里集会，热闹得很。

“唉，嫂子，我真的尽力了。”他叹了口气说。

“我知道，你不要内疚，我现在对谁都不抱希望，人太渺小了，一辈子短得连一件事都做不完。”嫂子伸手在他肩膀上轻轻拍了拍，然后慢慢缩了回去，不知道是她说的话还是她那无力的手掌，他的心里难过极了，他咬着牙，才没让自己的眼泪掉下来。

嫂子突然笑了，那笑容比眼泪还悲伤，笑完后，她突然说：“我现在最遗憾的，就是没有和你哥生一个孩子。”

他小声说：“你们有过一个孩子的。”

嫂子说：“说起这个就好伤心了，上次的流产是我不小心造成的。你哥当时在海市，我想去看他，他不要我来，我不听，坐着长途大巴就去了。没想到有一段路很差，是俗称的那种搓板路，车颠簸得很厉害，我当时就觉得不舒服，可我还是抱着侥幸的心理。我在见到你哥的第二天就流产了。”

“我哥和我说过这件事，他没有丝毫怪罪你的意思。”

“但我后悔死了，自责了很久。你知道吗？后来，我们试了好久，我再也没能怀上……”

“哥哥说你的身体一直没恢复。”

“我的身体早都恢复了，其实是他心里有了某种障碍，然后，没过多久，他又得了病，为了他的健康，我们没再同房过。刚开始，他有过好几次要求，我都拒绝了，到后来他那方面已经不行了。现在想来是非常遗憾的。”嫂子说这话的时候，非常自然，没有什么难为情的，完全是就事论事的样子。

他的心里可不像嫂子那么平静，哥哥的房事问题他从来都没有想过，好像那是天然的禁忌似的，嫂子现在亲口说着这些，他突然想到了小时候和哥哥一起在澡堂里洗澡的情景，哥哥的身体出现在他的意识中，可现在，那具鲜活的身体已经变成了死寂的尘土。他的心里一阵刺痛，他捂着胸口，俯下身来呻吟了几声。嫂子关切地问他："你怎么了？没事吧？"他沙哑地说："没事，我只是想不到哥哥那么坚强的人，心里还会有障碍？他对我说，他一直在照顾你和安慰你。"

嫂子看着他痛苦的样子，叹息着说："可能我不该和你说这些，但我现在觉得这些都是无所谓的事情了，说给你听，是想让你更深地理解你哥的困境。"

他使劲点着头，说："我明白。哥哥在我面前永远都是哥哥，他不可能把他的苦涩透露给我。现在知道了这些，我觉得离哥哥的心更近了，嫂子，你不用介意，我还要谢谢你的坦诚。"

嫂子说："我和你是最爱他的人，我有很多话都想对你说。"

他说："有什么话当然都可以对我说，但我想，爸爸妈妈也是最爱他的人。"

嫂子说："还是有些不一样的，爸爸妈妈的爱太光明坦荡了，而我们其实都活得很卑微，我们更能理解你哥哥。"

他不知道嫂子说得对不对，但他知道像是哥哥得癌症之类的事情，他是永远不会告诉爸爸妈妈的，他怕他们担心。另外，关于生活的隐秘，他也无法向他们开口，他能向他们说哥哥的性生活吗？他想都不敢想。

又聊了一些哥哥杂七杂八的事情，他才从嫂子那里出来，黄昏的光那么微弱都令他觉得刺目。他并没有急着回家，而是跑回了单位。这个时间点大家早都下班了，他一个人坐在空荡荡的办公室里，愣愣地望着自己杂乱的桌面。他觉得有股情绪堵在胸间，他要想方设法地排解掉，不然的话，他不知道该怎么去面对孟晓雪。他不想再因为哥哥的事情，一次又一次地把负面的不良情绪传染给她。况且，这次的情绪来得格外猛烈，令他自己都困惑不清了。

他一直以为哥哥的离开是场意外，但是随着嫂子说出越来越多的细节，他觉得哥哥的离开变得不那么意外了，这真是一种奇怪的感觉。倒不是说哥哥的车祸是一场必然，而是哥哥在死亡前夕所表现出来的各种事情，都沾染着一层晚期的色彩。他作为哥哥的亲兄弟，那么久以来竟然对哥哥身上的晚期色彩毫无察觉，他这个弟弟是怎么当的？他趴在桌子上，闭上眼睛想休息一会儿，却感到脑袋里的某处很疼，像是那里裂开了。

这个时候，手机响了，传来熟悉的铃声，是电视剧《西游记》里猪八戒背媳妇时的音乐，幽默而滑稽，那是孟晓雪专门为他设置的，这样的话只要是她的来电，他不但马上就知道了，而且能从心底感到一阵欢喜。但是今天他却欢喜不起来，铃声在空荡荡的办公室里显得单调和刺耳，他按下接听键，传来孟晓雪熟悉的声音："你今晚不回家吃饭吗？"

他下意识地说："哦，可能不回了。"

"什么叫可能不回了？到底回不回啊？"

话已出口，他只能撒谎道："哦，不回了，你自己吃吧，我在办公室还有点事忙呢。"

孟晓雪说："你没事吧？听起来你的声音怪怪的。"

他惊讶于她的敏锐，掩饰着说："没有，就是太忙了，很累。"

"那你赶紧忙完回家吧，饭给你留着？"

"嗯，那就留着吧。"

电话挂断了，他更加失落了，也更加不明白自己这是怎么了，竟然会平白无故地撒谎不想回家。以前，只要一下班，他总是第一个跑回家的啊。自从哥哥走后，他撕心裂肺地哭过难受过，但像这样手足无措的感受还是头一次，他想，是嫂子的话让他感到了一种活着的刺骨悲凉，他甚至觉得嫂子说得也有道理，那样突然地离去对重病缠身的哥哥来说，未必不是一件好事，起码保住了哥哥在人世间的尊严。

不过奇怪的是，他总是想到哥哥的身体，那具从内到外都漏洞百出的身体，那具已经消失不见的身体。到底哥哥是谁，是什么，他一闭上眼睛，那些音容笑貌都是那具身体呈现出来的，除了那具身体，哥哥还有什么可以被他感知的东西吗？他暂时还想不出来。就像他现在一想到嫂子，就想到嫂子窝在沙发里，面容憔悴，整个人好像缩小了一圈。但是，嫂子并没有瘦得轻飘飘，而是相反，变重了，像是生铁一般。嫂子那不拉窗帘的房间从早到晚都是昏黑的，而窝在沙发上的嫂子就是一团比昏黑更加黑暗的物质，她沉在黑暗的底部，像是黑暗之源，带给他喘不过气来的压抑。他想到了一个词：黑洞。嫂子的身体就像是宇宙中的黑洞，吸纳着从她身边经过的光线，而她自身在不断地向内塌陷，扭曲了时间与空间。

嫂子现在在做什么？还深陷在无限的昏黑当中吗？

对了，嫂子每天晚上都会出门去转转，她告诉过他。以往他只是发发短信，看她是安全的就好了，但今天，他突然有了一种冲动，那就是想偷偷去跟着嫂子，看她一个人究竟在干些什么？这个想法真的是瞬间在脑海中爆发出来的，他自己都被吓了一跳，但随后他就被深深吸引了。他现在一个人坐在办公室里发呆算怎么回事呢？还不如找点事情做做呢，最起码他的动机也是出自保护嫂子的目的。

他出门，跳上公交车，重新回到了嫂子的小区，饭都没有顾得上吃，就蹲守在小区大门的一侧，这里有个工商银行的自动柜员机，他就在待在旁边，一般人从大门走出来后是不会留意这个位置的。他看了看时间，是晚上七点十分了，不知道嫂子出去没有。根据以前的了解，一般嫂子都是七点半左右出门的，之前她会在小区的餐厅内随便吃点东西。想到这里，他的肚子里还翻腾了一阵子，饥饿的感觉很糟糕，他只有忍着。

等到七点四十分左右，还没见嫂子的身影，他怀疑嫂子是不是早都出去了，自己应该先给嫂子发个短信，试探下她在不在的。要不现在发个短信问问好了，他掏出手机来，刚准备发短信，就看到嫂子穿着一身黑衣服走了出来，那身黑色就像是她凝结成的悲伤，不过从审美的角度看，嫂子穿黑衣服还是很美的，她的皮肤很白，穿了黑色就更加引人注目了。

她走得缓慢，他很担心她突然伸出手臂来打的士，那样的话，他可做不到像电影那样，也拦辆的士，对司机说跟上前面那辆车。那样也太可笑了。嫂子顺着马路边的林荫道一直向前走着，他想她也只是想散散心吧，他就慢慢跟在后边。他跟着她走了一会儿，突然感觉有点不对劲，他仔细琢磨了下，问题出在嫂子的鞋上。她穿了一双黑色的高跟鞋，鞋的两侧还隐隐可以看到两朵花，显得比较妖艳，一般来说，嫂子是不喜欢穿高跟鞋的，更何况是一个人的散步，何必穿着高跟鞋走路，受那个罪呢?

带着好奇，他继续偷偷跟在后边，他不敢跟得太近，怕被嫂子发现了，但是也不能太远，很怕嫂子一转身就消失不见了。她应该是去拜访什么人的吧？这样一想，他不自觉地就把事情往敏感的地方去想，难道她是去会情人的？其实她背着哥哥一直有个情人？就像很多影视作品表现的，一场完美的爱情到头来却发现只是一个谎言。他的心快速跃动了起来，心中五味杂陈，他不敢相信这样的推论，但是，心间隐约的，他又预感到事情就是那样的，他将不得不去面对。

十五分钟过去了，嫂子还是那样的步伐，那样的速度，他看着周围的环境，判断着这条路的方向。前面一带好像是比较杂乱的城中村了，那里还有一座比较大的立交桥，嫂子正稳稳地向那边走去。路两边卖小杂货的“走鬼”越来越多了，人声鼎沸、熙熙攘攘的，连他也感到了这座城市的另一面，鱼龙混杂却又生机勃勃的另一面。嫂子或许是太寂寞了吧，她到人多的地方来找找热闹，以慰藉她那冰封的内心。他可能误解她了，去会情人？一个多么荒诞的想法，归根结底，这种疑虑还是来自于他心底的虚无主义，他不相信这个时代有任何纯粹的东西，他觉得一切纯粹的东西就像春雪一般美丽，但是还没等落到地面上就融化了。

嫂子在一些卖首饰的摊贩面前停了下来，她把玩着那些廉价的首饰，并没有想买的意思。小贩使劲劝说着她，但她面无表情，只是左挑挑右拣拣，好像只是在打发时间而已。他远远看着嫂子，觉得嫂子真是孤独极了，以前哥哥在的时候，嫂子总是忙忙碌碌、风风火火的，买菜做饭，收拾家务，一切都井井有条，可是现在哥哥消失了，嫂子忙碌的意义似乎也被取消了。

他躲在一家报刊亭的后面，偷窥着嫂子，看到嫂子似乎无所事事的闲逛他觉得自己很无聊，一觉得无聊，肚子里的饥饿马上又翻腾起来了。他想回家了，孟晓雪还给他留着饭呢。可就在这时，嫂子站起身来，继续向前走去，这次她不再被路边的摊贩所吸引，而像是有了确定方向似的，果断向一个地方走去。这样的情况又重新激发了他的好奇，他又跟了上去，他固执地要看看嫂子一个人的晚上都是怎么度过的。

嫂子向前走，走过立交桥的底部，无数车辆从头顶上呼啸而过，桥身发出哐当哐当的震颤声。桥下的这段人行道阴冷潮湿，行人稀稀拉拉的，有几个卖赃车的家伙小心翼翼地把偷来的单车摆放在那里，向行人使着眼色。这里太不安全了，他都感到了一丝紧张，嫂子这是要去哪里呢？难道她不害怕吗？莫非她的心太痛了，所以她想去干一些伤害自己的傻事？他这样想着，心里焦躁起来了，他真想跑到嫂子面前制止她。但他现在没有办法暴露自己，不论跟踪的目的是什么，跟踪本身还是太不道德了，他吞咽着口水，强忍着冲动，继续间谍似的跟在嫂子身后。

穿过立交桥，嫂子向一条偏街走去，灯光幽暗，有一些发廊的门口闪着蓝色的幽光，转动着其标志性的丝带。他对这里好像有点印象，以前路过的时候听朋友说起过，说这里是城市中有名的花街。花街，什么是花街？他还傻乎乎地问朋友，朋友神秘兮兮地说，花街就相当于外国的红灯区啊。这样的解释才让他恍然大悟，他记得当时还忍不住往里边多看了几眼，出自男人的本能他觉得这条街弥漫着一种诱惑，但同时，他又生出了几分厌恶，想快点从这里逃开。嫂子为什么会去那样的地方？他越来越困惑了，他不禁想道，难道嫂子是去找某种狂欢？他知道那种被叫作“鸭子”的男人，嫂子是去找……仅仅是那样想一想，他都觉得恶心极了。不可能，绝对不可能，嫂子不是那样的人。

嫂子真的向花街里边走去了，他的心抽得紧紧的，呼吸都变得急促了。花街里边有种摄人心魄的幽静，他听到嫂子的高跟鞋敲击在路面上的清脆声响，一声一声敲击着他的心脏，他大张着嘴巴，像是一条濒临死亡的鱼。嫂子走到花街的三分之二处，停下来了，他赶紧躲进一家成人用品店，他还是第一次来这种商店，里面的商品让他有点面红耳赤。柜台后边坐着一个大妈，她肆无忌惮地逼视着他，说：“你想买啥？看你好像还挺不好意思的。”他咳嗽了一声，说：“看看，啊，看看。”他站在门口，偷偷往嫂子那边望去，看到她还站在那里，一副百无聊赖的样子。她是在等什么人吗？在这个地方能等什么人呢？他的心里像是落满了蚂蚁一般，痒得难受。

"你是怕别人看到你进来吧，别怕，都什么年代了，还在乎这个。"大妈站起来注视着他，说，"看你这样子，应该是单身汉吧，是不是想要个充气娃娃？"

"呃，假的有什么意思。"他心不在焉地说。

"我这里的娃娃做得可好了，我拿给你看看吧，下面都是真人倒模的，还带震动呢。"大妈说得太露骨了，他觉得这样来谈论性似乎一点性的意味都没有，干巴巴的，像是医生在谈论一种病症。

"不用了，我就是看看……"他应付道，眼睛又向门外望去，看看嫂子在干什么。嫂子还站在那里，时不时伸手捋捋耳边的头发。

大妈顺着他的眼神也往外看了看，突然恍然大悟似的说："哦，原来你是想要真人啊，你要啥样的？我给你介绍。"

"不不不，"他慌乱了起来，说，"你误会我的意思了，我只是想来买个安全套的。"

大妈盯着他说："十元、二十元、五十元，三种，你要哪种？"

他知道他再不买点东西，在这里是待不下去了，他不得已说："那就拿个十元的那种吧。"

大妈扑哧笑了，说："你真买那种最次的啊，你就不怕得病？"

"得病？"他不解。

"去外边拈花惹草的，得脏病啊。"大妈咧着嘴说。

"噢！不会，我自己用，我的意思是，我和我爱人用。"他觉得这样来谈论自己实在是太别扭了。

"你骗谁呢？你以为我是傻的啊，你盯着外边的那个女的看了好久了，你等会是要去找她的吧？"大妈拿了一盒安全套，说，"还是拿二十的这种吧，比较好用，最重要的是安全啊，你们男人出来玩，不安全怎么行呢？"

"啊？！"他愣住了，随后无奈地笑了起来，他不知道该怎么辩解，只能有些尴尬地说，“好，好，好，安全第一。”他掏出二十块钱给大妈，大妈也笑了，把那盒安全套递给他，说：“我看你人不错，想提醒你一句，你别找外边那个女的了，你实在想要，我给你介绍更好的。”

他听大妈这么说，有些疑惑地问：“外边那个女的怎么了？你经常看到她吗？”

大妈撇撇嘴说：“那女的最近常来这里站街，以前都没见过的。”

他的心里“嘶啦”一下像被扯开了，他咳嗽起来，掩饰着自己的慌乱，大妈看着他，他结巴着说：“不好意思，呛到了。”他看到柜台一侧有张空椅子，他坐了上去，他万万想不到嫂子居然会来这里站街！他之前的种种揣测终于有了一个非常丑陋的答案。站街妹？说好听的那叫流莺，说难听点那就是暗娼，是野鸡了！他妈的，这是怎么回事？她没有钱了吗？不可能啊。他很想现在就冲出去，但他看了一眼大妈，终于忍住了，还是再等等吧，找机会再说，否则的话，嫂子会下不了台的。他深深呼吸两口，觉得这里面肯定有问题，嫂子不是那样的人，绝对不是。

“有人来找她吗？”他怕自己会克制不住喊出来，他捂着嘴巴，瓮声瓮气地问大妈。

大妈皮笑肉不笑地说：“当然啊，那女人身段还可以，要不然你怎么也盯上了呢？”

“嘿嘿，是吗……”他想自己一定笑得很难看，他问，“她有被别人带走过吗？”

“可能有吧，我也不可能一天到晚只盯着她看对不对？不过那个女的是有点古怪。”

“怎么古怪了？”

“她好像开价蛮高的，好几次和男的为了价钱谈不拢吵起来了。”

“她开多少钱？”他忍住恶心问道。

“谁知道呢，估计千八百的少不了。所以说，你还是听我的，我给你介绍几个，价格公道，包你满意，成不？”

“看来你不止是卖充气娃娃啊，真人你也卖。”他笑着讽刺她。

“只要是生意，管她真的假的。”

这时候，他看到一个腆着啤酒肚的中年男人向嫂子走了过去，他的心一下子提到嗓子眼了，他站了起来，把食指放在嘴上“嘘”着，示意大妈先不要吵嚷起来。他的紧张感染了大妈，大妈也挪过来，大张着嘴巴，呼吸粗重，散发出淡淡的酸腐味，和他站在一起一动不动，观望着那边的情况。

男人走到嫂子面前，从脚到头看了嫂子两遍，然后堆起一脸横肉笑着问：“多少钱？”嫂子的嘴巴动了动，应该说了一个价位，男人轻蔑地揉揉鼻子，开始讨价还价。随着他们的争执，声音越来越大，他能够完全细致地听清每一句话每一个字。

“你他妈的以为你下面是用金子做的啊？那么贵！”男人开始了恶言恶语。

“嫌贵你别找我。”嫂子冷冷地说，她的声音听起来太奇怪了，一种与风月场所完全无关的冷漠板结在其中。不都说卖笑吗？不笑还出来卖什么？难道嫂子是被迫做这件事情的吗？有什么不为人知的隐情？

“你就一点都不便宜了？”男人的双手叉在腰间，好像领导准备发表重要讲话似的。

“不！”嫂子说得斩钉截铁。

“靠！没见过你这样的鸡！你还懂不懂规矩？”男人伸手推了嫂子一把，嫂子向后一个趔趄。嫂子尖叫了一声，骂道：“你干什么？老流氓！”这话一出口，居然把那男人给逗笑了，男人哈哈笑着说：

"你还骂我流氓……笑死我了。"嫂子惊魂未定，前后左右扫视着，他赶紧把身子往里挪了挪，怕被她看到了，尽管刚才他差点就冲了出去，他想狠狠揍那个男人，但他还是忍住了，想再观望一下，看看那个男的会不会识趣自动离开。他小心翼翼地重新探出脑袋来，望了望这条花街，发现冷冷清清的，灯光昏暗，行人稀少，他第一次来这里，他想花街可能就是冷清的地方，才好避人耳目吧。几米开外的地方来回走动着几个女人，若无其事地打量着这边，那些才是真正的野鸡了。

那个男人还在笑，好像肚子都有点抽筋了，他捂着肚子，弯着腰在那里一抽一抽的，声音在空荡荡的街道上飘来荡去，激起了无边的寂寥，听上去反而像是有人在哀号。

"你不是流氓你是什么东西？"嫂子骂着，往后退了几步，真的像一只受伤的母鸡在那里瑟瑟发抖，他实在有些看不下去了。

"我是流氓，你是什么？你他妈的一个臭婊子，还在这里装纯情！不过，老子看中的就是这点，今天晚上我非办了你不可！"男人已经完全卸下了道貌岸然的面具，露出小丑一样丑恶和粗鄙的神情，他撸着袖子，像是要上前宰猪的屠夫。

他忍无可忍，冲了出去。大妈拉了一下他的衣服，被他挣脱了，他跑过去一把推开了男人，男人吓了一跳，眨巴眨巴小眼睛，死死盯着他，像是在判断他的来路。嫂子看到是他，尖叫一声，转身就跑，他赶紧追了过去，边跑边扭头用中指指了指男人，骂道："你他妈的以后识相点！"他看到男人有些发蒙了，尤其是女人慌张失措的样子刺激了这个老流氓，使其不敢轻举妄动。过了一会儿他再回头看的时候，老男人已经悻悻地向其他站街妹那里走去了。

嫂子穿着高跟鞋跑得有些趺趺撞撞，鞋后跟在水泥地面上敲打着，像一面急促敲打的小鼓。他其实不算是追赶她，准确地说，只是跟着她，保护着她。等到嫂子跑出花街之后，他才一把拉住了嫂子的胳膊，嫂子差点栽倒在地上，他赶紧抱住了她。她的身体瑟缩着，全身骨节像刺猬似的显露出来，硌得他都疼了。

“你这是怎么了？你很缺钱是吗？”他本想好声好气和她说话的，但是嘴巴却不由他控制了，听起来变成了怒气冲冲的质问。

嫂子不说话，紧紧抱住了他，胳膊像铁链一样沉重有力，勒得他喘不过气来。嫂子大声哭了起来，女人一哭，他就慌乱了，他拍拍嫂子的后背说：“别哭了，没事了，你有什么难处给我讲啊。”嫂子哭的声音更大了，歇斯底里，撕心裂肺。他左右看看，路上几个行人往这边好奇地张望着，他难堪极了，干脆低头把脸埋进嫂子的头发里，谁也不看了。

他记忆中还没见过嫂子哭过，他一直认为嫂子是个很坚强的人，哥哥车祸那天，嫂子只是默默流着眼泪，后来，他好像就没见嫂子哭过了。他想，嫂子一定是压抑得太久了，今天就让她好好释放一下吧。他闻到嫂子头发的香味，那是一种让人完全松弛下来的亲人的气息，这种香味让他想起哥哥，哥哥应该很喜欢闻嫂子的味道吧，应该闻过无数次了，已经变成哥哥的一部分了。他不停地闻着那种香味，眼睛湿润了。

不知道站了多久，他的全身都麻木了，神经像电流似的麻酥酥地涌动着，他这才想起他晚上没有吃饭的事情，感到整个人有些虚脱了，汗珠顺着鬓角流了下来。他没想到自己已经变成了如此虚弱的人。

“我们回去吧。”他终于开口了。

他本想叫一辆的士的，但是嫂子小声说：“我们走回去吧。”他点头说好，搂着嫂子瘦弱的肩头慢慢向前走着，他想，在外人看来，他们肯定是一对情侣吧，但他们究竟是什么，连他自己现在也说不清了。他的内心五味杂陈，脑袋闷呼呼的，像是和这个世界之间总是隔着什么东西，使他不能直接接触到那些有声有色的事物。世界宛如幻象。

一路无话，在喧嚣的街道上，他知道他们不可能进行任何深入的谈话，那么不妨先让嫂子放松放松情绪。他暗暗揣测，嫂子的精神状况是不是有些问题了？自己原来怎么就没有想到这点呢？嫂子之前所表现出来的执拗与古怪，他以为那是悲伤所致，总会过去的，但现在他觉得事情应该不是那么简单了。精神分裂症？他想到了这个医学名词，虽然对此他所知不多，但是他觉得这个词应该可以跟嫂子挂上钩的。

他钻进了一家小食店，要了一碗面条，嫂子就坐在他的对面，眼神愣愣地看着他。他说你要不要也来一碗，嫂子摇摇头，继续盯着他看，眼神里一片幽深萧瑟的景色。这样的眼神令他难以对视，他只好埋下头来使劲吸着面条。这时电话响了，传来孟晓雪焦急的声音："你怎么回事呀？好晚了啊！"他抬头看了一眼嫂子，今晚的事情是一定要保密的，他只得再次撒谎："单位的事情还没忙完呢，我现在和同事在外边吃点东西，等会还得回单位。"孟晓雪的语气完全不对头，她说："最近你真的很奇怪。"他不得不解释了好几句，那边叹了口气，说："那你别太晚了。"说完电话就挂断了。

"谁的电话？"嫂子问，口气直愣愣的，像是逼问，仿佛他做了什么错事似的。

"啊，孟晓雪的。"他直接说了，觉得这个没有撒谎的必要。

"那你快回去吧，我没事。"嫂子这样说着，却是满脸不自然的表情。他看着她，觉得整个世界都变得孤寂起来，这种孤寂像是旋涡，要把他席卷而去。

他摇摇头，大口吃完剩下的面条，扶着她的胳膊向回走去。回到家，嫂子又蜷缩在沙发上了，那里好像她的鸟巢似的。他搬张椅子放在沙发旁边，坐了上去，打算和嫂子好好谈谈。嫂子的头发完全披散了开来，看不清她的表情，只看到她的肩膀有点颤抖。他去找了一条毛巾被给她盖上，她没有拒绝，很安静，像个孩子。

开口是艰难的，但必须要面对，他鼓了鼓勇气，说："嫂子，你是不是缺钱用了？"这句话一出口，他就后悔了，和钱扯上关系什么东西都物质化了，这是个失败的开始。不过，他能怎么说呢？他总不能说你怎么能去当野鸡呢？

果然，嫂子没有回答他的问题，她勾着头，不说话。

"那你……能说说今天晚上的事情吗？"他变得吞吞吐吐起来，好像心里有愧似的。当然，他跟踪她，这点的确不大光彩，幸好她对此并不在意。

嫂子还是不说话，她向后缩了缩身体，眼睛周围的阴影更深了，看不清她的眼神。他心里有些急躁，但还是忍住了，他就默默坐在那里等。等，一直等下去，看嫂子会说些什么。

气氛变得很压抑，他听到墙上挂的钟表咔嚓作响。嫂子终于抬头了，说："我只是站在那里，我没有干过那样的事，你相信吗？"

"你先不要管我相不相信，你先告诉我你为什么要那样做？"他真的很克制了，他很想发火，想恶狠狠地跑到阳台上大吼几声。

"我说了你会相信吗？算了，你不会相信的。"

这样的话让他很生气，他按着太阳穴，拿出最后的耐心说："嫂子，我说过了，你先不要管我信不信，你现在应该向我全部倾诉出来，我知道，你一定有你的理由。"

嫂子坐直了身体说："我觉得我自己已经死掉了，我是想去叫醒自己。"

"我不是很明白你的意思，就算你要叫醒自己，也犯不着去……

那样，那样多危险啊！”他斟酌着字句说，并且将立场牢牢锁定在关心的位置上。他不想指责，那只会让事情变得更糟。

或许是他的关心打动了嫂子，她开始说话了，一个字一个字地吐出来，仿佛那些字都有了质量似的，沉甸甸的。她说："那天我出去散步，我走着走着，走到那条街的边上了。我知道那是什么地方，我听你哥哥说起过，然后我就走进去了，我见到了那些想象中的'坏女人'。说真的，她们让我很失望，我原以为她们一个个妖娆动人，会勾男人的魂，但是我眼中的这些女人看起来是那么落魄，那么贼眉鼠眼，那么丑陋！都不知道还有男人会对这样的女人有兴趣。我站在那里，感到恶心。"嫂子诉说的时候身体缩成了越来越小的一团，好像还在微微发抖，这时，她停下来了，似乎想到了什么欲言又止。

"你说吧，把话说完，我认真听着呢。"他伸长脖子，努力做一个合格的倾听者。

"其实很多事情我并不想告诉你，以前和你说过的那些，我现在都有些后悔了，但是我还是克制不住自己。"

"没关系，说吧。"他和嫂子的眼神对视了一会儿，他想表达出温情，而他看到的却是凄惶。

嫂子忽然抬起头来，眼睛逼视着他，说："你哥哥曾亲口对我说，他去过那里。"

他不相信自己的耳朵，"你是说，他……去那找过那些女人？"

"是啊。"嫂子快速点点头，眼神里的凄惶突然变成了某种没来头的坚定。

"不可能！"他几乎从椅子上跳了起来，温文儒雅的哥哥怎么会去那样的地方呢？不可能，绝对不可能。

嫂子定定看着他，说："我知道他心里烦，我不怪他。"

她的目光令他焦虑，他说：“不是说你会不会怪他，而是他不可能去那种地方的啊，我了解他，他是个很有道德感的人。”

“道德感面对死亡的时候，还剩下些什么呢？”嫂子冷酷地说，“你哥去那条街上的时候，他那方面已经不行了，但他还是背着我去了。我不知道他去的真实目的是什么，只知道他在做一件傻事，一件让我讨厌的傻事，他以为那样就能把我从他的死亡中解脱出来吗？他真的太傻了。”

这番话令人震颤，他之前还想着嫂子的精神是不是出问题了，现在他打消了这个念头，精神出问题的人能说出这样的话来吗？

不过，他感到憋闷，喉咙里像是有块咳不出去的痰。他还是一时半会儿接受不了哥哥去花街的事实。他想起，哥哥在得知他的朋友经常去外边“花”的事情后，曾经正气凛然地教育他说，要爱护自己的身体，克制自己的欲望，但是哥哥自己是怎么做的呢？当然，他也明白，在死的威胁下，一个人什么荒唐事都做得出，但是他还是接受不了，是他敬爱的哥哥去那样的地方，而且还是在下面已经不行的情况下？这让他感到恶心，他想到了那些变态的太监在宫外娶妻虐待的事情，哥哥是去虐待女人从而获得某种依然活着的感受吗？他闭上眼睛，眼泪流了下来。

他的脑海里乱成一片，他不知道是想安慰嫂子，还是怀着某种愤怒，他说：“既然哥哥这样做，是希望你获得解脱，你应该明白他的苦心啊。人就是这么丑陋的，没必要因为一个人死了，就去神话一个人。忘了他吧。”他说完才感到自己的话太过残酷了，他无法直面嫂子的探询与质疑的目光，他起身跑到阳台去了，那些绿色的植物叶片尽管支离破碎的，但还活得绿油油的，像是根本不在乎任何形式的虐待。他蹲了下去，用指甲使劲抠下了一片绿色，他看到指甲的内侧沾染了一层黏糊糊的墨绿色。

这天晚上，他没有回去，自从他和孟晓雪在一起后，这还是他第一次“夜不归宿”。他都不敢亲口对孟晓雪撒谎了，他硬着头皮给她发了条短信，说：我去和同事喝酒有些醉了，就住同事家了，手机快没电了，亲爱的晓雪你好好休息。发完他就关机了。

他看着嫂子，心里很慌乱，事情怎么变得越来越古怪了。

是嫂子提出来的，让他今天晚上不要回去，陪陪她，她说她一个人太孤独了，孤独得害怕，害怕得想死。他看到她的身体已经缩成了很小的一团，在沙发靠背的阴影里瑟缩着，她变得那么小，让他都觉得这房间变大了，大得像是皇帝的宫殿一般，说话都有回声了。他本想提议让嫂子和他一起去他那里，她可以和孟晓雪睡在一起，但他明白，嫂子不会答应的，他只好同意留下来了。留一晚上也没什么吧，嫂子一个人度过了多少个不眠之夜了，一直都没有人陪陪她，很难想象那样的夜晚。他应该陪陪她。

半个小时前，嫂子走到阳台上，对他说：“我没想神话他，我只是想体会他的内心，想钻进他的世界。”他丢掉手中破碎的叶子，说：“那你也不能去那种地方啊。”嫂子轻轻笑了下，说：“我就是要去那里当站街妹，我看着那些男人来找我，我就想到了你哥曾经是怎样来这里寻欢作乐的。”他的心都疼了，闷着头说：“你干吗要这么折磨自己呢？”嫂子的语气中带了恶狠狠的味道，说：“对，我要作践自己。你哥的那种欲望刺痛了我，痛能让我感到自己还活着。”他叹气，又吸气，像是被烫到了，说：“你当然活着啊，还会好好活下去。”嫂子捂着心口蹲下说：“难道人活到最后就只剩下一团欲望了吗？人的生命就是这么荒凉吗？”他不知道该怎么回答，问题太尖锐，也太深沉，不过，他也感到人的内涵的确是越来越不高贵了。“能不能抱抱我？”嫂子突然这么说，在昏黑的阳台上她的眼睛像是一只弱小动物似的，闪着无助的光泽。他完全不能反抗嫂子的话，他挪到嫂子身后抱住了她，这个抱的姿势很古怪，嫂子在他怀里完全是瘦小的一团，他的双手紧紧抓住她的小腿前侧，那里的长骨凸出，像是一把割开空虚的刀。

“再紧点！”嫂子喊道。

他用力把嫂子拉向自己，她的腿骨深深砍进了他的手掌，他听到她像母兽一样发出了低沉的呻吟。然后，在他张皇之际，她咬住了他的胳膊，他感到疼痛像是一把盐融化进水中似的，扩散到了他的全身。他不知道该怎么化解这突如其来的疼痛，他被一种冲动刺激着，低头咬住了她的后脖颈，像是一只饿极了的野狼。他们就这样互相噬咬着，那种场景怕是天底下最奇异的景象了，两个人都紧皱着眉头，牙齿咬着对方的身体，像是在制造疼痛，更像是在分享疼痛。

终于，他感到了极限的疼痛，他松开嘴巴求饶了，投降了，可她还是像水蛭一样紧紧吸在他的胳膊上。他挣扎了一下，感到牙齿像是已经深深扎进了肌肉的筋腱中，他感到恐惧，他喊叫了起来："嫂子，别这样！”他的这声怒吼惊醒了她，她松开了嘴巴，满脸的泪水和鼻涕，他从来没有见她如此狼狈过。他感到恐慌，他甚至都来不及去看一下胳膊上的伤口，那里已经变成了黑紫色的一团。“嫂子！”他叫。“对不起。”她呻吟着，站起来钻进了他的怀里，他抱住她，感到她像是一股能量冲撞着他。

他感到了眩晕，像是波浪上起伏的纸屑。他有点拿怀中的女人没办法了，她既是嫂子，又是一个悲伤的女人，要说她没有激起他的一丝欲望，那是骗人的，但是那股欲望像是冬天的雨，令他冰冷而疼痛。他轻轻推开她，想看看她的表情，但她低着头，不看他，重新蜷缩在沙发上，就是在这个时候，她忽然说："今天晚上你别回去了，陪陪我好吗？”他无法拒绝，他挨着她，也坐在沙发上，这黑色的沙发像是诺亚方舟，载着他们漂浮在茫茫夜色之上，没有明天，没有未来，更没有停靠的陆地。

嫂子换了个方向躺下了，她的头搁进了他的怀里。他想到嫂子的年龄其实就比他大一岁，他的内心突然就有了一种松动，像是风经过了流沙，他逐渐把她从“嫂子”这个概念中剥离出来，他觉得她只是一个小女人，一个和自己一样的无所依靠的孩子。他把手伸进了她的头发里，抚摸着，安慰着，他觉得他们的辈分已经颠倒过来了，他有种当了哥哥的错觉。

后来，他们并排躺在了床上。他躺在她的左边，不知道以前哥哥是躺在左边还是右边，假设哥哥也是躺在嫂子的左边，那么他也就是躺在了哥哥原来躺过的地方。这种感觉很微妙，他觉得他正在变成另一个人，拥有了另一个人的记忆。他现在做些什么，仿佛都是亡灵的命令，尽管那亡灵是他的亲哥哥，但这样的联想让他非常不快。他忍不住问她：“原来你们睡觉的时候，哥哥是躺在你的哪边的？”她好像有些吃惊，转过脸来问：“你干吗问这个？”他说：“没什么，我就是想知道，他是在你的左边吗？”她把脸转回去了，嗓子眼里发出了“嗯”的一声，他的联想被坐实了，他的脊背掠过一阵凉飕飕的细风。她说：“对不起，你别多想，我只是习惯了，我一个人的时候，我也是自觉睡在右边的，总觉得左边有一种无形的存在。”他说：“我理解，如果哥哥有灵，他会通过我的身子睡在这里的吧。”他这样说的时候，感到满屋子的黑暗都有了生命，涌动了起来，好像哥哥是无处不在的。他的话让嫂子转过身来，紧紧贴着他，虽然没有孟晓雪那样的热气腾腾，但也有着淡淡的热度。这种热度让他强烈意识到了她的存在，她作为和哥哥不相关的一个人的存在，那种热度像是一种坚守，风中火苗的坚守。他伸出胳膊搂住了她，搂紧了，似乎那热度随时都会熄灭，他要隔绝四周的一切冷风。

有关做爱的念头是这个时候出现的，像是一片羽毛，莫名其妙地就出现了。那种痒让他感到禁忌的羞耻，他从来没对嫂子动过这样的念头，即便是最无聊时的幻想也没有，那种联想带有巨大的障碍，令他通常难以逾越。但是现在却出现了，也谈不上突然，或许是氛围所致吧，但这到底是谁在想？是他还是哥哥？是欲望本身还是某种和女人待在一起的惯性？他觉得自己正掉进一个难以自拔的泥淖中。

“你现在想什么呢？”他问她。

“什么也没想，觉得很安静。”她在他的怀里说，声音通过他的胸部传上来，整个人麻酥酥的。

“假如，假如今晚我没跟着你，你真被那些人带走了怎么办？”他说完，觉得这话似乎是在强调自己的某种作用，这算什么？邀功吗？还是暗示自己的不可替代？

“不知道，我没想过。我每次不断抬高自己的价钱，他们就会走开了。”她说。他感到她似乎还笑了一下。

“如果有人能接受你开出的高价呢？”

“不可能，我会不断地抬价的。”

“你怕吗？”他抱着他的手臂使了使劲。

“怕，我真怕把自己交出去，有时真有那样的冲动，好像活着一点意思也没有，想糟践自己。”

“答应我，以后不要再这样了，哥哥也不希望你这样做。”

“如果他还有感受，我倒是真的会这么做，只可惜他没有感受了。”

“你真是不可理喻。”他叹息。

“如果什么都可以理喻，我就不会这么痛苦了。”她哭了起来，他整条手臂都感到了她的颤抖。

是的，世界上有多少可以理喻的事情呢？他第二天坐在办公室里想，真的太少了，太少能够理喻的事情了，理喻本身便是不可理喻的。昨晚的后来，他们还聊了很多不着边际的话，除了哥哥，他们几乎什么都聊到了，聊着聊着就那么睡着了。等他睁开眼的时候，天已经大亮了，她还在熟睡，他给她盖好被子，然后起身去上班。外面的天气很好，阳光白花花的像是到处镶遍了镜片，他眯着眼睛，总觉得这座城市哪里有些不对劲。他打电话给孟晓雪，电话那边的语气很低沉，也很疲倦，好像彻夜不归的人不是他，而是她孟晓雪。他有些懊恼，但是好像又不知道该责怪谁，就连嫂子都是怪不上的。一想到嫂子，他的心里就会浮起一种异样的感觉，像是冥冥中有段未知的线头在寻找着他。他终会被缠绕起来吗？那将是一种什么样的缠绕?

这天过得很快，办公室的事情像流水似的在眼前就那么过去了。他总是神思恍惚的，也许是睡得不够，也许是被昨晚的事情给刺激了，做事情的时候总是走神。临下班的时候，他想到要见孟晓雪了，第一次感到了恐慌，好像他真的做了什么对不起她的事情似的。

回到家的时候，孟晓雪正在看电视，要在往常，她肯定是在厨房里忙活的，可今天，她却慵懒地坐在那里，看着电视，气氛很不对劲。他突然不记得他们上次吵架是什么时候了，一个月两个月还是半年了？他尽量让自己表现得自然一些，照旧打开大嗓门，说："好饿啊，可以开饭了吧？"孟晓雪的头颅缓慢地转了过来，像有轨道一般平稳，她眼神中有些漠然，看了他一眼说："今天没做饭，我没心情做饭。"他赔着笑脸说："看得出你累了，那我们出去吃吧？"她说："你去吃吧，我不饿。"他知道这道坎是迈不过去了，只能直面了，他说："你生我气了？昨晚真的加班晚了，后来又喝了酒。"她听到这话，站起身来问："那你说，你去哪个同事家里了？"他顿时感到脑袋里边炸开了，他这时才想到他撒谎居然忘了找个"人证"，这下怎么办呢？随便说一个人？现场来个电话对质就死定了。她审视着他，然后笑了起来，是冷笑，她说："还想编故事给我吗？昨晚我和你关系好的那几个同事都通过电话了，人家说你早下班了，最近单位不忙，没什么加班。"他感到大脑像是飞行器快速运转着，但是却徒劳无功，他想不到什么有说服力的借口，既然都到这个地步了，他干脆不说话了，以沉默来应对。

"你怎么不说话了？你到底去哪里了？"孟晓雪的一腔怒火终于倾泻而出，连哭带喊，这时的她，和其他女人歇斯底里起来没什么两样，她不再是一副小绵羊的样子了。

"对不起，是我撒谎了，但请你相信我，我没有做对不起你的事。"他嗫嚅说道，这些话听着都像台词似的。

"那好，那你说你昨晚去哪里了？"孟晓雪抹了一把眼泪，眼睛红红地瞪着他，像个受伤的小兔子。

"呃，这个……"他想到了昨晚的场景，恍如隔世又历历在目。他能说自己和嫂子在一起吗？那么为什么又撒谎呢？他自己都难以启齿，何况听的人呢？

"你去照照镜子吧！看看你的样子还说没事？"孟晓雪重新变得怒不可遏。

他笑了，有些没脸没皮地笑了，他试图用这种方式来示好，来抚慰她狂躁不安的情绪，但结果是适得其反的，她看到他的笑容像是见到了世间最丑陋的脸一般，她向后跳开了一步，喊道："你让我恶心，恶心！你还有脸笑！太恶心了！"她神经质地尖叫着，他从来没见过她这样的失控，事情发展到这一步，他已经无路可退了，他必须说出事实了，只有事实才能让她安静下来。

“好吧，我说，我昨晚和嫂子待在一起！”他无奈极了。

“你和嫂子？”孟晓雪果然不哭不闹了，脸上升起了难以索解的疑惑。

“是的，我和嫂子，她的情绪越来越差了，她要我陪她。”他的声音也变大了，好像一下子获得了底气。

“你和嫂子在一起，那为什么要对我撒谎说和什么同事喝酒？”她的脸上有了更深的疑惑，他仔细观察着，觉得她的脸都有些微微地痉挛了。

“还不是怕你不高兴嘛。”他的声音又柔和了，希望整个氛围都能缓和起来。

“我为什么会不高兴？你为什么不让嫂子来家里？”孟晓雪站在那里，坚持要问清楚她心中的所有问题。

“你忘了？她说看到你是一种提醒，我还对你解释过，就像病人惧怕过分的关怀一样。”

“听起来难以置信！我要亲口问问嫂子。”

“好，你问吧。”他把手机掏出来，递给孟晓雪，孟晓雪被他的行为击溃了，她哭了起来，呜咽着说：

“难道她还不能接受哥哥不在的现实吗？”

“是的，她还不能接受。”他说到这里，脑海中出现的是深夜的无边黑暗，那种压力让他深深吐了一口气，而难以吸进新的一口气。

孟晓雪双手捂着耳朵坐下来了，好像不愿意听见这样的话，又好像很难过的样子，他关切地问：“你怎么了？没事吧？”她低着头，牙齿咬了咬下嘴唇说：“没事，我只是觉得，你哥哥已经走掉了，我们活着的人应该好好活下去，我们应该有我们欢乐的权利，这难道有什么错吗？是不是在你们眼里，我就是个冷血的人……”

这些话，本来就是人世间的大实话、大白话，但现在这么说出来，却有了一种沉郁悲怆的感觉，好像他们已置身在死亡深渊的边沿上，一不留神就会掉下去似的。

他轻声说："你怎么可能是冷血的人？没有人让你不快乐，只是嫂子还快乐不起来，她还需要时间。"

"仅仅是她快乐不起来吗？难道你就快乐起来了吗？"孟晓雪哀怨地望着他说。

"我……"他突然发现这个问题太尖锐了，尖锐得他无法回答。他觉得她说得对，自己的确不快乐。他被困在死亡编织的牢笼里，难以挣脱，他感到他和她之间已经有着几万光年的距离了，看来，他是抵达不了她的欢乐世界了。

他想结束这场战斗，息事宁人，相安无事，让生活恢复平静吧，他忍着内心的轰鸣与塌陷，微笑着说："相信我，我会快乐起来的。"

"那你还要经常去安慰嫂子吗？"她抬头逼视着他。

出乎意料的问题，或许暗含着不能说出口的暧昧，但是，难道他能不管嫂子了吗？他心中蹿起了一股无名之火，觉得她像蛇一样纠缠不放，他脱口说道：

"看来我死了你是很快就能快乐起来的！"

这句话像一记重拳，击碎了他们之间某种看不清的中介物，空间变得停滞和寂静。他说完后就后悔了，但是话像子弹一样打出去是不可能重新回到枪膛的。孟晓雪显然被这句话给打蒙了，她大张着嘴巴看着他，似乎一时半会儿还理解不了这话的含义，然后，突然间她哭了起来，复读机似的说："你怎么能这么说话，怎么能这么说话……"

他沉默着，感到抱歉的同时，他的脑海中真的幻想着自己的死亡情景，他像哥哥一样变成一具猪肉似的物品，而这个世界还在运转，众人还在生活，孟晓雪会像嫂子一样沉浸在黑暗当中吗？如果那时他真的能感知到这一幕，他将会给她捎去怎样的信息与暗示？他认真想了想，想不出来，头疼，他用大拇指用力按着太阳穴坐了下来，隔壁炒菜的油烟味飘了过来，他觉得自己饿了。

“对不起。”他终于屈服了，他筋疲力尽了。

可她沉默着，这样的沉默持续了一会儿，她站起身来用严厉的语气总结道：“你不但诅咒了自己，而且还侮辱了我！”说完后她走进卧室，把门从里边重重关上了。

他很少见她这么生气过，还是如此郑重其事的生气，看来问题很严重。他想道歉，却不知道还能做些什么，他刚才已经说过对不起了。其实，就内心而言，他并不觉得自己说错了，假如他死了，他并不希望任何人因此而备受折磨，人生短暂，如果能从死的阴影中超脱出来是最好不过的了。可惜的是，他想做却很难做到，他被哥哥的死亡围困着，被嫂子的痛苦围困着，世界被无形的情绪重塑了。

他想对亲爱的晓雪说出这样的真实想法，不过他知道她要么不相信，要么听了一定更加悲哀了，因此还是不说好了。他在原地站了会儿，然后向厨房走去，他打开冰箱，看到几个番茄和鸡蛋，还有一个大土豆，他取了出来，决定做顿饭表示自己的歉意。他没有做饭的天赋，从来不是太咸就是太淡，但今天他忙忙碌碌做好后，尝了一口，觉得调味恰到好处。

他敲门，叫她吃饭，但是里面毫无动静，他趴在门缝上往里边喊：“亲爱的，今天是我亲自下厨做的饭，向你赔罪，快出来吃饭吧！”里面还是毫无应答，他继续执着地敲门喊着，终于，门开了，他心中一喜，以为孟晓雪原谅他了，没想到孟晓雪说：“要吃你吃，我不吃了。”他看到她的眼睛红肿，刚才应该是哭了很久。她说：

"我今晚约了朋友逛街，现在要走了。"他瞬时感到满腔的热情变成了冰柱，他很受伤，不再说话，呆呆站在那里盯着她看，她没有回视他，换好鞋，提上包，当真出门走了。他第一次感到这样的失落，而这失落又让他更加生气，两种情绪交替折磨着他，他不知所措地靠在墙上，看着满桌的饭菜，一点胃口都没有了。

孟晓雪肯定是误会他了，误会他和嫂子之间的关系，即使他的心里曾掠过欲望的念头，但是他毕竟什么也没做，他和嫂子之间更像是一种战友的关系。是的，战友，他突然想到了这个词，他一下子感到了轻松与解脱，之前的那些模糊的暧昧通过这样的命名，都变得清晰和干爽了。战友，为什么而战？为死亡？为了那夜晚密不透风的黑暗，还是为了雨衣一样令人窒息的悲哀？

他拨通了嫂子的电话，他想请嫂子来家里一趟，一起跟孟晓雪解释清楚，只要大家能心平气和地坐在一起，还有什么解决不了的问题呢？

"不，我不想去你那里，我无法面对孟晓雪了。"嫂子说。

他没想到嫂子会拒绝得如此彻底，他有些急了，加重语气说："嫂子，我们不对晓雪说清楚，我和她的感情就会出现大问题啊！"

"问题是真的没法说清楚啊，你能说清楚吗？那你现在先跟我说清楚，我听听。"嫂子的声音听起来很干涩，他怀疑她很久没喝水了，或是一个人偷偷地吸了很多的烟。

他庆幸刚才自己想通了这个问题，他的嘴角都不自觉地有了微笑，他说："是的，我想清楚了，我们是战友的关系。"

"战友？"嫂子的声音因为疑惑而变得格外尖锐。

"是的，战友，一同向悲伤作战的战友。"说着他笑了起来，他觉得这样的话说出口来像是个笑话。

嫂子也笑了，不过是苦笑，她说："这个时候你还有心情开玩笑。"

他尽力使自己的声音严肃，乃至庄严起来，说："我是说真的，我觉得我们就是相互扶持的战友。"

"是吗？真没想到你是这样想的，"嫂子停顿了一下说，"我还是比你看得更清楚一些，或许是因为我和你哥哥天天生活在一起，我离死亡更近的缘故吧。在死亡面前没有任何的同盟，只有孤独的承受，无奈的受刑。"

"可我们只要还在喘气，就离不开彼此的慰藉啊。"他被嫂子的话刺痛了，他争辩。

"是的，"嫂子话锋一转，突兀地说，"那你过来慰藉我吧。"

"啊？现在？"

"没错，请你不要拒绝我，要不然我就要出门了，你知道的，我不能保证会发生什么事情。"

"你不要出门了，更不要再去那些地方了，控制下自己，好吗？"

"不，你知道的，我快被打败了。你来吧，就一会儿，你刚才不说我们是战友嘛，就看看你是什么样的战友。"嫂子用他的理论对付他，他有些哭笑不得。

他知道自己无法拒绝了，他既担心嫂子的安全，又被那种奇异的情愫所俘获。在嫂子的行为当中总有一些令他不安和兴奋的东西，他看不清它们，他有种模糊的好奇，它们软绵绵地潜伏在他的心底，从不正面与他发生冲突，因而他总是被不自觉地推着往前走。

"真拿你没办法，那我过来一会儿，得在晓雪回家之前赶回来。"

"好吧，我等你，你还没吃饭吧，我现在去做几个菜。"

他本想说算了的，但实在是怕了空腹的感觉了，饥饿的滋味令人抓狂，他便默许了。他站在楼道里锁门的时候，迟疑了一下，万一孟晓雪回来得比较早怎么办？她回来看到他又消失不见了，心中会不会涌起更多的怒火与绝望？唉，顾不了太多了，他觉得身不由己，他现在必须到嫂子那里去，必须到离死亡最近的战场上去。

一路上他的心里都是空荡荡的，路灯的光晕从车窗上一闪而过，一闪而过，像是通往幻境的隧道。他想到哥哥就是在这样的幻境之旅中死掉的，哥哥那时候脑海里在想些什么呢？他记得车祸前的某天，哥哥在一次闲聊中曾对他说："弟弟，我今天听到一句话很喜欢，想和你分享下：我来的时候，是我独自在哭，而世界是喜悦的；我去的时候，是世界在哭，而我独自是喜悦的。"他当时并不知道哥哥的生命已经进入晚期了，他只是觉得哥哥欣赏的那句话的确有种超凡入圣的禅意与智慧。现在看来，那是哥哥的谶语吗？哥哥在幻境隧道遭遇毁灭的那一刻，内心真是喜悦的？灵魂也是轻灵的？他凝视着窗外，他觉得哥哥还生活在这世上的某处，或许就是那个在街角拿着一份晚报转瞬即逝的人影。

嫂子做了两个菜，一个凉拌青瓜，一个白灼虾，完全没有技术含量。以前他最爱吃嫂子做的饭菜了，因为嫂子喜欢琢磨新菜式，比饭馆的花样都多。现在嫂子吃饭只有一个目的，那就是能活着就行了。

嫂子说："随便弄了两个菜，你千万别嫌弃，我现在对做菜一点兴趣都没有了。"他看着嫂子疲惫的脸庞，摇摇头说："你忘了？我一直喜欢吃你做的菜，只要是你做的那肯定是好吃的。"他为了证明自己说的是真心话，大口大口地吃着，并招呼嫂子也吃，嫂子勉强吃了几口，其余的都被他吃光了。

他和嫂子吃饭的时候没说什么话，他觉得他们就像同居多年的夫妻一般，不说话也不会有丝毫的尴尬。是啊，毕竟他们是亲人很多年了。

吃完饭，他们坐在沙发上看电视。电视是他打开的，太久没开，遥控器上都有灰尘了。他总是想起昨夜他们相拥而眠的情景，觉得微微有些尴尬，他需要打开电视来逃避这种尴尬。他用眼角的余光看到嫂子倒是安静得很，没有什么不自然的神情。嫂子还是窝成一小团，静静待在她的巢穴里。她的安静有着强大的分量，像是一种无形的请求，请求他打破寂静，或是做些什么，让他们能够暂时摆脱已经纠缠了太久的阴影。

他决定跟嫂子仔细讲讲和孟晓雪吵架的情况，不论如何，他还是希望嫂子能够帮他一把，嫂子的话孟晓雪应该还是听的。

听完他的叙述后，嫂子叹口气说："看来真是我连累你了。"他一惊，说："怎么是你连累呢？我都说过了，我们是战友。"嫂子嘴角动了动，他仔细看了，不像是在笑，她说："战友……听起来怪怪的，但还是挺给人鼓励的。"他高兴地说："那就好，这就是我的愿望，我希望我们都能走出来。"

"走出来？走到哪里去？"嫂子忽然这么问道。

"我的意思是说，我们都会快乐起来的。"

"人生有快乐吗？"

"快乐，当然有了……"

"快乐之后，是更深的痛苦吧？"

"啊，你不能这么说……"他被嫂子的这句问话给噎住了，他甚至没有办法反驳她。

"那应该怎么说？"嫂子穷追不舍。

"总是个过程，快乐也好，痛苦也好，都是过程，毕竟人都有追求快乐的权利。"

"听起来有道理，算是自我安慰好了。"嫂子突然抬高音调说，"关了电视，吵死了。"

他按下了遥控器上的红色按钮，一切人工制造出来的影像与声响消失了，只剩下房间里死寂的熵。

嫂子盯着熄灭的电视说："你应该和孟晓雪要个孩子。"她的思维跳跃得很快，他有些追赶不上了。

他笑着，嘴里涩涩的，说："会要的，我们这不是还没结婚嘛。"

"马上结婚，马上生孩子，不然她会离开你的。"嫂子说这些话的时候像个十足的偏执狂，要不是他觉得他理解嫂子敏感的内心世界，他估计会骂出脏话来的。

"是打算今年就结婚的，不过孩子的事情还没想好，就算是结了婚，是不是应该等各方面条件成熟些再说？"他认真说着，他想自己的人生也就这个样子了吧，娶妻生子，终老一生。

嫂子没有接他的话茬，又跳开了，她说："说到孩子，有件事我一直没告诉你。"

"什么事？"

"我看到你哥死的时候，我想要个孩子。"

"啊？人都死了还怎么要？"

"你应该知道的，人死了，精子还会存活很久，只要医生提取出来就可以了。"

"你，你居然会这么想……"他实在是惊讶极了，他觉得自己低估了爱的力量。没想到嫂子那么爱哥哥，真的没想到。他感叹了一句：

"嫂子，你好伟大。"

"伟大？不，我不伟大，我不完全是为了给你哥留个种子，我也想有个自己的孩子。"

她的话让他沉吟着，终于，他还是说出口了："你还有未来，你会有自己的孩子的。"说完后，他觉得有些难过，像是一种提前到来的告别。的确，他第一次意识到这个问题，那就是：既然哥哥已经不在了，那么她只是他名义上的嫂子了，或许，连名义上的也不算了。

嫂子苦涩地笑了起来，她坐直腰身，两手搭在膝盖上，说："假如要我现在生一个孩子，我只想和你生，因为你和你哥哥的基因是最接近的。"

这话像是榔头砸在他的脑壳上，他心中大惊，瞪着眼睛望着嫂子，她的表情毫无变化，毫无羞怯，更不像是开玩笑，好像这是非常自然而然的事情，不需要任何的商讨。

嫂子回视着他，眼睛明亮，黑色的瞳仁像一面明镜，似乎在观察着他。如果他不做任何回应反而显得心怀鬼胎了，他便呵呵笑着说："嫂子你说笑了。"

"我不懂什么叫说笑。"

"什么意思？"他疑惑地望着嫂子那张若有所思的脸。

嫂子似乎想到了什么事，决定了什么事，低垂的眼皮抬了起来，眼睛放出灼灼光彩，她对他笑了一下，笑得很妩媚，然后，她突然站了起来，站在了他的面前。

他疑惑地看着她，不知道她要做什么。

啊，天啊……没想到的是，她开始脱衣服了！他顿时瞠目结舌，而且来不及有任何的劝阻，因为本来她身上就只穿着一件睡袍，一眨眼的工夫，她便赤裸裸地站在他的面前了。他慌乱极了，呼吸都紊乱了，本能地避开眼睛，说："你这是干什么？快穿上衣服！"但是，事情进一步出乎意料，嫂子走过来贴近他，手放在了他的背上，开始抚摸他，并且突然变得妩媚起来，甚至丝毫不夸张地说，她放荡起来了，像个妓女。他的脑袋像被电流击中，有些短路，他觉得荒诞极了，太荒诞不经了，但另一方面，潜伏的欲望却被缓缓唤醒并渐渐升起，他为自己感到羞耻。他心中的道德感像石头的棱角一般凸现了出来，硌得他难受，他抗拒着她，又不想用粗暴的方式。他抓住她的手说："别这样，这样不好。"她笑了一下，叫了他一声"战友"，然后趴在他的耳边说："你知道吗？只有我们在一起，才能摆脱你哥哥，才能接受他死去的事实，因为，我不再是你的嫂子了，可以是你的女人。"他立刻想到了刚才说的告别的话，是的，哥哥不在了，她不再是自己的嫂子了，那么，他们之间为什么不可以呢？如果他们越过了这个界限的确意味着他们完全接受了哥哥死去的现实，这会让他们从死亡的阴影中彻底走出来的吧？他的身体蠢蠢欲动起来，她紧紧贴着他，怂恿着他，他从孟晓雪那里得到的都是正气凛然的爱欲，现在他对这种疯狂、毫无理智与邪气的欲望逐渐丧失了抵抗力，他屈服了，他的脑袋晕乎乎的，像是喝醉了酒，他抱起她向卧室走去，他想她的身体是不是也和孟晓雪一样，蕴含着无限的光芒？还是和她的房间一样，充斥着无法驱散的黑暗？

肌肤相触，嫂子的身体真的没有孟晓雪的滚烫，她即使不是冰凉的，也只是微热的。他抱着她，觉得自己的热量都被她的身体吸纳走了，他觉得冷，心脏跳得很快，他反复问自己，非得这样做吗？他没有找到答案，一股接一股混浊的冲动浪潮让他不可能再思考什么了。他像是在雾中迷路的旅人，完全靠感觉摸索着前行。在进入她的一瞬间，他强烈意识到了哥哥的存在，一种犯罪的紧张、战栗与绝望纠缠着他。不过，身体可不懂什么道德意识，由细胞、神经丛与腺体构成的这堆物质完全服从生物学的定律，它彻底背叛了他。他暗暗咒骂着，但它不管不顾，载着他向终究是虚空的欢乐疾驶而去。

他忘记了时间，忘记了世界，只记得她的叫声，那种不顾一切的撕咬声，那种绝望的悲鸣，那种忘我的吐息，令他掉进了深深的山谷，快被浓重的黑暗淹死了。

他从没这么疯狂过，简直就像是职业罪犯作恶时的专注与沉醉，漫长却短暂。当激情走向终结时，他变成了一条濒死的鱼，被从水中抛了出来，跌落在床的岸上，他张开四肢平躺着，喘着气，望着空无一物的天花板，似乎在等待着某种未知的救赎。感官在彻底的放纵中麻木了，静止了，内心的世界也敞开了，平静了，都能感觉到外面起风了，树叶摩擦的沙沙声传了进来，令周遭更加安静了，他能清晰地听到两个人的鼻息声。突然，意想不到，竟然响起了敲门声。哐哐哐哐，哐哐哐哐，像极了贝多芬的命运乐章的开篇，他被这命运的声响震慑了，像军人一样迅速坐了起来，望着门的方向，茫然失措。

嫂子，不，她不再是嫂子了，她只是躺在他身边的女人，她喘着气说："你去开下门。"他说："我去开门不好吧？肯定是找你的。"她说："我现在没和什么人交往了，应该是医生来了。"他一惊，急忙问："医生？你哪里不舒服吗？"她说："这几天总有个医生找我，烦死我了，你去开门，把他打发走。"他边穿衣服边问："太古怪了！不过说真的，你是不是哪里不舒服？"她说："你也见到了，我一切都好。你去书房的抽屉里找出病历本，拿给他，让他走，以后再也不要来了。"他带着满心的疑虑下了床，走进书房，拉开书桌的抽屉，看到了病历本。他拿了起来，一张医院的诊断说明书从里边落了出来，他捡起来，站在那里看，掠过嫂子的姓名与年龄，在诊断栏他看到一行潦草的钢笔字，写着："现实感扭曲，深度抑郁，偏执性精神障碍。"他再看了一下日期，是在哥哥出车祸的前三个月。顿时，他的肠胃一阵激烈的痉挛，后背毛孔紧缩，变得冰冷，精神都恍惚起来，难道这一切都是大梦一场？他应该相信什么？还能相信什么？他今晚居然还越过了禁忌，这样做的后果他之前怎么就没认真想想？他靠在桌子上，使劲按着太阳穴，试图让自己真正清醒过来。忽然，他听到身后有窸窸窣窣的声音，扭头一看，发现女人不知道什么时候跟了过来，正赤身裸体站在书房的门口，用一种怀疑的眼神审视着他，他不敢看她，心中极度恐惧。

女人的语调倒是和刚才没区别，她直率地问："你找到没有？"

"找，找，找什么？"他似乎忘了站在这里的缘由。

"病历本啊。"

"噢，找到了。"他挥了挥手中的病历本和诊断说明书。

她向他的手中快速瞥了一眼，面色不改地说："那你快去开门吧。"

没想到，她对那张诊断说明书没有做出任何的解释与说明。他很想鼓足勇气去问她，但还是忍住了。因为他想到，怎么去相信一个精神病人的话？假如一个人被认定为精神病人，那么她所说的任何话听起来都是有问题的。而且，他还想到了一个更恐怖的事实，那就是如果她是精神病，自己和她交流、相处却如此融洽，那么自己的精神还是正常的吗？他不寒而栗，赶紧斩断了这样的联想与思绪。

"好，我去开门，你快回卧室，去穿好衣服。"他低着头说。他不敢看她赤身裸体的样子，他感到万分的罪恶。

女人离开了，像猫一样悄无声息，她回到卧室，从里边把门关上了。

他深深吸了一口气，向前门走去，他想他应该找机会和医生私下里好好谈谈，多了解一下情况，才好作出判断。他打开门，在那一瞬间，他惊惧得发不出声音来，他的心脏紧缩成了一个硬邦邦的核桃，他看到的不是什么医生，而是孟晓雪！不仅如此，更令他意想不到的是，眼前的孟晓雪脸色苍白，眼神哀戚，站在那里两眼红肿地看着他，一言不发，像是杜莎夫人制作的蜡像。就在他刚准备开口询问的时候，突然，他发现了她的右手腕正流着鲜红的血，一滴一滴，像是某种耀眼的颜料从身体的器皿里泄露出来了，他一下子快要发疯了，哭喊着冲上前去紧紧抱住她，不停地问："你这是怎么了？你这是怎么了？"然后他又神经质地推开她，双手捧起她的右手，看她伤口的严重程度。他看到那里有一道深深的划痕，血从那小嘴一样的地方不停地渗出来，他赶紧掏出手机拨打了120，呼叫了救护车。然后，他把孟晓雪抱进客厅的沙发上，让她平躺下来，随后他想都没想，就脱下衬衣紧紧包扎了她的右手腕，减缓了血液流出的速度。

做完这些措施，在焦急地等待救护车到来的时间里，他再一次万分关切地问她："晓雪，快告诉我，究竟发生什么事情了？"

孟晓雪怔怔地望着她，眼眶里蓄满了泪水，咬紧牙关，不说话。

"快告诉我，发生什么事情了？我快担心死了。"他紧张得嗓子都沙哑了。

她咬紧的牙关坚持在那里，嘴巴也闭得紧紧的。

"晓雪，晓雪……"他一遍遍呼唤着她的名字。

时间一秒秒逝去，她没有开口，他开始哭泣，眼泪滴在她的胳膊上，一滴又一滴，眼泪顺着她的胳膊滑进了她的腋窝。她的身子颤抖了一下，脸上的神情逐渐松弛下来了，她长长叹了口气，扭开头，眼睛望着房间的一个角落，虚弱地说："我……我已经知道你和嫂子的事了。"

"什么？"他预感不妙，脑袋里飞速想着如何应对接下来的询问，他的眼角迅速瞥了一眼卧室，那门还是紧紧关着的。

"你不用掩饰了，你们真……我不想说那个词。"孟晓雪说着激动起来了，身子挣扎着想要坐起来，他赶紧抱住了她，安慰着她，让她平静下来。

“晓雪，别激动，没事的，我爱你，你别乱想……”

她哭出了声音，说：“我没乱想！我都听见了，我趴在门上都听见了！”她的情绪越来越激动，太阳穴的血管就鼓胀了起来。

他还抱着最后一点幻想下意识地问：“你听见什么了？”说出口后才觉得这样问应该有些恬不知耻了。

“你们像是发情的猫！”孟晓雪用尽力气喊道，喊完就全身瘫软了，她紧紧闭上眼睛，眼泪流进了头发，全身一动不动的，像是死过去了一般。

他耳朵里边传来了一声嘹亮的呼啸声，内心的世界土崩瓦解，石破天惊，那种负罪感如万箭穿心，令他无地自容。他很难想象自己今晚这最难以启齿的事情竟然被孟晓雪知道了，她可是他最亲最爱的人啊，他不能想象那样的伤害。他知道自己再解释什么就是无耻加虚伪了，他勾着头，哽咽着说：“晓雪，对不起……”

“我不要你说对不起。”她又开始说话了，不过气息很虚弱，能感到她在挣扎，他悲伤地抚摸着她的双手说：“我们不说了，等你的血止住了，我们再好好聊，好吗？”她不理会他的关心，或许，他的关心现在已经是令她恶心的事物了。她继续说：“你知道我是爱你的，哥哥走后，我知道你心里苦得很，自从哥哥死后，你就给打垮了，你沉浸在负面情绪里难以自拔，你还骂我，说我薄情寡义，假如你死了我会很快快乐起来。可你知道吗？我白天看着你越来越憔悴的脸，晚上听着你梦中的胡言乱语，我有多难过吗?！”

他听了之后难受极了，他捂着腹部，蹲下来，半晌说不出话来。

“你那些疯话，任何人听了都受不了。我心如刀绞，我想安抚你，却总是无能为力，我因此还痛恨我自己！”

“求你别说了。”他撕扯着自己的头发。

她不理会他的哀求，继续说：“难道你以为我的快乐就是真实的？你以为我的快乐就是为了自己？你了解什么叫人生吗？也许我是不了解，但我觉得你更不了解，而且你越走越远了……"

"你说得对，我不了解，"他抬起头，泪眼婆娑地说，"晓雪，真的对不起，我一直忽略了你的感受……"

"唉，"她叹息，"我不是来指责你的，我……我今天只想告诉你一件事。"

"什么事？"他抹着眼泪问。

"我不知道怎么才能帮你走出来，今天，我想告诉你，"孟晓雪深深呼吸了两次，声音颤抖着说，"死没什么可怕的，我现在就死给你看，你看到了吗？你看到了吗？有……"

"晓雪！晓雪！你怎么了？"

她话还没说完，突然就昏厥了过去，只剩下嘴巴停在那里无声地翕动着。

她失血过多了，而且他也深知她是恐血的，这次她有着多么可怕的勇气啊！他惊惧得全身上下乱抖，站都站不起来了，他用尽最后的力气上前抱紧了她，大声呼喊着她的名字，她却像一堆即将燃尽的炭火，鼻息微弱，直奔弥留而去。他赶紧看时间，自他打了120起，时间才过去七分钟，而他明白这段距离救护车至少也要走十五分钟。还有八分钟！短暂的八分钟现在却漫长如人的一生！万一晓雪有个三长两短他可怎么办啊？他已经不可能再承受死亡的又一次袭击了。他哭着，哭着，忍不住放声大哭了起来，像是一头即将被猎人捕杀的野狼发出了濒死的哀号。

泪眼迷蒙中，他忽然意识到卧室的门一直紧闭着，他不知道女人在里边做什么，她应该什么都听见了的，但她毫无动静，像是死去了一般。他想，死吧，都死吧！他没有任何时候能像现在这样看清处境：他们都是死亡的手下败将，败得一塌糊涂，败得肝脑涂地。

他还有什么理由不俯首称臣?

恍然间，他看到哥哥正在空中俯视着自己，哥哥的脸上挂着笑容，那是一种毫无内容的空洞的笑。他使劲掐了掐自己，皮肤都快被掐破了，他想——这绝对不是幻觉，即使这一切全是梦，但眼前看到的这张笑脸绝对是真实的。他对这一点，有着十二分的把握。

载《作品》2011年第3期（下半月）

秀琴

小时候，每年春节，父母都会带我回西凤村，和我爷我奶奶一起过年。每回我都能见到那个郁郁寡欢的女人站在村口，嘴里念叨着说：秀琴，你哪去了？咋还不回家做饭去哇？我不敢多看她，跟着父母迈着急急的脚步往前走，但她发现我们还是赶了过来，问道：你们刚从外头回来的？看到秀琴没有？我父母默不作声继续赶路，像是没听见这急切的询问一般。就我一个人赶紧摇头说：不知道，没见到。她还是跟在我们身后追问着，我很怕她会突然从后面揪住我的衣服，我听别人说过她曾死死抱住一个女娃，说这就是她的秀琴。想到这里，我的腿有些软，像被人推了一把似的就跑了起来，越跑越快。我听到身后我父亲有些怒气冲冲地对那个女人说：

秀琴，行咧，对咧，赶紧回去吧，别跟着了，你吓到娃了。

秀琴?！你看见秀琴了？那女人几乎尖叫了起来。

你不就是秀琴嘛！你就是秀琴！我父亲扔下这两句话就拉着我母亲快步走开了。我回头看，那女人呆愣在原地，嘴里也停止了念叨，我以为她会想起些什么。但是第二天大清早，天还麻麻黑，我站在屋外给老槐树撒尿施肥的时候，就看到她的身影已经塑像样安静地矗立在那里了。据我爷讲，那个位置曾经真的有座毛主席塑像。

她离我那么远，我便不怎么怕了，我撒完尿藏在老槐树后面叫道：秀琴！秀琴！我看到那死寂昏黑的塑像突然活了似的，树叶一般抖动了起来。我觉得十分好笑。我继续叫道：秀琴！秀琴！那塑像开始四处移动起来，简直就是个丧失了指令的机器人。不过突然间我感到她在朝我这边张望，那眼光跟刚磨好的镰刀刃一样晃人，我的心一下子收紧了，匆忙鼠窜回屋子，睡回头觉去了。

我待在西凤村的时候，如果没什么事都尽量避免经过村头那地方，就是怕见到那个找寻自己的女人。可是她地处交通要道，不见到她几乎是不可能的。

我奶奶逢年过节雷打不动要去庙里上香拜佛，她还特别喜欢带着我去。尽管庙里的烟火呛得我眼泪汪汪，可是我爱吃那里的斋饭，所以每次陪她去都是心甘情愿的。我永远都记得，那里有个老尼姑做的面食真是没人能比。不过这样一来，我去和回就遇到两次秀琴了。秀琴见了我奶奶就叫：六婆，你给庙里上香去哇？我奶奶站住脚说：你还知道我是你六婆呀？你还知道我去上香呀？可你咋就忘了你自个儿是谁呀？秀琴就不说话了。我奶奶拉着我继续走。秀琴又开口了，小心翼翼地问道：六婆，你见秀琴了没？俺家的灶台上都积了一层灰了，家里没有个女人弄不成事情呀。

我奶奶叹口气说：造孽哩！

我奶奶对我说：秀琴是个可怜人，把自己的魂给丢了，我都跟观世音菩萨说了好些回了，让她能帮帮咱可怜的秀琴。等会儿你也给菩萨磕头说说，你这个小碎娃的话可能比我这老太婆的话顶用。

我说：你和我爷的身体都不好，我爸妈有时还吵架呢，还有，我的数学成绩太差了，被老师批评了。我先求菩萨管管咱屋的事情，再管秀琴，行不行?

我奶奶笑了，说：没想到你这小碎娃这么懂事，这么聪明，行，菩萨的法力大着呢，你就是说上一百件，只要菩萨不烦就都能行。

我说：那菩萨烦了咋办呀?

我奶奶摸着我的头说：你是个招人疼招人爱的小碎娃，菩萨咋会烦你?

菩萨不烦就好，我已经开始琢磨我还要些什么东西了，能不能让妈妈同意给我买那辆想念了好久的遥控汽车呢?

在门口上高香，进大殿拜菩萨，这期间我奶奶严肃极了，谁的话茬也不接。完了后，我奶奶问我跟菩萨说了秀琴的事情没？我说，说了，说了两次。我奶奶夸我懂事，就带着我去吃斋饭。吃完饭我奶奶喜欢和五村四乡的居士们坐在炕上，说上一顿家长里短的事情。我由于吃得太饱了，就躺在她旁边美美地睡上一觉。日头偏西了，我们才慢慢回村。大老远，我就看到秀琴还站在那里一个人一个人地询问。我奶奶上前拉住秀琴的手说：你吃饭了没有？一天到晚都立在这里，累死个人咧！秀琴低下头，被我奶奶捏住的手变得僵直。她说：六婆，我吃了，今天我嫂子给我吃的扯面，我吃了两碗。我奶奶说：多亏了你哥你嫂子了，要不然你可咋办呀。秀琴说：六婆，没事，等秀琴回来了，她天天给我做扯面，你也知道她别的不咋样行，就是灶台上的事情会忙活。

我奶奶叹口气说：造孽哩！

我奶奶放开秀琴的手拉住我的手，对秀琴说：我跟小孙子都帮你求菩萨了，你也让你哥你嫂带着你到庙里好好拜拜，多烧上些香，别怕花那点钱。啊?

秀琴说：对，对着呢。

回到家，我对他们说：我和奶奶都求了菩萨好多回了，但是秀琴还是在到处找秀琴呢。

我爷说：你奶奶搞的那一套是封建迷信，不管用的，秀琴那是得病了，精神病。

我奶奶说：啥精神病，你以为是拉肚子呀，吃几服药就能好？人的魂找不着啥都是白搭。

我爷说：跟你说不通，我是无神论者。

我奶奶说：管你啥论，你能把秀琴拾掇好才算你的本事大！

见我奶奶的火气渐起，我爷便不吭声了。我父亲及时出现，作为和事佬说：秀琴这病又不是才犯下的，都好些年了，没办法啊！我母亲用怀旧的语调说：想当年，秀琴那可是漂亮死了，真是红颜薄命呀。我母亲和秀琴曾经是同级不同班的同学，她对秀琴当年的美丽至今还怀有一丝嫉妒，她不禁又追问我父亲道：当年你也是对她动过心的吧？我父亲有些气急败坏了，摇着头说：哪有的事情，怎么又扯到我身上来了！

我看到他们为了那个古怪的秀琴吵来吵去，看笑话似的高兴极了，尤其是平时一本正经的父亲遭到了母亲的调侃，我笑得肚子都痛了。后来吃饭的时候，我父亲还是借机朝我发了一通火，我仗着我爷我奶奶都在，我便说：你生我妈的气，干吗朝我发火？我父亲问：我怎么生你妈的气了？我说：因为我妈说你喜欢那个秀琴！我父亲脸都紫了，连骂放屁，站起来就要打我，我赶紧钻到我爷身后躲起来了。

我奶奶比起我们都要关心秀琴，那或许是因为秀琴和她算得上是本家亲戚吧，换句话说，秀琴是我们家的一个亲戚，只不过这层关系我们家里只有我奶奶一个人承认而已。我难以想象，我要是告诉我城里的同学我有个这样的亲戚，他们会怎么看我，会不会也把我当成个傻瓜来看呢？他们起码会暗暗觉得我和那个傻瓜女人在身体的内部是有些关系的。我们已经学了自然课，知道了什么叫种瓜得瓜、种豆得豆，什么又叫作基因与遗传。所以我出了西凤村便守口如瓶，从不提起。我父母更是如此，一回城便有繁杂的工作等着他们，他们哪有什么心思去想那个名叫秀琴又在找寻秀琴的女人呢？即便秀琴曾是他们童年时代的朋友或同学，那又怎么样呢？我父亲说他太忙了，从来都没有回忆的时间。他对我母亲说：我是个只有今天的人，已经没有了昨天，也看不到明天会怎样。所以我父亲在西凤村的时候，是他难得的余暇，他总是显得特别放松，和我说话也比往常多一些。

有一次他看到秀琴后对我说：你知道，古希腊有个哲学家叫苏格拉底，他就跟秀琴一样，天天问自己是谁。

我知道苏格拉底这个名字，老师上课提起过，我说：他也和秀琴一样，脑子坏掉了吗？

我父亲笑得眼泪都流出来了，连连说：不不不，人家问自己是谁那是一个哲学命题。

我搞不清楚秀琴和苏格拉底为啥有这么大的区别，不过有一天我突然知道了。

那天我们家吃火锅，西凤村的人平时哪有机会吃什么火锅，都是在后院里随便揪一把绿菜下在面锅里就是很好的伙食了。那天我们家吃火锅，准备了好多菜和肉，然后放进炖了很久的母鸡汤里煮，香味飘得到处都是。实际上这些东西都是昨日宴请亲戚后留下的剩菜，但是火锅这个东西特别能挥发出食物的香味。我们正吃的时候，意想不到的事情发生了，我们突然看到秀琴从敞开的大门走进来了，大家一时间都愣住了，只听见火锅咕嘟咕嘟的沸腾声。

秀琴对我奶奶说：六婆，你们吃啥呢，咋这么香？

我奶奶赶紧说：来来来，坐下吃。

我父亲给她搬了一张凳子，她就坐在我奶奶和我的中间，瘦干巴的手捏起一双筷子，向桌子中央的火锅伸去。我的心里像有条毛毛虫似的，有种说不出来的感受。我父母放下的筷子也没有再拿起来。秀琴慢慢吃着，很热，她的额头上满是汗，她也不去擦。我第一次这么清楚地看她，我想说，如果你不看秀琴的眼神，你一定会同意这是个相当漂亮的妇人，即便她身上穿着灰黑色的旧棉袄，也难以遮掩她身上那种独特的乡土味的秀美。

我奶奶盯着秀琴看，看久了不禁唏嘘起来，下意识地说：我可怜的秀琴，多吃点，多着呢。

秀琴却不吃了，她用煤球一样黑的眼睛盯着我奶奶看，说：六婆，你知道秀琴在哪了？

我从小就酷爱恶作剧，我不合时宜地代替我奶奶说：造孽哩！

我母亲笑着说：这孩子！我奶奶却毫不理会，她又握住了秀琴的手，说：我可怜的秀琴娃，你就是秀琴啊，你天天找秀琴，那你自己又是谁嘛？

秀琴很认真地对我奶奶说：六婆，你咋不认得我了？

我奶奶有些纳闷，说：认得啊，你就是秀琴嘛，你不是秀琴还能是谁？

秀琴盯着我奶奶的眼睛一字一顿地说：

六婆，我是宝魁啊。

她这么一说，我爷的手抽筋似的抖了一下，筷子掉在了桌子上。我赶紧问：爷，你咋了？你不舒服呀？我爷朝我挥挥手，低头不语。我父母也都不说话了，我扭头看到我奶奶的脸上泛起了一层灰色，显得特别吓人。

半晌，我奶奶问道：

你说你是宝魁?

我奶奶握住秀琴的手已经松开了。

六婆，我是宝魁啊。秀琴说。

我母亲突然站起来向大门外跑去，嘴里喊道：我受不了了！我父亲赶紧追了出去。这场景让我始料未及，我鼓起勇气，嗫嚅地问：爷，宝魁又是谁?

我爷明显犹豫了一下，但还是说：宝魁已经不在了，是个死人。

秀琴插话道：六爷，宝魁没死呀，我就是宝魁。

我感到全身汗毛竖立，哇的一声就哭了，我爷赶紧把我领出屋去，对我说：别怕别怕，秀琴是个稀里糊涂的精神病，别怕别怕。

我们家四个人站在屋门口的老槐树下面，都是一副惊慌失措的样子，尤其是我泪眼婆娑的样子显得相当悲情。没多会儿，村里就有好多人围了过来，对我们问长问短。我们说了秀琴的事情，众人一下子都惊异地咂嘴议论起来。不过，大家还没来得及发表什么高见，我奶奶就领着秀琴从屋里走出来了。议论一瞬间消停了，我发现大家看秀琴的脸色与平时大有不同，许多人皱着眉头大张着嘴，像是在沙漠中瞭望地平线的蜥蜴。

我奶奶对着众人只说了一句话：我原先只当秀琴是把魂丢了，现在才知道是宝魁的魂上她身在胡闹呢，这天煞的宝魁！

我奶奶的这种说法令人感到毛骨悚然，她带着秀琴继续往前走，众人虽然不知道她要去哪里，但都默默地跟在身后。我问我爷：宝魁的魂为啥要上秀琴的身? 我爷这次没有纠正我的迷信错误，只是说：宝魁活着的时候，和秀琴是两口子。我点点头，原来宝魁就是秀琴那个死去的男人呀！我知道秀琴是个寡妇，是个没有男人也没有孩娃的寡妇。

队伍行进到十六婆的门前停住了，我奶奶带着秀琴走进去了，

让其他人就站在门外等。她说，千万别进去，进去就不灵了。这么一说，众人恍然大悟，又热烈地议论开了。

我爷说：你奶奶找十六婆做法去咧！

我激动地问：十六婆会法术？就跟《西游记》里孙悟空一样？

我爷恢复了无神论者的面孔说：啥法术，都是些装神弄鬼的货色！

我说：爷，我想去看看呀！

我爷说：人家不让看，说看了就不灵了。

那我奶奶咋能进去？我纳闷地问。

我爷说：你奶奶是修行的居士，在边上念佛经，据说能增加功力哩。

我央求我爷带我去看看，我说你又不信这些，干吗不带我去？我爷看了看周围的人，喃喃说道：可人家都信。然后他俯下身对我悄声说：你去后街从福生家的羊圈绕过去，就能从后窗看到了，操心着，别让人给逮住喽。我连说好，高兴极了，撒腿就跑，跑到街道拐角处我偷偷往回看，发现他们谁都没留意我这个小碎娃。

我溜到十六婆后窗的时候，才发现窗帘是拉上的，那黑乎乎一片没有任何花色的窗帘让我沮丧极了。我不甘心，我重新踮起脚尖寻找着两片窗帘布之间的缝隙，终于找到了一个米粒大的小孔。我凑上前去正好看到了秀琴，她坐在那里，但我却看不清她的表情，她的脸深陷在屋内乌云样的昏黑当中。后来我看到十六婆小巧的身影飘了过去，把一把绿豆样的东西打在秀琴的身上，秀琴举起两只胳膊抵挡着豆子的进攻。我没有看到我奶奶，但凝神静听能听到她断断续续的念经声。不过她的声音太微弱了，被十六婆那很诡异很响亮的嗓音给完全遮盖了。十六婆一声声叫着宝魁！宝魁！宝魁！后来又听到她很愤怒地骂道：滚！滚！滚！给我滚㞎！

本来我是非常紧张的，甚至还有点儿害怕，但我突然听到十六婆在做法的时候还骂脏话，竟然说给我滚屎！我一下子控制不住笑了起来。我赶紧捂住了我的嘴，但还是晚了，黑色窗帘布哗地就拉开了，十六婆见到是我，生气地朝我奶奶说：

你快来看！看这是谁家的崽娃子?!

我奶奶从一个蒲团上站起身来，走过来看到是我，满脸的诧异，她密布皱纹的嘴巴翕动了几下，才说：

我的观世音菩萨呀！你在这儿干啥呀?

看到娄子捅大了，尤其是十六婆那恶狠狠的目光让我心里发虚，我不由自主地撒谎了，我说：是我爷让我看的，他说看看没事。

十六婆转过头去盯着我奶奶气愤地说：你男人在外头才当了几天官嘛，一天到晚就说咱是搞迷信，可农村这些日怪的事情，就得咱农民的土办法才能解决嘛！

我奶奶赶紧一边回话道：对着呢，对着呢。一边朝我摆头，示意我赶紧走，我就一溜烟跑回家了。我钻进被窝里，浑身打着哆嗦。我被吓得够呛，但是并不是因了十六婆的训斥，而是在拉开窗帘的当口，我看到秀琴像个木头人一样僵坐在木椅上，她的眼睛尽管是睁开的，却没有在看任何东西。那种迷离恍惚的眼神让我心惊胆战，似乎是宝魁的魂灵就躲藏在那双眼睛后面。那眼睛已经不再是眼睛，而像是几分钟前我找到的窗帘缝隙一样，是一个裂口或是通道，另外那个阴森可怖的世界就从这个裂口往外窥探和张望着。

我大病了一场。那天还没等到晚饭的时间，我就已经高烧不止了。我奶奶回家后把我爷狠狠骂了一通，说怎么能让娃去看做法呢，没点修行的人看了都伤神呢，何况是个小碎娃！我病了，我爷自然理亏，他就不吭气，兀自捋着白胡须去哼他的戏曲小调了。我奶奶对我父母说我的魂给惊散了，她得马上叫回来。她的手在我头顶一圈一圈旋转着，嘴里不断轻声叫着我的名字。她的手指摩挲得我好舒服，她叫我的名字让我的心头微微发热，没一会儿，我就熟睡了过去。

第二天中午我才醒来，我喝了一碗玉米稀饭吃了两个馒头，感到精神恢复了许多。我父亲说：你和我小时候一样，身体都特别好，什么病睡一觉第二天就好了。我笑了笑，突然想起了什么，便说：我知道为啥秀琴和苏格拉底不一样了。我父亲一愣：咋个不一样？我说：苏格拉底是不知道自己是谁，而秀琴却搞错自己是谁了，她把自己当宝魁了。我父亲又大笑了起来，笑着笑着他却突然不笑了，严肃了，他说：以后再也不要拿苏格拉底和秀琴来比了。我说为啥呀，不是你先提出来的吗？我父亲说：我那是个玩笑，你以后就知道了，搞清楚自己是谁是个相当严肃的问题。我不解地问：你不知道自己是谁吗？我父亲搔搔他头顶上那几根稀疏的头发说：你别说，有时候还真不知道，不过有一点我很确定，那就是我是你爹！

这是句废话，我心里说。我转身去找我奶奶了，我想问问她，对秀琴的做法有什么结果了。这时我爷提着一袋子苹果走进门，我问他我奶奶去哪里了，是不是又去给秀琴做法了？我爷说你的病好得真快呀，我给你买了苹果吃。我不大想吃苹果，继续追问我奶奶的去向。我爷突然有些气急败坏地说：让你说对咧，那老婆子又去做法了，我都说她了，屁都不顶一个，今天早上秀琴还在村口找秀琴呢！我笑了起来，昨天恐怖的阴影已经散去。我又想出门去看看热闹，但是我爷叫住了我，让我不要出去，他说十六婆还生我的气呢，说是我害得昨天的做法不灵了。

我有些闷闷不乐地和我母亲一起坐在炕上看电视，我母亲现在一点也不愿意提及那个说自己是宝魁的女人。她说一想起来就浑身都是鸡皮疙瘩。不知道为什么，我的脑子里却老想着秀琴，我得承认，我是个好奇心过分发达的小碎娃。

等到吃晚饭的时候，我奶奶才从外面回来，我兴奋地跑上前去问长问短。我奶奶摸着我的头说：你的魂回来了？我说：回来了回来了，秀琴的魂回来了没有？我为我问得如此专业而暗自得意。我奶奶叹口气才说：秀琴的魂怕是回不来了，宝魁是死得太可怜了，阎王爷可怜他，让他借着秀琴的身再活上一次。

我奶奶的说法惹起了全家人的兴趣，连我母亲都围坐了过来，想知道个究竟。根据我奶奶的讲述，大家知道了一个无比心酸的故事。这个故事的各种细节在我奶奶的讲述中，西凤村左邻右舍的补充中，以及我后来长达数年的调查访问与设身处地的想象中，逐渐丰富起来了，但愿我能够将一个生命的多个侧面复原出来。

当年秀琴和宝魁是一对非常恩爱的夫妻，他们从小一起长大，一起经历过很多苦难。后来是秀琴主动和宝魁好的，因为宝魁总是很自卑，觉得自己配不上秀琴。他们结婚后，就商量想攒一笔钱再要孩娃，不能再让孩娃待在农村受苦。所以他们结婚一年后，就一起去南方打工了。这一走就是三年，每年都有钱从南方寄来，但人却一直没有回来。直到有一天秀琴回来，却是抱着宝魁的骨灰回来的。大家急着追问宝魁是怎么死的，秀琴只是哭，一直都不肯说。大家也理解，就先给宝魁把丧事办了。这次的丧礼持续的时间特别久，真是做足了七七之数，期间秀琴除了哭还是哭，一直都不说话，媳妇妯娌们天天来劝慰也没什么效果。而且每逢七，秀琴还要去宝魁坟上祭拜，更大更猛地哭上一次。待到过了四十九天，请来和尚道士做了道场，保了太平，丧礼正式结束了。可就在结束后的第七天，秀琴却站在了村口，问来往的路人：你见到秀琴没有？赶紧叫她回家做饭。大家这才发现秀琴出毛病了，拉她去乡上的医院看了，在多次打针吃药都不顶事后，就由她去了。因为在乡村，经常会看到这样的怪人，智障、哑巴、侏儒、佝偻，这些都是司空见惯的事情。现在西凤村出个不算太疯癫的秀琴，其实没什么大不了的。就这样，一晃好几年过去了，没人再去追究宝魁是怎么死的呀、秀琴找自己干啥呀这些问题。

可现在秀琴却突然告诉大家，她之所以找秀琴是因为她是宝魁，而她是宝魁了秀琴自然就不见了，需要去找了。这样的错乱让大家一时半会儿有些难以接受。毕竟宝魁的墓还在村西头的斜坡上立着呢，现在突然来一个人说自己是宝魁，这不是让大家觉得自己是和鬼魂生活在一起吗？西凤村安详平和的生活气氛被搅了个乱七八糟。别说孩娃，就是许多大人夜黑了都不敢出门，生怕碰见个什么脏东西给惹上身了。当然也有例外，就像我爷是不怕的，他夜黑了才出来，正好显示下他作为无神论者的光荣。不过他的这种行为遭到了我奶奶无情的唾弃与羞辱，第二天晚上他就早早睡了，没有再出去展示他的勇气。

所以说，我奶奶和十六婆的做法是顺应西凤村的天道人心的，而且我奶奶和十六婆做法期间秀琴告诉了她们很多事情，所以她们的做法是成功的。她们得到的事情，正好弥补了上面故事的最核心的情节。也就是说，我们这才知道了宝魁是怎么死的。

说起来，西凤村没有比宝魁更可怜的人了。他爹那辈子运气就不大好，当年他爹和我爷一起参军去打日本鬼子，可是他爹在一次战役中成了俘虏。他爹为了活命就做了伪军，尽管很快就逃出来了，但还是留下了历史污点。我爷虽没什么大出息，却因为一点点军功后来做了白马乡的乡长，西凤村就是白马乡下面的一个小小的自然村。反右运动开始的时候，宝魁他爹就被人揪出来了，我爷力保才度过一难；但没多久“文化大革命”又开始了，我爷都被批斗了，何况宝魁他爹呢？他爹被城里来的红卫兵给捆在牛圈里，结果就忘了这么个人。那是大冬天，天寒地冻，一夜大雪，他爹当晚就冻死在牛圈里了。第二天，宝魁他娘去找红卫兵理论，结果反被羞辱一番，他娘是个火爆脾气，当场气得心脏病就发了，满嘴吐着白沫死了。宝魁便成了孤儿，而且，还是个独苗。严格来说，他本有个姐姐的，可他姐在他十岁那年就染上肺结核死掉了。

宝魁是被他一个寡妇婶子拉扯大的。他命这么苦，但是见了人都是微笑的，透着纯粹的朴实与厚重。他经常对人说：我这辈子就只有两件好事，一件是我能和秀琴成亲，另一件是我婶子能看到我和秀琴成亲。大家就笑着骂他：你狗日的路还长着呢，这么两件事情你就知足了？宝魁竟然点点头，认真说：我这辈子苦是苦，但有这两件事情我是知足了的。

都说一语成谶，宝魁就是这么说出了自己的命运。

结婚不到一年，他婶子就过世了，不过他婶子活了七十岁，古稀之年，算喜丧了。他给他婶子大办了丧事，把城里最好的剧团请来唱了一整天秦腔，完全是对待父母的大礼。乡亲们直到现在提到这事的时候，还是竖起大拇指，赞不绝口。不过，这也花光了宝魁所有的积蓄，他就和秀琴商量：咱们去南方打工吧，听说广州深圳那边待遇不错，一月就能挣个几百块呢，比种地强。秀琴还在犹豫，宝魁就说：我可不想咱的孩子以后像我一样受苦受累，狗屁不通，我要让他上大学。秀琴见他有了这么大的决心，便同意了。

俩人先是在广州、深圳找工作，但是一些人说东莞的机会更多，而且那边的生活成本也相对低点，他们便去了东莞。那时候的东莞工厂林立，就像是干渴的海绵吸水一般，似乎不管有多少人去都能被吸纳进那个初始而笨拙的工业系统当中。秀琴先找到了一家制衣厂的工作，一天有十八个小时坐在缝纫机前。宝魁没什么技能，只能去工地上打小工了，抬砖头筛沙子，每天尽管累得半死，心里却慢慢踏实下来了，毕竟挣的钱比种地多。

不过干了一年多后，先是秀琴撑不住了。凡是那个年代在制衣厂工作过的人，一辈子都忘不了那种憋闷的气息、脊椎的僵化以及瞌睡的折磨。本来秀琴周末应该去找宝魁相会的，但她却躺在宿舍狭小的床铺上睡得昏天暗地。即便这样，那种疲劳还是缓解不了，她开始耳鸣，每天大脑中有一架直升机开始起飞，却永远也飞不走。有一天，秀琴亲眼看到她左边那个叫小娟的工友睡着了，冰冷的缝纫机针将她的手和一件白衬衣缝在了一起，血在白布上洇开，像是艳红的水墨画。可小娟却毫无知觉，睡得像死人一般。在小娟被叫醒后，没人把她送到医疗室，而是一个穿着黑色夹克戴着墨镜的人走过来，给了她五百块钱，让她不用再来了。

宝魁知道这件事情后，就再也不让秀琴去上班了，他花钱租了一间简易工棚，就和秀琴住在里面。宝魁说：等攒够了五万元咱就回，回去好好过日子，再也不出来了。秀琴掰着指头给他算，以他现在的收入，啥时候能净赚到五万元。算出来的结果是，十年。秀琴说：十年后都不知道啥形势了，而且咱也不能十年后才生孩娃呀。宝魁说：有个师傅愿意教我电焊，这个技术学好了，收入比现在能翻番。从此以后，宝魁白天工作，夜里还得帮师傅打打下手，学学技术。秀琴一天买菜做饭，顿顿有肉，吃得宝魁很开心。秀琴说：啥都能省，就是吃上面不能省，你干的都是重活苦活。宝魁只是笑，只顾着扒饭，连话也顾不上说。吃完饭他就抢着去洗碗，然后对秀琴说：你是个女人，也不要太省了，爱买啥就买啥，我只管在外边挣钱。

宝魁真是太爱秀琴了，他除了爱秀琴也没别的嗜好，从不抽烟更不酗酒，做工闲了就对人说他的秀琴怎么怎么好，做的饭有多么多么好吃。

工友就笑他：宝魁，你对你老婆这么好，是不是你上辈子欠了她的?

宝魁一本正经地说：是啊，我不但上辈子欠了她的，这辈子和下辈子也都欠她的。

他这么说，惹得工友们都起哄了，都说狗日的宝魁看着老实巴交的，可说到对女人却把人能肉麻死了。这时，有个人突然怀着某种本能的恶意，粗声问道：

宝魁，说真的，那让你去替你老婆死，你也愿意?

工友们都瞪大了眼睛，想看宝魁怎么说。

宝魁的脸阴下来了，说：你这个人这么说很不厚道。但我还是告诉你，我愿意，就这么简单。

工友们沉默了一会儿，有人吹起口哨，大家又怪叫着重新嘻哈了起来。

谁也没有想到，灾难的种子就在适才那段对话中种下了。多年以后，我在脑海中重构这一幕的时候，最大的感慨便是，人的内心中有一种特别危险与野蛮的潜意识，如果没有理性与人性的约束，任由这种意识去主宰自己的想法与行为，那一定会带来万劫不复的灾难。我这样说，大家应该已经猜到了凶手是谁。没错，就是那个问宝魁愿不愿意替他老婆去死的人。工友都不大记得他的全名，平时都叫他老严。这是一个孤僻沉默的人，他说自己不到五十，可头发都花白了。谁也猜不透他的所思所想，也没人听他说起过自己的家人朋友什么的，都觉得此人难以相处，而且有时候说话是很不中听的。那事过后，此人就像沙地上的一摊狗尿，竟然完全消失了踪影。很有可能的是，他现在还活着，在某个阴暗的角落旮旯里活着，昆虫一般麻木无知地活着。

说来，那事令人难以启齿。

那是一个晚上，宝魁跟师傅电焊去了，活比较多，很晚了还没有回来。秀琴等了很久便先睡下了。不知道过了多久，秀琴感到身边有个人抱住了自己，秀琴太困了，也没在意，只当是宝魁回来了。每天晚上，都是宝魁抱着她睡，宝魁在她面前有时就像孩子样的。她都由着他，母亲样的。突然，她身边的那个人开始脱她的内裤，她觉出了不对劲，宝魁从来不会这么粗鲁，宝魁永远都是轻抚的温柔的，而且宝魁也从来不会在她睡觉的时候做那事，做那事前他必定会征得她的同意。她挣扎了，睁大眼睛看到了一个陌生的身影。可是为时已晚，那身影早就控制住了她的身体，她只有束手就擒。她想大喊却忍住了，耻辱像是块脏抹布，堵住了她的嘴。她只想着宝魁能赶紧回来，救他。她咬着牙拽下来了那人的一大把头发，撕裂了那人身穿的背心。可那人一声不吭，不打不骂，直到完事后，他才恶狠狠地对秀琴说：

妈的，你知道吗？我他娘的见了我那老婆都想吐，可宝魁却说他愿意替你去死，现在宝魁还会替你去死吗？

秀琴只说了一句话：

宝魁会让你去死。

那人怪笑着说：死就死吧，这辈子我值了。我把一个有人肯为她去死的女人都给办了，还有什么不值的。

宝魁回来的时候那人刚走，这就是西凤村人时时挂在嘴边的“命”吧。秀琴毫不犹豫地把事情告诉了他，宝魁抱着秀琴，俩人失声大哭。宝魁看着那缕狗毛般黑白相杂的头发，看着那块暗红色的背心布条，已经猜到了七八成。再根据秀琴的描述，他一下子就知道了是狗日的老严了！他对秀琴说：前几天老严问我愿不愿意替你去死，我说愿意，就这点儿事情，这狗日的居然就嫉妒上了，就恨上了！我宝魁长这么大从来没见到这么黑心狠心的畜生！说完，宝魁操起秀琴平时做饭的菜刀就冲了出去。秀琴突然清醒过来了，在后面追着喊：宝魁，你千万别昏头，咱去公安局告他！可宝魁哪里还听得进去，人已经没影了。

宝魁一口气追到老严住的集体宿舍，工友们刚开始没开门也没开灯，这么晚了不知道宝魁还能有啥事。有个人睡得迷迷糊糊的，醒来后对宝魁喊道：宝魁，你找老严是吧？老严刚才回来慌里慌张说，要是宝魁你来找，就让你去工地的楼下找他，他在那等你，我也不知道是啥狗屁事情。宝魁脑海里一片空白，大吼道：我去杀了那个畜生！工友们一听才知道事情不对劲，有人开灯开门去看，可宝魁早跑远了。都是干体力活的，太困，有人继续睡下了，有人打着盹，犹豫着该不该去看看。突然间，一声什么建筑崩塌的闷响传来，在静夜里显得格外惊心动魄。刚才喊话的人第一个灵醒过来，从床上蹦到地上喊道：日他娘的，都赶快起来去看看吧，弄不好出了大事呢！

等工友们披上衣服，来到工地那边的时候，宝魁已经死了。几十块砖头散落在他的身上和周围，人们只能看到他露出在砖头堆外的头颅被砸碎了，一片血肉模糊。另外，还可以看到他愤怒向前伸去的右手臂依然紧紧握着一把菜刀。

宝魁就是这样死掉的。

从我知道这个故事，到我能讲出这个故事，时间已经过去了很久。我已经长大成人，在社会中摸爬滚打了。我认为自己是个作家，却只能告诉西凤村的乡亲们我是个记者。因为他们知道记者是做什么的，却不大明白作家是什么意思。坐在家里嘛，那怎么来钱？不过话说回来，我的工作身份还真的是南方某报的记者。我在一次包工头拖欠工人工资的采访中，遇到了一个名叫马一生的农民工，四十多岁的矮个子，闲聊中不知怎么我就提到了宝魁的故事，当然我没有指名道姓，但是他突然说：你说的那人叫宝魁吧，我知道这档子事情。我大吃一惊，赶紧把他专门叫到我住宿的宾馆里，请他洗澡喝茶吃东西，请他好好说一说宝魁。

我说：那可是我的一个亲戚。

是的，这么多年过去了，我已经把秀琴和宝魁当成了我的亲戚，就像是我奶奶当年那样。

马一生拉拉杂杂说了好多，后来就睡着了，他的呼噜声像是台风袭来时的惊雷，害得我一夜没睡安稳，一晚上都在琢磨他说的那些事情。第二天很早他突然就起床了，说要去工地干活了。我说不急不急，请他一起去吃早餐。吃饭时让他再讲点什么，他说：就这么多了，时间太久了，很多人啊事啊都忘了，要不是宝魁死得那么惨，我可能也不记得他了。我表示理解。后来，我送走他才突然想到，我忘了告诉他秀琴的事情了，关于秀琴我居然只字未提，他也只字未问。宝魁和秀琴的事情合在一起才能变成一个完整的故事，可他却带着半个故事走掉了。

我回到宾馆，心中汹涌的情绪还没有平息，我连鞋都没脱就直挺挺地躺在床上，回忆起马一生的那些无边无际的杂谈，我觉得有这么三件事情非常值得一说。

第一件事是秀琴原来是不能生育的。可奇怪的是，这事秀琴自己却不知道，只有宝魁知道，可能是当年妇检时宝魁要求医生保密的，而秀琴文化程度不高，也没有自己去过问。宝魁是在一次喝醉酒后，无意间透露给马一生的，并要求马一生保密，马一生也做到了。在马一生告诉我这件事之前，他从未告诉过任何人。当马一生安慰宝魁的时候，宝魁反而说：其实我能想通的，但我最怕的是秀琴知道这事，她肯定是想不通的，所以你千万千万保密。

第二件事是宝魁居然曾经去外面“爽快过”。当时我不懂什么叫爽快过，马一生傻笑了几声说：爽快过就是去外面找女人，给钱的那种。有时候日子太难挨了，我们就会去附近的一家发廊里爽快，宝魁也跟我们去过一次。完事后我们就笑宝魁，说宝魁你平日里有秀琴那么好的老婆给你爽快，有时候声音大得撩拨到我们都没法睡，你怎么还去找小姐爽快啊？宝魁说：听你们老是说小姐比老婆爽快，我就想去试试，现在觉得一点都不好玩，觉得很对不起秀琴。大家就嘘他，然后就跟他开玩笑说，宝魁，你小子以后要是得罪了我们，我们就把这事告诉给秀琴听，宝魁听了这话，居然蹲下身来，哭了起来，那是真哭，哈哈，我至今还记得他那可怜相儿！马一生说到这里大笑了起来，像是被人搔痒了似的难以自制，他说：我从来没见过这样的男人，我忘不了这个男人。

第三件事最为重要，是关于那个杀人凶手老严的，那就多说上几句。

马一生说：这老严可能脑子有点问题的，不排除某些人会有一星半点那样畜生的想法，但是真的去做了，那就连畜生都不如了。

我赶紧问：当年你们没有帮着去抓那个畜生吗？

马一生一拍大腿，翻身坐在床沿上喊道：咋没有哇?！有啊，我们几个工友见宝魁倒在了砖头堆里，就知道是老严搞的鬼，我们就把工地给包围了起来，报了警，然后有几个人就去抓老严了，可愣是没找着！后来警察来了，带了大狼狗，也就是警犬，警犬跑到工地那边的围墙下面，对着那边汪汪直叫，我们这才知道，这狗日的老严已经跑到外边去了。

我忍不住插嘴问道：那就让警犬带路啊，他还能跑到天上去不成？

马一生啊呀了一声说：你不知道啊，围墙那边是个挺深的臭水沟，他要是游过去了，警犬哪里还能闻到他。

我直叹气。

马一生说：后来，果真，警犬只是站在水沟这边叫，也不知道该往哪边追了；警察说看来要给他们一些时间，发布通缉令来追捕他了，但是直到今天也没有下文。不过，警察查到了那个老严的底细，那狗日的当年就把自己老婆给虐待成了重伤，然后逃出来的，原来他早就是个通缉犯了。

我连连摇头叹息说：唉，真没天理，宝魁苦了一辈子，到最后连个公道都没有！

马一生这时却沉默了一小会儿，突然小声说：以前我也不信哩，只当是好人受罪，坏人逍遥，但是天理还是有的，老天爷的眼可不瞎哩！

我急问：咋回事?

马一生带着点神秘的神情说：后来，楼盖成了，开始清理环境，重建了围墙，填平了臭水沟，那是宝魁死了两年后的事了。就在我们填臭水沟前，搞清理的时候，有人竟然捞出了一个死人，那人已经完全稀烂了，臭不可闻，不成样子了。有人就说了，日娘的，这莫不是老严那个死鬼吧? 大家就围拥过来看，有人说是，有人说不是，吵了起来。说是老严的人就说，我们报警吧，让警察来搞；说不是老严的人也同意了，说这样好，这样最好不过了。可这时我们的包工头吴老板急火火地跑过来说，死尸的事情集华那边已经知道了，张总说这事要是有人透出去，就一分钱都不给发！

我气得站起来了，说：这狗日的集华公司，去年因为工程质量问题被取缔了，原来很早的时候就是这么没天良的了！

马一生说：可不是嘛，当年宝魁死的事情他就不准大家在外头乱讲，那张总就害怕死人的事情传出去，会影响房子的销售。那天也不知道是谁，刚一发现死人就报告给张总了。你知道，那房子原来的位置还比较偏，不像现在这么旺。妈的，我也好多年没去过那里了。

我们沉默了一会儿。

关于这事我最后问他：那你觉得那死人到底是不是老严？

马一生想了很久才说：说实话，当年我认真看了很久，日娘的，我心里非常希望是，可光站那儿看，实在不能肯定啊！可能是，也可能不是，那一带当年经常会有一些流浪汉乞丐什么的，他们有时会来我们工地偷钢材去卖，所以有的工友就说那或许只是个毛贼……

我静坐在那里，突然觉得沮丧像潮水样将我裹住，呼吸都憋闷了，我挣扎着，发出了粗重的喘息声。我心里暗暗骂了起来：马一生啊马一生，你狗日的说了那么多，原来都是些废话！

马一生也安静了一会儿，突然，他用一种严肃的甚至略带深沉的语调说：年轻人，你别那样，我的话还没说完呢。你听着，我现在可以告诉你，当年，我的眼睛让我不能确定，但我的心却铁板上钉钉样地确定了，那人就是老严，还能是谁呢?！他只配得到那样的下场，真的，从那天开始，我真的信了天网恢恢疏而不漏这话了，以后我要有什么干坏事的坏念头冒出来，我一想到老严那腐烂的身子，我就全身都是鸡皮疙瘩，所以，我不会再做任何的坏事，从那天起我就开始行善了。这个你可以去问我的工友们，我没必要骗你的。

他这样一说，完全出乎我的意料，但我突然间完全没有障碍地就理解他了。如果这苍天上的神真要给我们一点儿什么启示的话，我想就是这样的，不可能有明白无误的谕旨，但有人的心可以去逼近那引导我们向上飞升的东西。那东西是存在的。

我看着马一生的眼睛，压瓷了声音说：我也相信，那人绝对就是老严。

我们望着彼此的眼睛，笑了起来。

我突然想起来，问：那尸身呢？

马一生说：吴老板派了俩人，把那尸身丢进化粪池了，啥也没了，就像从没发现过一样。

我们几乎同时骂了起来：这狗日的吴老板！

第二天早上，马一生吃完三个大包子后，我送他回去，路上他突然说：我不该和你聊宝魁的，我心里很难受，我对不起他，这辈子都对不起他。

我想都没想就说：因为当年就是你告诉宝魁说，老严在工地的楼下等他的，对吧？

马一生呆愣在了原地，说：你咋知道的？

我拍拍他的肩膀说：你走吧，宝魁不会怪你的，他在那上面。

我指了指天上的云朵。

马一生的眼泪立马就下来了，他使劲握住我的手晃了好几下，然后转身走了。我看到他用脏乎乎的夹克袖子抹了好几次眼泪，那浅绿色的夹克后面有一块地方破了，一缕丝线在风中飘来飘去，像是一根触须，试图在它的周围寻找什么可靠的地方。

自从知道马一生讲的那些事后，我就一直有种冲动，想站在秀琴的面前，告诉他那个该死的老严死得有多么罪有应得。但我不敢确定秀琴会怎么样，这会加重她的疯病吗？我突然想到，秀琴现在怎么样了呢？我很久都没见到她了。因为我很久很久都没回过西凤村了。早在前些年我的奶奶过世时，我爷就被我父母接到了城里一起住。我爷逢年过节还想回西凤村去，但被我父母一致拒绝了：还去那里干啥呀？我爷说：毕竟那是咱的根嘛。我父母说：可回去做啥嘛？我爷就不说话了，噎住了。

我记得，我最后一次见秀琴还是在那村口。我父亲开着一辆黑色的尼桑来接我爷，我把我爷搀扶着上了车，车开到村口的时候为了避开一辆拖拉机，就停了一会儿。在这短暂的时间里，我看到秀琴还站在老地方，在找秀琴。过往的人们见了她就叫：

宝魁，宝魁，你还在找秀琴啊?

秀琴并不看问话的人，但却认真地点头说：

是啊，我还在找秀琴呢，她咋还不回来。

人们就哈哈大笑着走开了。

人们已经把她是宝魁这种说法当成现实来接受了，并且拿她来逗乐子，算得上是变废为宝了吧。

我父亲当时对我说：一个人能把自己当成另外一个人来活着，你说稀奇不稀奇。你是记者，要有新闻敏感性，不妨写个这样的报道，大家准爱看。

我想都没想就说:不,新闻就是为了抹杀人的真实生活而存在的。

我父亲从后视镜里惊讶地看了我一眼说：胡说，那我每天看报纸干啥? 你还当记者干啥? 你怎么能胡说呢?

我一点儿也没胡说，从外在于秀琴的目光来看秀琴，她就是一个奇怪的存在，就是一个凑足报纸版面的社会新闻；而从内在于她的眼光来看，她的奇怪却是一种神秘，一种感动，因此，这更是小说，是文学，是人性的丰饶。

这些，我都没有说，有谁会理解秀琴，又有谁会理解我呢?

就这么多少年过去了，我也没想到，我再见到秀琴的时候已经是她快死的时候了。

是我爷先知道的。

我爷待在城里备觉无聊，尽管在小区里他也认识了几个老人，有时还会一起下棋什么的玩玩，但他还是觉得憋闷，觉得不能畅所欲言，不能无所顾忌，更不能得到实实在在的理解。所以当他知道西凤村里有几家也装电话后，马上高兴了，烦了闷了就打电话回去找人聊天，他对人家说：别怕，咱慢慢谝，电话费算我的！

有了这“热线电话”，我爷就总能在第一时间知道西凤村的事情了。

我爷在知道了秀琴一病不起后，连连说：也好也好，这样秀琴就解脱了。

我爷居然还用他有限的幽默感对我们说：鲁迅不是有这么一句话嘛，有的人活着他已经死了，有的人死了他还活着，这不就是拿来说秀琴和宝魁的吗？

我们听了忍不住笑了起来，因为想想还真是这么回事。我看我爷，他却一点也不笑，好像不觉得自己说了怪话。我笑完了对他说：爷，这话说得真准，这是诗人臧克家纪念鲁迅先生的一句诗。

我爷捋着他的白胡须说，他就记得是和鲁迅有关的，然后他话锋一转，突然建议我们都拿出些钱来，给秀琴再看看病，更多的是准备一下后事。这话很实在，所以我们一听就毫不犹豫地响应了。最后全家凑足了一万多块钱，由我带着去了西凤村。我爷本想和我同行，却发现自己的腿像是踩在棉花上，根本走不了远路了。我爷只好叹口气说：记得去给你奶奶扫个墓，多烧些纸钱，她迷信了一辈子最讲究这些了。我抓着我爷干枯的手掌说：放心，我记下了，我还会去给十六婆也多烧些纸钱！

我到西凤村后，住在村长德胜家，他算是我的堂叔。他说可怜的秀琴已经从县里的医院回来了，就躺在家里，每天卫生所的王三伯都会去给她输液。

我问：德胜叔，你们村委对她有没有什么照顾？

德胜说：她一个农民又没社保啥的，咋照顾？无非每家去给送上几个鸡蛋。

我只能叹口气，让德胜叔带着我去看她。人们见到我就说：秀琴有福了，六婆的孙子从城里专门来看秀琴了！

远远看到秀琴家都觉得心酸。这几年村里人口袋里有点儿钱后，都喜欢大兴土木，重盖房子，现在几乎都是两三层的小楼房，可秀琴家还是那种黄泥土坯房，夹在两幢高大阔气的楼房中间，显得特别扎眼，特别荒诞，简直就像是先锋艺术家搞出来的装置作品。进了门，一眼即看到秀琴睡在窗下的土炕上，整个人缩成了很小的一团，被筒外面露出一头乱糟糟的白发，像是只可怜的老山羊。很难相信，这个人其实还远不到六十岁呢。

她似乎睡着了，我示意德胜叔不要叫醒她，可她的眼睛这时却微微睁开了。德胜对我说：她到这个时候，睡和醒就跟做梦样的，分不清了。然后德胜朝着秀琴大声喊道：宝魁，醒着没，六婆的孙子来看你了！我听德胜叔这个时候还叫她宝魁，突然觉得难过极了，她将作为另外一个人死去吗？秀琴吃力地望着我，似乎在搜寻着记忆。我不知道她还记不记得我这个当年的小碎娃，在我的印象中，她很早就疯掉了。秀琴看了我好久才说：

我想六婆哩！

我听了她这么说，眼泪猝不及防就流下来了。我上前紧紧握住秀琴几乎脱水的手说：我也想哩。

秀琴眼角湿了看着我又说：我真想六婆哩。

我紧紧握住她的手。

这次回来，我就见了秀琴两回面，这是第一回，就这么匆忙结束了。因为她流着泪又迷糊过去了。德胜叔说：行咧，让她睡，咱下回再来。

可没想到，下回却是最后一面了。而且，时间上也格外快。

就是当天晚上，秀琴快不行的消息就传来了，我和德胜叔赶紧往那边跑。跑到一看，我惊呆了，秀琴已经从炕上坐起来喝稀饭呢。秀琴的嫂子过来对我们悄声说：这是回光返照哩，最迟也就是后半夜就该走了。我半信半疑地走到秀琴的身边坐下，秀琴看到我后很亲切地说：你是六婆的孙子，你又来看我了。我赶紧点头说是。秀琴说：当年六婆对我好，我记着呢。我看着她的一言一行一举一动，完全与常人无异，似乎她从来都没有疯过。

来看望秀琴的众人也都发现了，大家面面相觑起来。有人就尝试着问：秀琴，你刚才吃的啥饭？你咋吃得那么香？秀琴听到“秀琴”二字还是坐在那里，不像平时那般激动，她淡淡地说：我嫂子给我熬的小米稀饭，好喝得很。

她这么一说，大家都齐声喊道：秀琴，你回来了！

秀琴听大家这么喊，显得有些发怔。

大家也不管秀琴的态度，一拥而上，急着和秀琴去聊上那么三言两语，就像是秀琴出了一个很远的门才回来，大家急着嘘寒问暖，打听下远处的新鲜事儿。我看着他们，在想我等会儿应该和秀琴咋样说。

秀琴和每个人都说着话，回答着他们的问题，那种从容与耐心就像是外交部的发言人样的。当然，大家的问题也都很简单，都是还有啥心愿没，还有啥想吃的东西没，之类的，没人敢提起宝魁的事情。而秀琴自始至终都说自己很好，一直很好。不知不觉时间过得很快，都已经深夜了，秀琴突然说她困了，想睡觉了。她这话让众人的心一下子提了起来，个个都闭嘴沉默了。

难道是那时辰快到了？我赶紧对德胜叔说我有些话想单独和秀琴说说。德胜叔看了我一眼，应允了。他用他村长的威望让大家先出去一下，说有些话我们想单独和秀琴说下。众人就退了出去，我看着德胜叔说：叔，你也出去吧，有些话我只能说给秀琴一个人听。德胜叔满脸的诧异，不过他还是背着手，闷声不响地走出去了。

我重新走到秀琴面前坐下，秀琴说：你是六婆的孙子，你咋还不走？有啥话咱明天说吧。

我看着秀琴的眼睛说：有些话我现在非说不可，你也非听不可。

秀琴就不说话了，坐在那里呆呆地看着我。

我说：狗日的老严已经死掉了，掉进臭水沟淹死了，人都烂掉了。

秀琴的耳朵动了几下，就像受惊的山羊似的。

我怕秀琴听不明白我的话，我就又说了一遍。秀琴突然把脸背过去说：那些事情你都知道了？

我点头说：都知道了。

秀琴说：咱村还有其他谁知道不？

我说：没有了，就我一个人。

秀琴说：这样最好。我求你一件事，我走后把我和宝魁合葬在一起。

我说：那是肯定的。

秀琴说：把我跟宝魁的骨灰搅在一起，放在一个棺里。

我吸了一口气，诚恳地说：我记下了。

秀琴说：六婆对我好，六婆的孙子对我也好哩。

我心中一热，脱口问道：那这些年你是真疯还是假疯？

秀琴没有直接回答这个问题，她说：当年六婆还有十六婆给我做法，我看见宝魁了呢。宝魁在阳世这一辈子太可怜了，宝魁对我说，秀琴，你要好好活啊，再找一个男人好好过日子呀。我对他说，宝魁啊我的亲亲男人，你愿意替我去死，我就愿意替你活着，我让你活两次，活两辈子。你想呀，活着多好呀，咱不求荣华富贵，咱就每天站在村口看看人，看看庄稼，看看树跟鸟都好呀。宝魁听了很高兴，他就对我说，我的秀琴，这样好，那咱俩就一起活着吧。

那天后半夜秀琴真的就走了，我按照秀琴的遗愿把她和宝魁合葬在一起了。秀琴的嫂子有些不解地问：秀琴跟你不熟呀，咋啥都托付给你咧？我沉吟下说：我是代表我奶奶的，秀琴放心她六婆哩。秀琴嫂子点头说：是这个理。

我把秀琴的丧礼办得很大，专门从城里请了专业的戏班子来唱大戏。我对前来看热闹的乡亲们说：这次的丧礼为啥办这么大？因为这不是秀琴一个人的丧礼，而是秀琴和宝魁俩人的丧礼！

乡亲们鼓起掌来，他们完全赞同我的说法。

十六婆的女子，梅花姑说：这样最好，秀琴跟宝魁在下面相会，俩人有伴了，咱阳世也太平了。

那些老一辈的人点头称是，而稍微年轻一点的人们早已经扭头去看戏了，他们边看边说：上个月隔壁蔡村唱完大戏还有歌舞看哩！另外有人应和着说道：等等看，或许也有哩。我对他们喊道：你们慢慢等着，等会儿真的还有好戏看哩！

秦腔唱完后，我安排了一场黄梅戏：天仙配。我不管他们爱不爱看，我是给秀琴和宝魁看的。

后来，我听他们说：黄梅戏也好听哩，比歌舞强。我暗暗笑了。

这葬礼总共持续了七七四十九天，才算彻底结束。

临走的时候，我去秀琴和宝魁的坟上看了，新竖的石碑子上刻着两个人的名字，名字的下面镶嵌着两个人的结婚照，尽管那照片是黑白的，但能看到那时他们都很年轻，笑得很开心。我拿出一大箱子纸钱给他们全烧了，我对他们说：你俩在下面好好过，这些钱够你们花一阵子了。

我又带着成箱的纸钱在我奶奶和十六婆的坟前烧了。做完这些事，我的内心变得很宁静，这时天已黄昏，光线从周围的树杈间落了下来，满地的金色缤纷。我扭头看到宝魁和秀琴的墓碑上停留着一块金色的光斑，那形状像极了一只暂时落脚的翩翩蝴蝶。我突然想起秀琴在走前说的话：活着多好呀，咱不求荣华富贵，咱就每天站在村口看看人，看看庄稼，看看树跟鸟都好呀。我抬起头来，一点点欣赏着周围的景色，我发现即便在这阴郁的墓地里，一草一木也是如此打动人心。我来到我奶奶的坟前坐下来，说：奶奶，我现在给你讲讲秀琴的故事吧，你肯定爱听呢。

载《作家》2011年第11期
《小说月报》2012年第1期转载
《中篇小说选刊》2012年第1期转载

后记

在困境中获得自由

王威廉

我时时感到，一个年过而立的人，在这个时代还要把写作放置在生命价值的核心位置上，是需要巨大的勇气的。写作的欢乐已经淡薄，焦虑却在骤增。茫然四顾，仿佛自己是被一种神秘的力量骤然间抛在了这个残酷的战场上。是的，残酷。因为敌人看不见摸不着，如同鲁迅先生笔下的“无物之阵”。

在“无物之阵”中谈论自己的创作，我深感艰难，因为在回望之际是一片纷繁的森林。我印象最深的，反而是在上大学时对小说的大量阅读，那几乎到了恐怖的程度。读诗是非常节省时间的，目光短暂地停留在几行字上，心灵便做出了体验。读小说就不是了，需要花费大量的时间。小说是时间的艺术，它蕴含的一切元素都得在时间中缓慢展开，你无法像读理论、散文那样跳读，你必须一个字、一个字从头读到尾，才能领略到它的妙处。因此，读小说曾经占据了我最大份额的阅读时间。在图书馆读，在教室读，在楼梯口读，在宿舍读，在火车上读，读得多了，就不仅沉迷在小说的世界里，还能对文本的艺术性做出准确的判断了。但是，因为人生经验的局限，我迟迟没有动笔写小说。

我写小说始于毕业后的那段漂泊岁月。我住的是条件不咋样的筒子楼，难免会遇见恶邻。这种事情看似简单，但它已经把象牙塔之外的鱼龙混杂倾泻到了你的头上。那会儿，我面对这些的时候，一定很虚弱。因此，我相信恶的力量。我写下了自己的第一篇小说《非法入住》，打印出来邮寄给了《大家》杂志。半年后，在我忘记这件事情的时候，韩旭主编给我打来电话："那小说写得不错，我们打算发。"我当时还在睡觉，迷糊中觉得亲爱的上帝你终于想起我了。

从《非法入住》开始，我接连写下了《合法生活》《无法无天》两个中篇小说，戏称为"法三部曲"。随着写作的深入，我逐渐意识到，恶是需要作家用精神力量去穿透的东西，而不是深陷其中，甚至迷恋其中的东西。写恶比写善更有深度，其实是一个误区。因为对善的抵达是需要恶的难度的，没有这种难度的善是单薄的、廉价的，所以那种深度并非来自恶本身的价值，而依然在于善的发现。一个作家写作的时候，心中要永远怀着悲悯之情。这是写作的基本道德和根本立场。

有了这样的想法，即使写作不会取得太大的成就，却也不会误入歧途了。接下来，我写出了长篇小说《获救者》以及中短篇小说《内脸》《第二人》《没有指纹的人》《暗中发光的身体》《水女人》等，得到了一些朋友的认可和喜爱。更加幸运的是，我现在得以将这些小说汇集成册，呈现给大家。在这里，我要感谢太白文艺出版社的周瑄璞女士，她自身便是一位优秀的作家，因此她能有这样的文化勇气，选择了这些尚在探险途中的作品。

写作的探险，便是去寻找创造。在这个时代，将写作作为谋生手段不但风险重重，而且非常低效。我们忠于内心的写作，只能是为了创造。但创造，是最艰难的。诗人策兰说："艺术就是要进入你深层的困境，让你彻底自由。"我在很多场合都援引过这句话，我现在再次引用，为的是警醒自己。困境，是我们的现实和处境；自由，不但是艺术的目标，更是生命的终极追求。永远不能忘记这两点。

但，问题紧接着又来了：该如何深入？又如何自由？在我看来，这触及到了小说的核心技艺。小说的力量在于真实，而真实的路径却是虚构。虚构并不是谎言，虚构是条件的设定、睿智的发现，虚构是经由想象力对世界的重构：一些原本隐匿在角落的事物走向了前台，并且颠覆了我们以往对世界的认识。这是写小说最难的地方。就像我写作经年，依然感到虚构的难度如同科学家殚精竭虑试图用公式证明自然的规律。那种无所凭依的苦恼是一个有抱负的小说家都能体会到的。我们为了虚构的真实，在自己的生命经验中努力寻找着一个稳妥的支点；我们不惜把自己变形，甚至变成一只不会说话的甲虫。但无论如何变化，我们所要做的其实不是要让笔下的人物远离我们，而是想以另外一种方式、另外一条道路，让我们的人物更加切近我们的内心与存在。只有那样，我们的写作才会缓解孤独，得到滋润和慰藉。我想，这就是我们超越困境，经由写作获得的自由。

最后，我想说，谨以此书献给我的祖父。

他大我整整一个甲子，今年已经九十二岁了，古人称之为“鲐背之年”。在鲐鱼的背部长着不规则的深蓝色斑纹，正如漫长岁月在人类皮肤上缓缓印刻出来的那些褐色斑纹。而作家的作品，则是生活印刻在人类精神上的文字斑纹，从这一点来说，我觉得没有比这更好的礼物了。

2013年12月12日广州

图书在版编目（CIP）数据

内脸／王威廉著.—西安：太白文艺出版社，2014.2
（中国文学新力量）
ISBN 978-7-5513-0674-4

Ⅰ.①内… Ⅱ.①王… Ⅲ.①中篇小说—小说集—中国—当代②短篇小说—小说集—中国—当代 Ⅳ.①I247.7

中国版本图书馆CIP数据核字（2014）第007743号

内脸

作　　者　王威廉
责任编辑　周瑄璞　靳　嫦
封面设计　焚香图文
版式设计　高　薇
出版发行　陕西出版传媒集团
　　　　　太白文艺出版社
　　　　　（西安北大街147号 710003）
经　　销　陕西新华发行集团有限责任公司
印　　刷　西安市建明工贸有限责任公司
开　　本　880毫米×1230毫米　1/32
字　　数　232千字
印　　张　10
版　　次　2014年4月第1版 第1次印刷
书　　号　ISBN 978-7-5513-0674-4
定　　价　28.00元

邮政编码：710100